SISYPHUS

Ilse Krüger, 1939 in Zwettl geboren. Lebt seit 1946 in Wien. Leitete bis 1995 gemeinsam mit ihrem Mann einen Textilbetrieb. Seit 1994 Studium in Psychologie, Philosophie und Politikwissenschaft. 2002 Abschluss in Psychologie. Zahlreiche Veröffentlichungen und Preise.

Einzelveröffentlichungen zuletzt:
bitter kalt (Biographischer Roman, 1911–1945, Édition-Parallèles: Biel 2021); *Ein Jahr im Wald,* Erzählung (Kollektivverlag: Graz 2021); *Unschuldige Kinder* (Erzählungen, Edition aha: Wien 1995); *Faltenkatzen* (Erzählungen, Wiener Frauenverlag: Wien 1995).

Lektorat: Ludwig Roman Fleischer

Korrekturen: Christian Winkelmann

Umschlaggestaltung/Buchgestaltung/Satz: www.gaijeger.at

Cover: Privat

ISBN 978-3-903125-81-0

15,80 Euro

Bundesministerium
Kunst, Kultur,
öffentlicher Dienst und Sport

WIEN KULTUR

Kulturland Burgenland

ILSE KRÜGER

DAS ROTZMENSCH

Roman

SISYPHUS

VORWORT

Ist es nur meine angeborene Skepsis, die mich sorgenvoll in die Zukunft blicken lässt, oder werden nachkommende Generationen an den Problemen, die sich durch den Egoismus und die Gedankenlosigkeit vorhergehender Generationen angehäuft haben, zu Grunde gehen? Oder wie Phönix aus der Asche geläutert auferstehen, um eine gerechtere Welt zu schaffen, gerecht für alles, was da lebt? Viel Raum hat der Mensch seinen Mitbewohnern auf der Erde nicht gelassen. Bescheidenheit war nie seine Stärke.

Werden die Menschen zudem, irritiert durch die Bedrohungen einer Pandemie, den neuerlichen Krieg in Europa, die Umweltkrise und die Auswirkungen beider, nicht einmal mehr blindlings Populisten, Demagogen und Diktatoren folgen?

Ist der Versuch, in meinem Alter dagegen anzuschreiben, eine Anmaßung? Kurz vor dem 2. Weltkrieg geboren, verspottet, verachtet, und geliebt. Das Negative verblasst, hat man durch die Liebe zu lieben gelernt, zu lieben bis zuletzt.

WIEN, 2022

Es ist wider alle Vernunft! Und überhaupt: Ist das Kapitel nicht schon längst ein für alle Male abgeschlossen? wiederhole ich am frühen Morgen die gleichen Bedenken, die mich während der Nacht am Schlafen gehindert haben. Kurz nach fünf Uhr resigniere ich und stehe auf, um zu frühstücken.

Habe ich in dem Leben, das ich jetzt führe, überhaupt noch Zeit für irgendeine Art von Beziehung? frage ich mich, während ich Kaffee trinke. Jede Stunde, jede Minute verplant. Meine Familie, mein Wald, mein Garten, mein Schreiben. Mein Schreiben, mein Garten, mein Wald, meine Familie. Zwölf Stunden oder mehr wären dafür nötig. Das schaffe ich schon längst nicht mehr, schlafe immer öfter vor dem Laptop ein.

Ich kann bei meiner Lebensweise doch nicht einmal daran denken, mich auf eine Partnerschaft einzulassen. Sobald ich an einer Geschichte, einem Roman arbeite, blende ich alles um mich herum aus, merke nicht, dass da jemand ist, der Ansprüche auf mich hat.

Und wird es nicht langsam Zeit, mich ein für alle Male aus dem Wust sentimentaler Gefühle zu befreien? Stattdessen den Sprung in die Vergangenheit wagen und eine Verbindung von mir zu mir als sechsjährigem Mädchen herstellen, das in einer Zeit aufgewachsen ist, als von pragmatisch denkenden Politikern gegensätzlicher Ausrichtungen, die als politisch Verfolgte die Internierung in Konzentrationslagern überlebt hatten, dem österreichischen Volk Lügen aufgetischt wurden. Waren sie notwendig, um ein irregeleitetes Volk an eine Zukunft glauben zu lassen, indem man ihm eine Vergangenheit einredet, in der Österreich als das erste Opfer der nationalsozialistischen Aggression gilt?

Opfer und nicht auch Täter? Wurden deshalb die Mitläufer ungeschoren gelassen und die wenigen zur Verantwortung gezogenen Täter so oft mit unverständlicher Milde behandelt?

Aber von Politik bekam das seltsame Kind – wie mich Rosa, unser liebevolles Mädchen während der Kriegsjahre, nannte – nicht allzu viel mit. Seltsam oder bloß nicht anpassungsfähig. Ich wurde nicht gezwungen, in den Kindergarten zu gehen; deshalb besuchte ich ihn nur, wenn es für Weihnachten oder Muttertag galt, ein Gedicht auswendig zu lernen. Die Spiele der Kinder waren mir zu wild, ich baute mir lieber im Wohnzimmer mit meinen Holzfiguren eine eigene Welt auf. Dass mir schon lange vor Kriegsende von meiner Großmutter mein Vorname quasi aberkannt wurde, irritierte mich, war aber nicht so schlimm, solange wir noch in Zwettl wohnten, denn sie besuchte uns selten. Für sie war ich ein Kind, das nie hätte geboren werden dürfen: ein lästiges Mensch, das bald Rotzmensch genannt werden sollte. Viel später brachte es mein Mann in den langen Jahren unserer Ehe nicht fertig, meinen Vornamen auszusprechen, weil Ilse der Vorname einer sadistischen KZ-Ärztin gewesen war. Vollends ging mir mein Name in jenen Jahren verloren, in denen ich nur noch nach meiner Funktion benannt wurde: Mama, Chefin, Schatzi.

Die Reduktion auf derlei Rollen führte zu dem Gefühl, bloß als Fragment vorhanden zu sein. Aber das ist lange her, und es waren ja selbstgewählte Rollen. Jetzt, als achtzigjährige Witwe, bin ich frei, kann nachholen, worauf ich im Rollenspiel verzichtet habe.

Sorgfältig verteile ich nach dem Zähneputzen Feuchtigkeitscreme auf meinem Gesicht. Für wen eigentlich? frage ich mich und schneide meinem Spiegelbild eine Grimasse, widme ihm sodann ein Lächeln, das meine Stimmung freilich nicht wirklich verbessert.

Statt in meinem Gefühlswirrwarr noch länger steckenzubleiben, spalte ich vor der Gartenarbeit eine Stunde lang Holz. Eine alte Frau, die ihre Wut an Holzscheiten auslässt, ist weniger lächerlich als eine, die sich verlieben könnte ... Schluss! Aus! Ende einer Geschichte, die noch nicht einmal begonnen hat.

Es ist bereits später Nachmittag, als ich letztlich endlich doch zu schreiben beginne:

Wenige Monate vor Kriegsende im Mai 1945 zerbrach die heile Welt meiner Kindheit. Ich weiß, es klingt absurd, dass ich die Jahre, in denen entsetzliche Verbrechen an unschuldigen Menschen verübt wurden, noch immer als die heile Zeit meiner Kindheit empfinde. Aber ein kurz vor Kriegsbeginn in einer Kleinstadt geborenes Kind hatte keine Kenntnis von den allgegenwärtigen Verbrechen, und es empfand die Einschränkungen des täglichen Lebens nicht als solche. Selbst ein Vater im Kriegsdienst, der nur gelegentlich unvorhergesehen auftauchte, galt mir als normal.

Bevor die Russen nach Zwettl kamen, versteckte die Mutter meinen Bruder und mich an einem kleinen Bauernhof in der Einschicht. Mit der ersten Trennung von meiner Mutter, mit knapp sechs Jahren, begann meine Geborgenheit zu schwinden ...

WALDVIERTEL, JULI 1945

Auf den noch nicht mit der Sense abgemähten Flächen der Wiese – die einzige Kuh im Stall braucht jeden Tag einen Schubkarren mit frischem Gras – stehen noch immer großblütige Margeriten neben Pechnelken und zarten Glockenblumen. Die Arnikablüten sind umgeben von sacht im Wind zitternden Gräsern. Aus dem sommerlichen Überfluss pflückt Ilse sorgfältig Blume um Blume für einen bunten Strauß.

– Lass sie doch stehen, sagt Christoph.

Er hat recht, denkt Ilse verdrossen. Hier wird sich niemand über ihre Blumen freuen. Außerdem gibt es in der Küche weder eine Vase noch einen Platz, wo man die Vase hinstellen könnte.

Ilse legt den Strauß zum Stamm des mächtigen Apfelbaums, der neben dem kleinen Bauernhaus steht. Zwei winzige Kammern mit Strohsäcken am Boden, zum Schlafen; und eine Küche mit einem Herd. Über dem Herd zwei Töpfe, eine Pfanne und zwei hölzerne Kochlöffel. Ein Tisch samt Eckbank und Stühlen, an dem die Geschwister mit den Bauersleuten und dem kleinen Buben, der bei ihnen lebt, ihre Mahlzeiten einnehmen. Keine Teller und keine weißen Stoffservietten wie zu Hause. Mittags wird die große *Rein* mit der dicken Milchsuppe auf den Tisch gestellt, aus der jeder, so viel er mag, herauslöffeln darf, bis nichts mehr da ist. Dazu gibt es für den Bauern zwei dicke Schnitten Schwarzbrot, für die Frau und die Kinder je eine dünne Schnitte. Nach dem Essen werden die Löffel gründlich abgeschleckt und in die Tischlade gelegt. Ilse schiebt ihren Löffel und den ihres Bruders immer auf die rechte Seite der Lade und teilt vor jedem Mittagessen selbst die Löffel aus, damit sie beide immer mit den gleichen Löffeln essen können. Nur selten gibt es zu Mittag Schmalzerdäpfel. Der Vorrat an vorjährigen, runzeligen Knollen im Erdkeller ist beinahe aufgebraucht und die Erdäpfel am kleinen Acker sind noch zu klein, um geerntet zu werden.

– Ich möchte nach Hause zur Rosa und zur Mutti, fängt Ilse plötzlich an zu jammern.

– Geht nicht, sagt der Bruder, Mutti muss arbeiten, und Rosa kommt nicht mehr.

– Wegen der Russen.

Der Bruder nickt.– Komm. Es gibt gleich Essen. Sonst schimpfen s' wieder.

– Wann kommt uns Mutti denn endlich besuchen?

– Frag doch nicht dauernd.

Er weiß es auch nicht, begreift Ilse und trottet langsam hinter ihrem Bruder her.

WIEN, 2022

Geduldet werden. Keinen Ärger verursachen. Vernünftig sein. Was für Zeiten waren das, frage ich mich, als Kinder rasch lernen mussten, sich zu ducken, nicht auffällig zu werden und immerzu brav zu sein. Die Mutter hatte uns erklärt, dass wir in dem Bauernhof sicher vor den Russen wären, und eindringlich ermahnt, stets folgsam zu sein, sonst würden uns die Bauersleute nicht behalten. Und hier gebe es doch wenigstens Milchsuppe und morgens und abends ein großes Schmalzbrot und Strohsäcke, auf denen wir schlafen durften, ohne dass uns ein Russe was Schlimmes antun könnte, weil sie bis zu dem einsam gelegenen ärmlichen Bauernhof bestimmt nicht vordringen würden.

Warum uns die Russen Schlimmes antun könnten, fragten wir nicht. Nahmen es hin, wie Kinder bis heute noch immer alles Ungemach in Kriegszeiten hinnehmen müssen. Kein dritter Weltkrieg, aber unzählige Kriegsherde, die auflodern und ein verwüstetes Land, verwüstete Menschen zurücklassen, selbst wenn der Krieg bereits anderswo wütet. Weit weg von den sich in Sicherheit wiegenden Europäern, bis vor sechs Monaten mit dem russischen Angriff auf die Ukraine der Krieg nach Europa zurückgekehrt ist.

„'s ist leider Krieg – und ich begehre, nicht schuld daran zu sein!“
(Matthias Claudius)

Als Hitler Polen überfallen hat, war die polnische Bevölkerung genauso wenig schuld am Krieg wie jetzt die ukrainische. Hätte man mit einem entschlossenen Beistand der Alliierten damals das Schlimmste verhindern können? Und könnte man jetzt durch das Eingreifen der Nato den Krieg rasch beenden oder würde er dann eskalieren und das Leben aller in Europa lebenden Menschen gefährden?

Der schlechteste Friedensvertrag sei besser als die Fortführung eines Krieges. Davon war ich bis jetzt überzeugt. Wenn es aber einen Frieden nur dann geben kann, wenn die Ukraine aufhört, souverän zu sein? Wird mit dem Opfer nicht ein Freibrief geschaffen für weitere imperialistische Gelüste, sodass sich in Hinkunft kein freier Staat mehr seiner Souveränität sicher sein kann?

Hätte Carl Sandburgs Aufruf – *Someday they'll give a war and nobody will come* – einen Krieg verhindern können? Wäre das nicht in praktisch allen Staaten der Welt für den Mann, der sich einem Stellungsbefehl widersetzt, äußerst riskant? Kriegsdienstverweigerer hatten im Nationalsozialismus mit der Todesstrafe zu rechnen. Welche Strafen erwarten russische oder ukrainische Kriegsdienstverweigerer?

Wenn aber tatsächlich niemand hinginge? Wären Staaten da nicht hilflos gegenüber einer so umfassenden Solidarität ihrer Bevölkerung? Wunschdenken. Der Mensch ist nicht so, wie er sein sollte. Verführbar zum Guten wie zum Bösen. Wäre es sonst möglich gewesen, dass in der Zeit des Nationalsozialismus unschuldige Menschen durch Diffamierung erfolgreich von einem großen Teil der Bevölkerung als Schädlinge, die ausgemerzt gehören, betrachtet wurden? Während der „Hasenjagd im Mühlviertel" beteiligten sich nicht nur die SS und die Gendarmerie, sondern auch die Zivilbevölkerung an der Ermordung von 500 aus dem Konzentrationslager Mauthausen entflohenen Häftlingen.

Wie viel von den Verbrechen der Nazizeit und den anarchischen Zuständen der ersten Monate in der Nachkriegszeit bekamen Kinder damals mit und wie viel davon die kleine Ilse?

„Wenn du jemandem erzählst, dass in unserem Radio nicht Deutsch gesprochen wird, sperren sie mich ein", bläute meine Mutter mir ein, als ich zufällig Zeugin ihres Schwarzhörens geworden war. Ich erzählte niemandem davon, nicht einmal meinem Bruder. Auch nicht von dem kleinen Revolver, den meine Mutter unter der Matratze in meinem Puppenwagen versteckt hatte. Um uns zu beschützen. Wäre das entdeckt worden, hätte sie es mit Sicherheit mit ihrem Leben bezahlt und wir Geschwister wären Vollwaisen gewesen.

Wieder muss ich an Weihnachten 1944 denken. In der Woche, die mein Vater noch mit seiner Familie verbringen durfte, wich ich angeblich nicht von seiner Seite. Spürte ich als Fünfjährige, wie verzweifelt er war, ähnlich dem Instinkt von Hunden, die nicht von der Seite ihres kranken oder verwundeten Herrchens weichen?

Jahre später erzählte mir meine Mutter vom Marschbefehl nach Ostpreußen und davon, dass mein Vater keine Chance hatte, zu überleben. Der sentimentale Narr habe sich freiwillig für den Einsatz gemeldet. Verschwieg, dass es seine Reaktion auf ihren Wunsch war, sich von ihm zu trennen. Erst Jahrzehnte später, als ich nach ihrem Tod die Texte meines Vaters im blauen Heft, seinem Vermächtnis, gelesen hatte, begriff ich, dass er lieber sterben hatte wollen, als ohne seine Frau und seine Kinder weiterzuleben.

Warum hast du seine Abreise nach Ostpreußen nicht verhindert? Warum hast du ihn nicht versteckt? klagte ich als Halbwüchsige meine Mutter an. Aber wie hätte sie es denn anstellen sollen, in Zwettl, einer Kleinstadt, in der jeder jeden gekannt hat? Und hätte sich mein Vater verstecken lassen? Kaum. Die langen Kriegsjahre in der Wehrmacht, in denen er intensiver nationalsozialistischer Propaganda ausgesetzt war, hatten vermutlich wie eine Gehirnwäsche gewirkt, sodass er es als seine Pflicht ansah, sein Leben für das Tausendjährige Reich hinzugeben, sozusagen als letzte für ihn noch mögliche sinnvoll scheinende Handlung. Vielleicht hatte er aber auch begriffen, dass nicht nur seine Ehe, sondern auch das Tausendjährige Reich und damit alles, woran er geglaubt hatte, nicht mehr zu retten war.

Er hat euch Kinder im Stich gelassen, meinte unlängst eine Enkelin. Das stimmt. Aber gibt es nicht ein Ausmaß an Verzweiflung, das größer ist als die Liebe zu den eigenen Kindern? Mein Vater hat als sensibler, zu schweren Depressionen neigender Mensch fast vier Jahre Kriegsdienst erduldet. Wie er selbst im blauen Brief, den letzten Aufzeichnungen, schreibt:

„Ich war lange wie tot. Die Fremde war es und die Nichtswürdigkeit des Soldatenseins. Nein, beim Soldaten gibt es keine Freiheit der Entwicklung und der damit verbundenen Wege. Es ist hart und geisttötend, damit fertigzuwerden."

Als wir Kinder an einen anderen Ort gebracht wurden, war der Zweite Weltkrieg in Europa zu Ende, der Spuk des Tausendjährigen Reichs vorbei. In Österreich versuchten erfahrene Politiker, mit Hilfe der Besatzungsmächte das herrschende Chaos zu bewältigen und einen funktionierenden Staat aufzubauen. Dass es noch Jahre dauern würde, bis für die Bevölkerung ein Leben ohne Not und Entbehrung möglich wäre, ahnte damals niemand.

WALDVIERTEL, SEPTEMBER 1945

Kein Einschichthof, sondern ein Bauernhof mitten in einer kleinen Ortschaft in der Nähe von Ottenschlag; wo auf dem breiten Anger die Gänse weiden, leben jetzt Christoph und Ilse.

Hier wird auf Strohsäcken in Betten geschlafen, und nicht am Boden wie im Einschichthof. Die Strohsäcke beherbergen keine Flöhe, worüber sich vor allem Christoph freut. Sein linker Arm ist noch immer mit einem Gips geschützt, damit der Oberarmknochen nach den vielen Operationen zusammenwächst, die wegen einer Knochenmarkseiterung notwendig gewesen sind. Das lange, schmale Messer, das ihm Mutti gebracht hat, damit er sich unter dem Gips kratzen kann, hat er unter dem Strohsack versteckt, um es jederzeit griffbereit zu haben.

Die Huberbäuerin ist heute nicht wie sonst mit ihrem Mann aufs Feld gefahren. Sie muss Brot backen, denn bis auf einen halben Brotlaib ist der Vorrat aufgegessen. Seit einer Stunde knetet sie den schweren Brotteig in einem hölzernen Trog und wischt sich immer wieder den Schweiß von der Stirn. Ilse schaut ihr aufmerksam zu. Die großen flachen Strohbehälter, in denen der fertig geknetete Teig vor dem Backen rasten muss, liegen bereit, der Brotbackofen wurde bereits vor Stunden angeheizt. Sechs riesige Brotlaibe wird die Bäuerin aus dem Teig formen, um die Familie und die Gastkinder auch in den nächsten Wochen satt zu kriegen.

Ilse wartet ungeduldig darauf, dass das erste Brot in den Backofen geschoben wird, da bemerkt die Bäuerin, dass ihr das Soda ausgegangen ist, das sie zum Reinigen des Holztrogs benötigt. Deshalb schickt sie Ilse zum Greißler. Geld bekommt sie keines mit, sie soll es wie üblich anschreiben lassen.

– Begleitest du mich? fragt Ilse ihren Bruder.

– Angsthase, spottet Christoph.

– Die Gänse rennen mir jedes Mal nach, jammert Ilse. Die Vroni hat mir erzählt, dass es schrecklich weh tut, wenn sie einen ins Wadel beißen.

– Du musst halt einen Stock mitnehmen.

– Sie rennen mir trotzdem nach. Bitte, bitte, geh mit.

– Was schenkst du mir denn?

Da fängt Ilse an zu weinen, denn sie hat ihrem Bruder bereits all ihre schönen Glaskugeln abgetreten und jetzt besitzt sie nichts mehr, was sie ihm geben könnte.

– Jetzt heul doch nicht schon wieder. Ich komm ja eh mit.

Trotz des großen Stocks, mit dem sich der Bruder bewaffnet hat, werden sie von den Gänsen verfolgt, wenn auch mit Abstand. Als ihnen ein Pferdewagen entgegenkommt, suchen die Gänse das Weite, und Ilse lässt die Hand vom Bruder wieder los.

– Am Montag ist dein erster Schultag, erinnert Christoph Ilse.

– Ich weiß und ich hab noch immer keine Schultasche, jammert Ilse.

– Brauchst eh nur die Schiefertafel mit dem Griffel. Wirst sehen, hier im Dorf hat kein Kind eine Schultasche.

– Ich habe Angst.

– Ich bin doch in derselben Klasse.

– Wieso? Du kommst doch schon in die dritte.

– Es gibt hier nur eine Klasse. Von der ersten bis zur vierten Klasse sitzen alle Kinder in einem Klassenzimmer, nur in verschiedenen Bankreihen.

– Kann ich dann zuhören, was du lernst?

– Kannst du, aber wahrscheinlich wirst du selber Aufgaben machen müssen.

– Ich werde trotzdem zuhören, sobald du aufgerufen wirst. Das wird lustig.

Beim Greißler verlangt Ilse das Viertelkilo Soda. Die Greißlerin, eine ältere Frau, holt mit einer kleinen Schaufel das weiße Pulver aus einem Vorratsfass, füllt es in ein Stanitzel aus Zeitungspapier, wiegt es ab und händigt es Ilse aus.

– Ordentlich halten, ermahnt sie Ilse, damit das Soda nicht herausrieselt.

– Soll ich dir helfen? erbietet sich Christoph.

Ilse schüttelt energisch den Kopf und hält mit beiden Händen das Stanitzel fest.

Am Heimweg sind die Gänse am anderen Ende des weitläufigen Angers, in dessen Mitte ein kleiner Bach fließt, und die Kinder kommen ungeschoren nach Hause. Auf dem Tisch neben dem Steinofen liegen schon zwei fertig gebackene Brote. Zwei Laibe sind im Ofen, zwei müssen noch warten. Das Brot duftet und schaut hübsch aus, weil es vom Rasten im Strohkorb ein Muster bekommen hat.

– Dürfen wir das frische Brot kosten? fragt Ilse.

– Nein. Vom frischen Brot bekommt man Bauchweh. Außerdem gibt es noch einen halben Laib gutes altbackenes Brot. Der Postler hat eine Karte von eurer Mutter gebracht. Liegt am Küchentisch.

Christoph liest Ilse die Karte vor: Anfang November hole ich euch ab. Dann muss ich nicht mehr arbeiten und kann mich um euch kümmern. Seid schön brav und passt in der Schule gut auf.

– Schickt sie uns kein Bussi?

– Doch: Viele Bussi, eure Mutti.

Ilse freut sich auf Mutti und auf Zwettl. – Werde ich auch in Zwettl mit dir in einer Klasse sein? fragt sie ihren Bruder.

– Wo denkst du hin? Die Schule in Zwettl ist eine richtige Schule und keine Dorfschule.

– Ja, aber ...

– Wir bleiben doch ohnehin noch sechs Wochen hier, tröstet Christoph seine Schwester.

– So lange! Mutti kommt gar nicht gleich.

– Jetzt fang nicht schon wieder an zu heulen. Du bist doch schon ein Schulkind!

WIEN, 2022

Gedichte, sie drängen sich morgens förmlich auf, wenn mein Verstand unterschwellige Gedanken und Gefühle ungefiltert zulässt. Hingeschmiert auf einen Zettel, werden sie erst später überarbeitet und gespeichert. Sind sie ehrlicher als meine Prosa.

> Wohin mit meinem Überfluss
> an Zärtlichkeit, die meine
> Brust aufbläht und mir
> das Atmen erschwert
>
> Blütenblätter gestatten
> mir nicht mehr als eine
> flüchtige Berührung,
> und Tiere bleiben mir
> in ihrer Fremdheit fern.

Die Arbeit im Wald muss warten, denn noch gilt es Gemüse zu ernten, zu blanchieren und einzufrieren. Zwei Tiefkühltruhen garantieren meine Unabhängigkeit. Vergessen sollte man beim Großeinkauf mit einem meiner Kinder allerdings nichts.

Wenn ich im Überangebot der Waren in einem der Supermärkte verzweifelt ein bestimmtes Produkt suche, muss ich gelegentlich an die leeren Regale der Lebensmittelgeschäfte 1945 denken. Ernteausfälle, verursacht durch die Kriegshandlungen, verschärften die Lage. Es gab praktisch keine Vorräte an Nahrungsmitteln, die garantierte Zuteilung mit Hilfe der Lebensmittelkarten funktionierte nicht mehr. Am Land war die Versorgung besser als in den Großstädten. Deshalb beschloss meine Mutter, bis zum Ende des Schuljahrs 1945/46 in Zwettl zu bleiben.

Wie ging es mir in meinem ersten Schuljahr, frage ich mich, denn es ist ein probates Mittel, an meine Kindheit zu denken und nicht an mein Alleinsein, denn Corona hat auch aus mir einen Inselmenschen gemacht, der sehnsuchtsvoll darauf wartet, von seiner Einsamkeit erlöst zu werden. Geh wieder unter Menschen, jetzt, wo du geimpft bist, und halte dich an deinen Lebensentwurf: autark und allein sein, solange es eben geht. Fünf Jahre oder länger, wer weiß. Es gibt im Leben keine sicheren Prognosen, und die Wahrscheinlichkeit, bis zu meinem Tod ohne fremde Hilfe existieren zu können, wird mit jedem weiteren Jahr geringer. Es gilt die geschenkten Jahre zu nützen und nicht kleinmütig zu sein. Mich nicht schon wieder zu fragen, was es mir bringt, mich mit der kleinen Ilse zu befassen, und wie weit es überhaupt möglich ist, sich in ihre Gedanken und Gefühle einzufühlen.

ZWETTL, NOVEMBER 1945

Endlich kommen Christoph und Ilse wieder nach Zwettl. Kalt ist es geworden, und Ilse steckt ihre Hände in die mit einer Schnur verbundenen Fäustlinge.

Bereits während der Zugfahrt hat Mutti den Kindern erklärt, dass sich vieles verändert habe. Überall in der Stadt würden ihnen Russen in Uniform begegnen, die Bezirkshauptmannschaft sei in eine russische Kommandantur verwandelt worden. Zum Glück werde aber jetzt nicht mehr geplündert. Stattdessen habe jeder Haushalt das Radio, alle Gegenstände aus Silber und Kupfer und sogar Bettwäsche zum Abholen bereitstellen müssen.

– Werden uns die Russen wenigstens das Radio zurückgeben? fragt Christoph, als sie mit ihren Rucksäcken die Landstraße zu ihrem Wohnhaus hinuntergehen.

Ilse schaut zu Mutti, die nicht antwortet, sondern nur mit einem Achselzucken andeutet, dass sie es nicht weiß.

Dass drei russische Soldaten im Schlafzimmer einquartiert sind, erklärt Mutti den Kindern erst, als sie die Stufen zu ihrer Wohnung hinaufgehen.

– In unserem Schlafzimmer! ruft Ilse entsetzt aus.

– Es sind Offiziere, die sich gut zu benehmen wissen, versucht Mutti ihre ängstliche Tochter zu beruhigen.

Das Wohnzimmer schaut fast genauso aus wie früher. Ein bisschen enger ist es geworden, weil jetzt ein Kasten aus dem Schlafzimmer zwischen dem Ofen und Christophs neuem Stockbett Platz hat finden müssen. Dass ihr Gitterbett unter dem neuen Stockbett von Christoph steht, findet sie gut, denn dann werden die Russen sie vielleicht gar nicht bemerken.

– Aber wo schläfst jetzt du? fragt Ilse, als sie mit Mutti die von der Huberbäuerin gewaschenen Sachen in den Kasten schlichtet.

– Auf der Eckbank, antwortet Mutti.

– Aber ...

Ist ganz gemütlich. Und wir werden ja nur noch bis zum Ende des Schuljahrs in Zwettl bleiben. Einstweilen geht es uns hier besser als in München. Hier gibt es wenigstens noch Erdäpfel zu kaufen und ein wenig Mehl bekomme ich in der Mühle.

– Übersiedeln wir denn nach München und nicht nach Wien? fragt Christoph.

– Ja, mein Großer. Wir drei haben die deutsche Staatsbürgerschaft nach eurem Vater, deshalb wird es für mich in Deutschland leichter sein, eine passende Arbeit zu finden. Und ihr Kinder habt ein Anrecht auf eine Waisenrente.

Vati ist doch gar nicht tot! Ilse ist empört, sagt jedoch nichts, weil Mutti ihren Protest nicht hören will. Dann fängt sie an zu überlegen, ob die Übersiedlung nach München gut oder schlecht ist. Schlecht, weil sie lieber in Zwettl bleiben möchte. Gut, weil Vati seine Familie in Deutschland eher finden wird und weil ...

– Wird die O in Wien bleiben? fragt sie plötzlich.

– Ja.

– Und wie weit ist es von Wien nach München?

– Viel weiter als von Zwettl nach Wien. Aber jetzt marsch in die Küche zum Abendessen. Beeilt euch nachher mit dem Waschen und dem Zähneputzen.

Ilse schläft in ihrem weichen, vertrauten Bett sofort ein, wird aber mitten in der Nacht wieder munter: Drei Männer in Uniform gehen – die Stiefel in den Händen – auf Socken durchs Zimmer. Der Erste hat Muttis Taschenlampe in der Hand, mit der er den anderen den Weg weist, der Letzte macht behutsam die Schlafzimmertür hinter sich zu. Leises Gemurmel dringt aus dem Schlafzimmer, die Einsätze vom großen Ehebett quietschen, und plötzlich fängt Ilse an zu weinen, leise, damit Mutti und Christoph nicht munter werden.

Nach dem Frühstück – ungesüßter Hagebuttentee und ein mit Marmelade dünn bestrichenes Brot – geht Ilse mit Christoph zur Schule. Sie hat Angst, muss dauernd daran denken, dass alle Kinder einander schon längst kennen, während sie kein einziges Kind kennt.

– Das ist deine Klasse, sagt Christoph, reißt eine Tür auf und schubst Ilse hinein.

Ilse ist gleich hinter der Tür stehen geblieben. Das Klassenzimmer schaut genauso aus wie im Dorf. Die Bänke mit vier Plätzen sind durch zwei Holzbalken mit den Schreibpulten verbunden. Die Kinder unterhalten sich leise, wahrscheinlich hat die Schulglocke noch nicht geläutet, aber die Frau Lehrerin sitzt schon am Katheder. Sie schaut ein bisschen wie die Oma in Ostpreußen aus, von der ihr Mutti Fotos gezeigt hat.

Endlich gibt sich Ilse einen Ruck und geht mit gesenktem Blick nach vorne. Das Gemurmel verstummt und Ilse spürt, wie sie angestarrt wird. Jetzt schaut auch die Lehrerin von ihrem Buch auf.

– Du bist also unsere neue Schülerin. Kannst du allen Kindern sagen, wie du heißt?

– Ilse Krüger.

– Sehr gut. Und du hast bereits eine Dorfschule besucht?

– Ja, Frau Lehrerin.

– Kennst du schon ein paar Buchstaben?

– Alle, Frau Lehrerin.

– Fein. Du setzt dich neben die Linde in die erste Reihe, da ist noch ein Platz frei. Eine Schiefertafel hast du mit, wie ich sehe. Hast du auch schon das Lesebuch?

– Nein, Frau Lehrerin. Das Lesebuch von meinem Bruder ist nicht mehr das Richtige, hat meine Mutti gesagt.

– So ist es. Ein einziges Lesebuch besitze ich noch. Fehlen bloß ein paar Seiten. Du gehst nach dem Unterricht mit mir ins Lehrerzimmer, dann gebe ich es dir. So, und jetzt sind wir alle ganz still. Gerade sitzen und die Hände auf die Bank legen, so wie es sich gehört. Das Lesebuch habt ihr hoffentlich schon aufgeschlagen.

Das blonde Mädchen an ihrer rechten Seite schiebt das Lesebuch am Pult ein wenig näher zu Ilse, damit sie mitlesen kann.

Mit dem Lesebuch von der Frau Lehrerin in der Hand verlässt Ilse die Schule. Da bemerkt sie, dass Linde, ihre Nachbarin, auf sie gewartet hat.– Ich habe dich zuerst gar nicht erkannt, gibt Ilse zu. Du bist viel größer geworden.

– Du auch.

– Wohnst du noch immer in der Landstraße?

– Ja, gegenüber vom Geschäft der Hofbaur, meiner Tante. Deshalb habe ich manchmal mit dir und Manfred gespielt. Komm, gehen wir, fordert sie Ilse auf. Ich darf auf dem Heimweg nicht trödeln, sonst schimpft die Mama.

Schon bald ist Linde Ilses Freundin. Leider dürfen die beiden einander nicht besuchen, weil Ilses Mutter *ein Nazi* ist. Deshalb hat man sie aus dem Jugendamt rausgeworfen, sagt Linde.

Als Ilse Mutti fragt, ob das stimmt, nickt diese bloß.

– Kommt uns deshalb Rosa nicht besuchen?

– Nein, das ist nicht der Grund. Die Mutter von Rosa ist krank, deshalb muss sie ihrem Vater auf dem Bauernhof helfen und hat keine Zeit, uns zu besuchen. Hast du deine Aufgabe schon gemacht? Und Lesen geübt?

Ilse nickt. – Gibt es noch Bücher vom Christoph? fragt sie.

– Hast du dein Lesebuch vielleicht schon ausgelesen?

Ilse nickt nochmals.

– Die Bücher liegen in einer Schachtel am Dachboden. Morgen suche ich dir welche raus. Jetzt ist es schon zu finster, und am Dachboden gibt es kein elektrisches Licht.

Ilse hat Christoph bis vor kurzem beneidet, weil er einen Freund hat, dessen Eltern ebenfalls Nazi sind, sodass er ihn jeden Nachmittag besuchen hat dürfen. Jetzt hat sein Freund aber so wie seine fünf Geschwister und seine Mutter Typhus, und Christoph darf das Haus seines Freundes nicht mehr betreten.

Eine Woche später erzählt Mutti beim Mittagessen, dass nicht nur Christophs Freund, sondern auch zwei seiner Geschwister und ihre Mutter an Typhus gestorben sind. Christoph ist schrecklich traurig, und Ilse stellt sich vor, wie das wäre, wenn Mutti und ihr Bruder ebenfalls an Typhus sterben würden. Dann hätte sie niemanden mehr auf der Welt als ihren Vati. Der ist aber einstweilen als Kriegsgefangener bei den Russen. Wird sie dann bei der Großmutter in Wien leben müssen? Dann wäre es wohl besser zu sterben, um mit Mutti im Himmel zu sein, weil die Großmutter sie ja doch nicht leiden kann.

Aber weder Christoph noch Mutti oder sie selbst erkranken an Typhus, weil Mutti rechtzeitig erfahren hat, dass das Wasser verunreinigt ist. Von da an haben sie alle drei nur noch Tee oder das Wasser trinken dürfen, das Mutti zehn Minuten lang abgekocht hat.

Damit Christoph nicht allein zum Begräbnis seines Freundes gehen muss, begleiten ihn Mutti und Ilse. Sie drängen sich zwischen den Trauergästen durch, bis sie vor den offenen Gräbern stehen. Neben der rechten Grube liegen drei kleine dunkle Särge und neben der linken Grube liegt ein großer heller Sarg. Niemand von den Angehörigen ist anwesend, erklärt Mutti den Kindern leise, weil der Vater und zwei Kinder noch krank sind. Ein schwarz gekleideter Mann spricht ein paar Worte, dann werden zuerst die Kindersärge, danach der helle Sarg von zwei Männern mit Tauen in die Grube versenkt.

Die Trauergäste schluchzen und schnäuzen sich. Selbst Christoph, der sonst nie weint, wischt seine Tränen mit einem Stofftaschentuch ab. Nur Mutti und Ilse beobachten das Geschehen ohne eine Träne zu vergießen. Mutti weint nicht, weil sie nie weint, und Ilse weint nicht, weil sie wütend ist: Christophs Freund und seine Geschwister wären noch am Leben, wenn ihre Mutter das Wasser genauso lang abgekocht hätte wie Ilses und Christophs Mutti.

Als sie inmitten der Trauergäste zum Ausgang des Friedhofs gehen, hört Ilse, wie eine Frau zu einer anderen sagt: So hübsche Kinder. So eine brave Frau. Wenn die Russen die Quelle nicht absichtlich verschmutzt hätten, würden sie noch leben.

Ilse glaubt der Frau, hat sie doch gesehen, was die Russen aus den Kleingärten, von denen einer ihnen gehört hat, gemacht haben: einen Fußballplatz. Den hätten sie auch auf der danebenliegenden Wiese anlegen können, hat sich Mutti empört, anstatt die Ribiselsträucher und das Gemüse zu zertrampeln.

Am nächsten Nachmittag, es scheint noch die Sonne, entdeckt Ilse vom Fenster aus den kleinen Manfred. Sie ist froh, dass er nicht krank geworden ist, und läuft hinunter, um mit ihm im Hof zu spielen. Jedem, der es hören möchte, erzählt Manfred, dass er Ilse heiraten wird. Darauf ist sie stolz, weil das offensichtlich eine besondere Auszeichnung ist. Manfred ist erst drei Jahre alt und der Sohn von Frau Hofbaur, der die Gemischtwarenhandlung im straßenseitigen Haus gehört.

WIEN, 2022

In der vertrauten Kleinstadt Zwettl waren die Monate nach Beendigung des Krieges eine Zeit ohne Chaos, wie es in Wien herrschte. Erdäpfel und Mohn konnte man bei den Bauern immer noch in ausreichender Menge kaufen. Etwas Brot und Schmalz ebenfalls.

Von den Zuständen, die meine Mutter bei ihren Besuchen in Wien vorgefunden hatte, erzählte sie uns nie. Heikel sei die O, wie mein Bruder sie nannte. Und dass sie sich nie rechtzeitig in den Geschäften anstelle, um wenigstens die geringen Mengen an rationierten Lebensmitteln zu erobern. Deshalb schleppte meine Mutter alle drei Wochen einen Rucksack voll Esswaren nach Wien.

Die überfüllten Züge verkehrten unregelmäßig und mit großen Verspätungen. In Floridsdorf war nach Kriegsende Endstation, von dort musste meine Mutter den provisorischen Steg über die Donau benützen und bis in die Josefstadt zu Fuß gehen. Mühsam und langwierig, weil Schuttberge den Weg versperrten und Bombentrichter manche Straßen unpassierbar machten. Für eine Strecke benötigte sie fast vier Stunden. Ständig fürchtete sie, überfallen und beraubt zu werden. Die paar Erdäpfel, das bisschen Schmalz und das Brot im Rucksack stellten eine Kostbarkeit dar.

Die Maispende der Russen, die aus getrockneten Erbsen und Bohnen bestand, empörte nicht nur die O, sondern die meisten Wiener, die Stunden damit verbrachten, die Hülsenfrüchte von den Würmern zu befreien. Aber die geschmähten Hülsenfrüchte bewahrten viele vor dem Verhungern.

Lange waren die russischen Alliierten in Wien, Niederösterreich und Teilen Oberösterreichs die einzige Besatzungsmacht. Erst im September 1945 wurde Wien unter den vier Besatzungsmächten aufgeteilt und im Oktober die in Wien sofort nach Kriegsende gebildete provisorische Staatsregierung unter Karl Renner von den drei westlichen Besatzungsmächten anerkannt.

Im ganzen Land herrschten chaotische Zustände. Besonders schlimm war die Sicherheitslage in Wien, da der Polizeiapparat erst wiederaufgebaut werden musste. Brände konnten nicht gelöscht werden, weil die abziehende deutsche Wehrmacht alle Fahrzeuge der Feuerwehr weggeschafft hatte. Rettungsfahrzeuge gab es ebenfalls keine, Schwerkranke mussten mit einem Handwagen ins Spital gebracht werden.

Die Versorgung mit Nahrungsmitteln war fast völlig zusammengebrochen. Lebensmittelkarten erwiesen sich oft als nutzlos, weil es nichts zum Verteilen gab. Durch die Kriegshandlungen war es zu massiven Ernteausfällen gekommen. Österreich war damals, was die Versorgung mit landwirtschaftlichen Produkten betraf, auf Importe angewiesen.

Unsere deutsche Staatsbürgerschaft verhinderte, dass wir in Österreich auf irgendeine Unterstützung Anspruch hatten. Im Gegensatz zu den vertriebenen Volksdeutschen aus Tschechien, die bald eingebürgert wurden, machte man es Reichsdeutschen schwer, die österreichische Staatsbürgerschaft zu bekommen.

Österreich war in die Rolle des ersten Opfers der nationalsozialistischen Aggression geschlüpft. Die Moskauer Deklaration von 1943, in welcher der Anschluss Österreichs von den Außenministern der USA, Großbritanniens und der Sowjetunion als ungültig erklärt worden war, ebnete dazu den Weg. Allerdings gab es in der Deklaration eine von den Russen geforderte Klausel: ... *dass bei der endgültigen Regelung Österreichs eigener Beitrag zu seiner Befreiung berücksichtigt wird.*

Die zersplitterten Widerstandsgruppen leisteten ihren Beitrag. Durch Verrat bezahlten einige Widerstandskämpfer noch während der letzten Kampfhandlungen um Wien ihren Mut mit dem Leben.

Waren die Österreicher stolz auf ihre Helden? Nach Einschätzung des berühmten Journalisten Hugo Portisch sympathisierten nur wenige mit den Widerstandskämpfern. Da waren viele ehemalige Parteimitglieder, die alle belastenden Dokumente verbrannt hatten und hofften, dass die Auflistung ihrer Mitgliedschaft in den „Gauakten" ebenfalls vernichtet worden war. Dazu kamen zahllose Mitläufer, die sich schwertaten, an das im Weltgeschehen wieder bedeutungslos gewordene Österreich zu glauben.

Im Herbst 1945 gab es bereits mehrere Zeitungen. Verfolgte meine Mutter die Neuigkeiten genauso aufmerksam wie während der Kriegszeit oder war sie vollauf damit beschäftigt, unser Überleben zu bewältigen? Ihre Ersparnisse in Reichsmark hatte man mit dem „Schaltergesetz" Anfang Juli eingefroren. Von den noch vorhandenen Geldreserven tauschte man nur 150 RM in Schilling um, den Rest musste meine Mutter auf ein Sparkonto legen, auf das sie nur unter bestimmten Bedingungen Zugriff hatte. Die Lebensmittelpreise waren zwar niedrig – so kosteten etwa Erdäpfel damals nur 13 und Zucker 88 Groschen pro kg –, aber beides war nur schwer zu bekommen. Lediglich am Schwarzmarkt konnte man, allerdings zu horrend hohen Preisen, noch Zucker, Schmalz und andere Lebensmittel kaufen.

ZWETTL, DEZEMBER 1945

Ein paar Tage vor Weihnachten gehen Mutti, Christoph und Ilse mit einer kleinen Handsäge in den Wald, um einen Christbaum abzuschneiden. Nach kurzer Suche entscheidet sich Mutti für eine kleine Fichte.

Zu schäbig erscheint Ilse der Baum, sie wagt es aber nicht, zu protestieren. Wegen der O hat Mutti erst vor ein paar Tagen nach Wien fahren müssen und sie sieht elend aus. So schaut Ilse nur stumm zu, wie Christoph zuerst den Schnee vom Bäumchen schüttelt und dann den dünnen Stamm durchsägt. Dann stapfen sie stumm nach Hause, denn es beginnt schon wieder zu schneien und der Wind bläst ihnen den Schnee ins Gesicht. Ilse trägt die Säge, Mutti und Christoph wechseln sich beim Tragen des Christbaums ab.

Im Hof kehren sie sich gegenseitig mit einem Besen den Schnee von den Kleidern und Schuhen ab und stellen den Christbaum in den Keller. In der Küche ist es noch warm. Mutti facht das Feuer im Herd an und stellt Teewasser auf.

Die drei hängen ihre nassen Kleider auf die Schnüre über dem Herd und stellen die Schuhe neben ihn.

– Heute gibt es Grießkoch, es ist noch ein bisschen Milch von der Früh da.

– Und ein Brot dazu.

– Ja, mein Großer. Ilse, nimm doch meine Lammfelljacke, damit dir wieder warm wird. Du hustest ja schon wieder. Sind deine Strümpfe nass geworden? Komm, zieh sie schnell aus, ich hänge sie dir auf, schlüpf in die Trainingshose und zieh die dicken Schafwollsocken an. Lass dich einmal angreifen. Du glühst ja. Du hast wohl schon wieder Fieber.

– Kann ich schon ins Bett gehen? fragt Ilse.

– Zuerst musst du den heißen Tee trinken, damit dir warm wird, und ein paar Bissen Grießkoch essen. Schau, dein Bruder legt dir bereits den heißen Ziegel in dein Bett. Christoph, pass auf, dass du dich nicht verbrennst.

– Muss ich dann morgen nicht in die Schule gehen? fragt Ilse, denn dann wäre es nicht so schlimm, schon wieder krank zu sein und den ganzen Tag im Bett zu bleiben. Sie könnte das warme Bettjäckchen anziehen und die alten Bilderbücher anschauen. Den Text kann sie jetzt bereits selber lesen.

– Du bleibst morgen auf jeden Fall im Bett. Ich gebe Christoph einen Zettel für deine Lehrerin mit, damit sie weiß, dass du vor Weihnachten nicht mehr in die Schule kommst.

– Fein, sagt Ilse, löffelt brav ihr Grießkoch, das mehr nach Wasser als nach Milch schmeckt, und trinkt so rasch es geht den heißen und sauren Tee aus. Danach darf sie vom Tisch aufstehen, obwohl die anderen zwei noch essen, und braucht sich nur die Zähne zu putzen. Direkt neben dem warmen Herd fängt sie an, sich auszuziehen. Mutti hat das Flanellnachthemd aus dem Bett geholt und kurz ins Backrohr gelegt, damit es kuschelig warm ist.

– Lass die Socken an, husch schnell ins warme Bett und steck dir bitte den Fiebermesser unter die Achsel.

Eiskalt ist es im Wohnzimmer. Aber in ein paar Tagen ist Weihnachten, dann werden sie bestimmt den großen Ofen wieder mit Holz füllen. Es wird Geschenke geben … Aber dann fallen Ilse bereits die Augen zu. Sie wacht auch nicht auf, als Mutti ihr das Fieberthermometer aus der Achselhöhle zieht.

ZWETTL, WEIHNACHTEN 1945

Am Heiligen Abend holen Mutti und Christoph nachmittags den Christbaum aus der Waschküche. Der Stamm ist zu dünn für den Christbaumständer. Mutti umwickelt ihn mit Zeitungspapier.

Ilse hat die beiden Schachteln mit Christbaumschmuck geöffnet und überlegt, was sie davon auf den kleinen Christbaum hängen soll. Nur die allerkleinsten Kugeln und ein paar von den Holzfiguren, aber keine Soldaten. Viel Lametta, denn auch diesmal müssen sie wegen der brennenden Kerzen nicht aufpassen. Es gibt – wie schon im Vorjahr – keine Kerzen zu kaufen. Es gibt auch keine Karamellen oder Schokoladestückchen, die Mutti in das gefranste Seidenpapier eingewickelt hätte. Wickelpapier gäbe es noch genug. Sie werden für bessere Zeiten aufbewahrt. Kommen die erst, wenn alle Russen wieder in Russland sind und Vati daheim ist? fragt sich Ilse.– Stellen wir doch den Christbaum auf den großen Tisch, damit er größer ausschaut, schlägt Christoph vor.

– Wir wollen doch wenigstens zu Weihnachten so wie früher am Wohnzimmertisch essen, wendet Mutti ein, wie wär's, wenn wir ihn auf den Kindertisch stellen? Ihr schmückt den Baum und ich geh die Erdäpfel schälen. Sie sind bestimmt schon gar. Hilfst du mir beim Nudelnwuzeln, Ilse?

– Dann gibt es wieder lauter winzig kleine, protestiert Christoph.

– So schmecken die Mohnnudeln aber besser. Hängst du die kleinen Glaskugeln auf? bittet Ilse ihren Bruder, aus Angst sie zu zerbrechen.

Obwohl Christophs linke Hand ein wenig steif ist und ihm noch immer weh tut, ist er viel geschickter. Aber er ist ja zwei Jahre älter, tröstet sich Ilse, und in zwei Jahren wird sie auch nicht mehr so patschert sein.

– Warum hast du die Soldaten aussortiert? fragt Christoph seine Schwester.

– Ich mag sie nicht.

Da kommt Mutti, um Ilse zu holen.

– Wen magst du nicht? fragt sie.

– Die Soldaten.

Da nimmt Mutti die Handvoll grau gestrichener Holzsoldaten und steckt sie, bevor Christoph protestieren kann, in den Ofen.

Die Pfanne mit den Mohnnudeln steht auf dem Küchenherd, damit sie warm bleiben. Mutti legt noch Holz in der Küche nach, dann dürfen die Kinder ihre Geschenke auspacken.

Ilse bekommt eine kleine Holzpuppe, die in einer bemalten hölzernen Wiege liegt, und ein Buch, Christoph zwei große Tierbücher und dazu gibt es für beide einen kleinen Teller mit Keksen. Die haben Mutti und Christoph gebacken, als Ilse noch mit Fieber im Bett gelegen ist.

– Nur Sterne! Ilse ist enttäuscht.

– Ist doch egal, ob die Kekse Herzen, Engel oder Mondsicheln sind. Sie schmecken doch gleich.

– Hast du keinen Teller, Mutti? erkundigt sich Ilse.

– Sind doch nur so wenige mit dem bisschen an Zucker und Mehl, sagt Mutti.

– Dann darfst du dir von meinem Teller nehmen, so viel du möchtest.

– Danke, Ilse, das ist lieb.

– Von meinem auch, sagt Christoph schnell.

Dann werden die Mohnnudeln auf den schönen Tellern verteilt, und Mutti streut auf jeden davon einen Esslöffel Zucker, den sie vom Backen zurückbehalten hat.

– Sollen wir nach dem Essen noch ein paar Weihnachtslieder singen? fragt sie.

– Nein, sagt Christoph schnell, und Ilse schüttelt bloß den Kopf.

Vor dem Schlafengehen bleibt sie wie an jedem Abend vor dem Bücherkasten stehen. Dort hat Mutti ein gerahmtes Foto vom Vati hingestellt. Er sitzt bei geöffnetem Fenster auf dem Fensterbrett und spielt Ziehharmonika. Als Ilse protestiert hat, so habe Vati nicht ausgesehen, hat ihr Mutti erklärt, da sei er noch viel jünger und Ilse noch nicht auf der Welt gewesen. Wo war ich da? überlegt Ilse seit damals. Wo war ich denn bloß vor meiner Geburt?

WIEN, 2022

Der Zucker war ein Geschenk der bei uns einquartierten Russen. Das Mehl von Muttis Freundin aus der Mühle. Waren es Kekse ohne Fett und ohne Eier? Wahrscheinlich. Aber sie haben wunderbar geschmeckt.

Schon während ich mit Fieber im Bett gelegen bin, hatte mir Mutti ein paar meiner Lieblingsbücher auf einen Sessel neben dem Bett gelegt. Es war aber nicht möglich gewesen, in den schweren Büchern zu blättern, ohne sich dabei abzudecken und zu frieren. Jetzt konnte ich, wenn ich allein war, eingehüllt in Muttis Schaffelljacke, endlich in Muße meine Lieblingsbilder betrachten und meine Trauer für kurze Zeit vergessen, hatte ich doch umsonst auf das Wunder gehofft, Vati würde – so wie ein Jahr davor – plötzlich zur Tür hereinkommen.

Um bei dem eisig kalten Wetter nicht gleich wieder krank zu werden, durfte ich wieder einmal nicht mit spazieren gehen. Bestimmt hätte ich gerne wie früher das Radio aufgedreht, um Musik zu hören, aber die Russen hatten vor Weihnachten lediglich die Volksempfänger ihren Besitzern ausgefolgt. Die besseren Radios hatten sie behalten.

Im Mai 1945 hatte meine Mutter in einem zerfledderten Paket die Brillen und das silberne Zigarettenetui meines Vaters auf dem Fußabstreifer der Wohnung vorgefunden und erst jetzt so richtig begriffen, dass er tot war. Sie hatte sich noch vor dem Kriegsende von meinem Vater scheiden lassen wollen. Hatte sie Schuldgefühle, weil er sich deshalb freiwillig nach Ostpreußen gemeldet hatte, oder hatte sie, so wie später, sein Schicksal bloß mit dem Satz abgetan, dass er eben ein sentimentaler Narr war?

Bereits im Herbst 1945 ließ sie meinen Vater amtlich für tot erklären. Weil sie eine durch und durch vernünftige Frau war, die für zwei Kinder sorgen musste und dadurch schneller die österreichische Staatsbürgerschaft zu erlangen hoffte? Sie hatte ihn in den Tod getrieben, war meine erste Reaktion, als ich nach ihrem Tod und 50 Jahre nach dem Tod meines Vaters im blauen Heft sein Vermächtnis gelesen hatte.

Hat meine Mutter das Bekenntnis seiner Liebe und den Wunsch, ohne sie nicht länger weiterleben zu müssen, nie gelesen? Auf den ersten Seiten stehen Gedichte, die er vor dem Krieg geschrieben hat. Blätterte sie in dem Heft nie weiter? Wie so oft gibt es für meine Fragen keine Antwort.

Dokumente, Fotos, Gedichte, das blaue Heft meines Vaters, sie liegen wohlverwahrt in meinem Arbeitszimmer. Viele Kinder im Krieg gefallener Soldaten erinnern sich nur vage an ihren Vater. Und nochmals stelle ich mir die Frage: Warum hat meine Mutter all das aufbewahrt? Aus Pflichtbewusstsein gegenüber uns Kindern oder weil sie den sentimentalen Narren doch geliebt und geschätzt hat?

Während ich an dem Roman Bitterkalt arbeitete, entstand im Dialog mit seinen Gedichten ein eigenes.

Lodernd Herz und süßes Licht
leuchte mir, verlass mich nicht ...

Als du, mein Vater, diese
Anfangszeilen schriebst,
rüstete sich dein Land
zum Krieg.

Wann verstummte dein
Bedürfnis, Gefühle in
Gedichten auszudrücken?
Wann verstummten
deine Gefühle?

Im ersten, im zweiten,
im dritten, im vierten,
im fünften Kriegsjahr?
Oder erst im sechsten,
in dem dein Leben
vernichtet wurde?

Jetzt vertiefe ich mich
immer wieder
in deine Gedichte,
versuche, dir nahe zu sein.

Es gibt ein einziges Foto von meiner Mutter, meinem Bruder und mir aus der Nachkriegszeit. Vermutlich erst 1952 aufgenommen. Während mein Bruder und ich krampfhaft zu lächeln versuchen, wirkt das Gesicht meiner Mutter ausdruckslos, wie versteinert. Aber gab es in der Nachkriegszeit überhaupt unbeschwert lächelnde Mütter? Man hatte überlebt, mehr nicht. Viele hatten alles verloren, waren als Ausgebombte in der noch intakten Wohnung einer fremden Familie einquartiert und als Störenfriede empfunden worden. Und das waren sie ja auch. Wir hatten also noch Glück gehabt.

So wie meine Mutter mussten sich in den Nachkriegsjahren viele Frauen durchschlagen und jede sich bietende Arbeit annehmen, weil ihre Männer, so sie den Krieg überlebt hatten, zum größten Teil noch in Kriegsgefangenschaft waren. Mit etwas Glück bei den Engländern, Amerikanern oder Franzosen, die sie relativ bald nach Hause schicken würden. Wer die russischen Gefangenenlager überlebt, wird erst Jahre später heimkehren. Die Letzten erst 1955.

Einige der Frauen kannten ihren Mann kaum, aus einer kurzen Liaison war ein Kind entstanden, eine damals mögliche Fernehe geschlossen worden, und viele Jahre später stand plötzlich ein Fremder vor der Tür und begehrte Einlass.

ZWETTL, FEBRUAR 1946

Als Ilse aus der Schule kommt und rasch durch den dunklen Gang läuft, steht Frau Hofbaur plötzlich vor ihr. Ilse grüßt kaum vernehmbar und versucht an ihr vorbeizuhuschen. Da verstellt ihr die Frau Hofbaur den Weg.– Möchtest du nicht wieder den kleinen Manfred besuchen?

Während Ilse überlegt, was sie antworten soll, weil Mutti ihr doch gesagt hat, Frau Hofbaur erlaube nicht länger, dass sie Manfred besuche, schubst Frau Hofbaur Ilse in die dunkle Wohnung.

Manfred sitzt in seinem Kindersessel am Wohnzimmertisch vor einem Teller Nudelsuppe. Seine Oma versucht ihm einen Löffel Suppe in den Mund zu schieben, er presst seine Lippen jedoch fest zusammen. Als Manfred aber seine Freundin sieht, verspricht er, brav seine Suppe zu essen, wenn Ilse sich neben ihn setzt und ebenfalls eine Suppe bekommt. Seine Mutter protestiert, seine Oma protestiert, aber irgendwann steht dann doch ein zweiter Teller mit ein wenig Suppe auf dem Tisch, und die Kinder werden allein gelassen, weil die Frauen Kundschaften im Geschäft bedienen müssen. Ilse füttert ihren Freund und nimmt dazwischen immer wieder selber einen Löffel von der guten Suppe.

– Du könntest ruhig schon allein essen. Du bist ja schon ein großer Bub, schlägt Ilse vor.

Weil sich Manfred aber noch etwas ungeschickt anstellt und Suppe verschüttet, füttert ihn Ilse, bis der Teller leer ist.

– Morgen kommst wieder, befiehlt die Oma, als ihr Manfred stolz berichtet, seine Suppe aufgegessen zu haben, und Frau Hofbaur bestätigt den Befehl mit einem Nicken.

WIEN, 2022

Bei der Familie Hofbaur gab es, soweit ich mich erinnern kann, jeden Tag eine kräftige Rindsuppe. Meist mit Nudeln, aber gelegentlich sogar mit Leberknödeln. So kam ich in der Zeit der schlechtesten Versorgungslage zu einem Zubrot. Wahrscheinlich war meine Mutter nicht allzu glücklich über das Arrangement, vergönnte mir aber bestimmt meine Rindsuppe und gelegentlich eine Palatschinke oder eine andere Mehlspeise.

Warum mochte der kleine Manfred mich und nicht Linde mit ihren wunderschönen blonden Zöpfen? Ich war kein fröhliches Kind und nach meiner eigenen Überzeugung auch nicht besonders hübsch. Statt meiner glatten schwarzen Zöpfchen wünschte ich mir lange blonde Locken und statt meiner gebräunten Haut eine schneeweiße. Wegen meiner dunklen Augen – ein weiteres Manko – wurde ich von Erwachsenen oft gehänselt: Hast du dir deine Augen nicht gewaschen? Ich verabscheute solche Hänseleien und tat so, als hätte ich sie nicht gehört.

In den Kriegs- und ersten Nachkriegsjahren führten Manfreds Mutter und Großmutter allein die Gemischtwarenhandlung. Ich kann mir vorstellen, wie mühsam das war. Lebensmittelkarten gab es seit Kriegsbeginn 1939. Bei jedem Verkauf musste das zugehörige Kästchen mit der Schere von der Lebensmittelkarte abgeschnitten werden. Sie wurden später auf große Bögen geklebt. Es war praktisch alles rationiert, nicht nur Lebensmittel, auch Stoffe, Strümpfe, Schuhe, so es die überhaupt gab. Bei einer mit so viel Arbeit überlasteten Mutter war es kein Wunder, dass der kleine Manfred mich mochte. So bekam er wenigstens ein bisschen von dem ab, was er entbehrte: ein klein wenig Aufmerksamkeit und Zuwendung.

Oft frage ich mich, wie weit die Gesellschaft die Entwicklung von Kindern bestimmt. Während Christoph während des Krieges, wie auf mehreren Fotos dokumentiert, stolz in Vatis Stiefel schlüpft, den Stahlhelm aufsetzt und das Gewehr schultert, begann ich schon früh, mich um jüngere Kinder zu kümmern. Den kleinen Fritzi, der ein wenig sprechfaul war, lehrte ich angeblich erfolgreich seinen Wortschatz zu vergrößern. Für Manfred, einen dreijährigen zarten und lieben Buben, wurde ich bald zu seiner großen Freundin.

Mädchen bekommen Puppen, Buben einen Baukasten, um in ihren Rollen fixiert zu werden. Soweit ich mich erinnern kann, spielte ich aber höchst selten mit meinen Puppen, sondern lieber mit den holzgeschnitzten Tieren, den Bauernhäusern aus Holz, den städtischen Giebelhäusern, wie sie auch in Zwettl stehen, und den rot gefärbten Häusern, von denen mir Mutti erklärt hatte, dass sie Lübeck darstellten. Aus diesem Material gruppierte ich in immer neuen Kombinationen ländliche und städtische Regionen stets mit einem riesigen Zoo am Rande einer Siedlung. Zur Infrastruktur dienten wunderschön geschnitzte Pferdewagen, für Lübeck Schiffe und eine kleine Straßenbahn. Holzgeschnitzte kleine Menschen bevölkerten Dorf und Stadt, die Frauen und Mädchen mit schönen langen Röcken. Für die kleinen Holzkinder gab es neben dem Zoo ein Ringelspiel. Erst nach mehreren Ermahnungen, dass der Teppich, auf dem ich spielte, endlich wieder einmal ausgeklopft werden müsse, schlichtete ich alles wieder in die Schachteln. Obenauf legte ich die Hochzeitskutsche mit der weiß gekleideten Braut und dem dunkel gekleideten Bräutigam. Selbst der Kutscher sah hübscher aus als die Kutscher von den Fuhrwerken, die Milch, Kohle oder Holz transportierten.

ZWETTL, JULI 1946

Das Schuljahr geht zu Ende und noch immer gibt es für die Erstklassler keine Hefte und Bücher, bloß die Schiefertafel und das abgegriffene Lesebuch. Als Ilse ihr Zeugnis mit dem ihrer Freundin Linde vergleicht, bekommt ihr Selbstwertgefühl einen kleinen Dämpfer: ein Zweier in Singen verunstaltet die Reihe der Einser, während Lindes Zeugnis makellos ist.

Um sich nicht länger Christophs Vorwürfe anhören zu müssen – ein Schulkind heult nicht –, hat Ilse es beinahe geschafft, keine Heulsuse mehr zu sein. Sie ist so stolz darauf, dass sie anfängt, Mädchen zu verachten, die bereits wegen einer kleinen Rüge der Lehrerin in Tränen ausbrechen. So stark und klug wie Mutti möchte sie sein, wenn sie einmal groß ist, nimmt sie sich vor.

Schon vor Ferienbeginn vergeht die Zeit viel zu rasch, denn die gefürchtete Übersiedlung rückt rasch näher. Jeden der liebgewonnenen Plätze im breiten Kamptal und im schmalen, gewundenen Zwettltal möchte Ilse nochmals aufsuchen. Zwar sind die Margeriten und zarten Glockenblumen bereits verblüht, dafür schmücken jetzt Pechnelken, Salbei und gelber Bocksbart die Wiesen, und am Waldrand öffnen die ersten Glockenblumen ihre Blütenkelche.

In der Stadt begegnen Ilse immer öfter Männer, die aus der Gefangenschaft entlassen worden sind. Auch Lindes Vater ist wieder zu Hause. Das Verbot, dass Ilse ihre Freundin nicht in der Wohnung besuchen darf, wird vom Vater bestätigt.

Dass die Väter anderer Kinder gesund zurückkehren, während ihr Vater noch immer irgendwo in Russland gefangen gehalten wird, findet Ilse ungerecht. Sie weicht jetzt nicht nur den Russen aus, sondern auch den heimgekehrten Männern.

Mutti erwähnt Vati nie, sie sagt bloß, dass er tot ist. Aber Ilse hört zu, wenn Erwachsene sich unterhalten. So weiß sie, dass die bei den Amerikanern in Gefangenschaft geratenen Soldaten halbwegs gut ernährt werden, keine Flöhe und Läuse haben, weil die Amis alle Gefangenen mit DDT einstauben, und früher entlassen werden als von den anderen Alliierten. Bei den Engländern und Franzosen ist alles nicht ganz so gut. Am schlechtesten soll es den Gefangenen bei den Russen gehen. Angeblich sterben dort viele Männer während ihrer Gefangenschaft. Ihr Vati jedoch, davon ist Ilse überzeugt, wird die Gefangenschaft überleben und irgendwann gesund heimkommen. Diese Gewissheit behält sie jedoch für sich, um nicht nochmals von Mutti hören zu müssen: Aber Ilse, wie oft soll ich es dir noch erklären? Vati kommt nicht mehr nach Haus, er ist tot.

Schon im März hat Mutti den Kindern erklärt, dass sie jetzt doch nicht nach München ziehen werden, sondern nach Wien, weil die O ohne ihre Unterstützung in Wien verhungert.

– Wien ist viel schöner als Zwettl. Und wir werden in der amerikanischen Zone wohnen, versucht Christoph Ilse die Übersiedlung schmackhaft zu machen.

Dass dort keine Russen sein werden, tröstet Ilse zwar ein wenig, nimmt ihr aber nicht die Angst, bei der O wohnen zu müssen.– Du musst halt ganz brav sein, rät ihr der Bruder.

Die O wird sie trotzdem nicht mögen, jedenfalls nicht so wie den Bruder, weiß Ilse. Sie mag keine kleinen Mädchen, hat ihr Mutti erklärt. Vielleicht werden sie nicht lange dortbleiben, denn sobald Vati wieder da ist, werden sie nach München ziehen und dort eine eigene Wohnung haben.

Zwei Wochen vor der Übersiedlung wurde den einquartierten Russen ein neues Quartier zugewiesen. Zum Abschied haben sie Mutti die Hand geschüttelt und den Kindern zugelächelt. Seither hört Mutti nicht auf zu packen. Alles, was sie besitzen, verschwindet in Holzkisten. Eine davon ist voll mit Zetteln und Briefen. Die sind vom Vati, erklärt Mutti. In einer anderen Kiste liegen fein säuberlich zusammengelegt seine Soldatenuniformen, seine Hosen, Pullover und Schuhe. Ilse schaut Mutti fragend an, aber Mutti erklärt es ihr nicht. Hofft Mutti vielleicht doch, dass Vati nicht tot ist? Auf einigen Kisten zeichnet Mutti mit Kreide auf jeder Seite ein großes X.

– Warum das? fragt Ilse.

– Das sind die Kisten, die einstweilen in Wien auf dem Dachboden verstaut werden. In der Wohnung von der O ist nicht für all unsere Sachen Platz.

– Aber mein Gitterbett kommt schon mit?– Nein. Das habe ich verkauft. Du bist doch schon ein großes Mädchen und brauchst es nicht mehr. In Wien wirst du bei mir auf der Eckbank schlafen.– Aber die Eckbank ist doch viel zu schmal!– Wir schieben den Tisch ein Stück zur Seite, stellen zwei Sessel neben die Bank und legen die Polster von den Lehnsesseln darauf. Du wirst schon sehen, wie gemütlich unser großes Bett sein wird.

Ilse sagt nichts. Mutti möchte ihre Einwände nicht hören, wie sie sagt. Aber es kann doch gar nicht gemütlich sein, wenn die O im selben Zimmer schläft! Und wie soll sich Ilse je wieder neue Geschichten ausdenken, wenn sie kein eigenes Bett hat?

Die Kästen und Betten werden zuletzt zerlegt. Christoph schläft die letzte Nacht auf seiner Matratze am Boden, Ilse das letzte Mal in ihrem Gitterbett. Sie kann nicht einschlafen. Immer wieder streicht sie mit ihren Händen über den hellen Wandschutz aus gewebten breiten Kunstfasern, in dem sich das Licht so schön spiegelt. Wie oft hat sie, wenn sie das Flechtmuster betrachtet hat, dort Prinzessinnen, Prinzen, Königinnen und Könige, gute und böse Feen erblickt und sich eine wunderschöne Geschichte ausgedacht, in der zuletzt alle glücklich und zufrieden gewesen sind. Ob sich das Kind, das bald in ihrem Gitterbett schlafen wird, auch so schöne Geschichten ausdenken kann, fragt sie sich, und dann erfindet sie eine letzte Geschichte, in der Vati mit ihnen in einem wunderschönen roten Auto ans Meer fährt, so wie er es seinen Kindern in einem Brief versprochen hat. Ob sich der Brief mit Vatis Zeichnungen in der Kiste befindet, in der alles liegt, was Vati je geschrieben hat? Sobald sie in Wien sind, wird sie heimlich auf den Dachboden steigen und den Brief mit den hübschen Zeichnungen suchen, nimmt sie sich vor, bevor sie einschläft.

Bereits im Morgengrauen weckt Mutti die Kinder. Während sie frühstücken, streicht Mutti für jedes Kind, für sich, den Fahrer des Lastwagens und seinen Helfer zwei doppelte Schmalzbrote, denn sie werden lange unterwegs sein.

Inzwischen sind die zwei Männer eingetroffen, die Mutti für die Übersiedlung angeheuert hat. Sie fangen an, die zerlegten Betten aus dem Schlafzimmer zum Lastauto zu tragen.

– Dürfen wir zuschauen, wie unsere Sachen im Lastwagen verstaut werden? fragt Christoph.

– Ja, aber steht nicht im Weg herum, und zieht eure Jacken an, damit euch während der Fahrt auf der Ladefläche nicht kalt wird.

– Wir müssen auf der Ladefläche sitzen, empört sich Ilse.

– Raus! schreit Mutti.

Die Kinder drücken sich im Stiegenhaus an die Wand, als die Männer schwer beladen an ihnen vorbeigehen. Dann stehen sie auf der Straße und schauen zu, wie ihre zerlegten Möbel und alle Kisten auf die Ladefläche geschlichtet werden.

Gestern hat sich Ilse von Linde, ihrer Freundin, und Manfred, ihrem kleinen Freund, verabschiedet. Sie wird nie wieder nach Zwettl kommen und die beiden nie mehr wiedersehen, weil sie ab jetzt in Wien bei der O leben muss. Ilse schluckt ihre Tränen hinunter, damit Christoph sie nicht ausschimpft, dass sie noch immer eine Heulsuse ist. Er freut sich auf Wien, es macht ihm nichts aus, Zwettl zu verlassen. Wahrscheinlich, überlegt Ilse, mag er Zwettl nicht, weil er hier so oft im Krankenhaus gelegen und so oft operiert worden ist. Sie war nur einmal mit Rotlauf eine Woche im Krankenhaus. Schrecklich ist es dort gewesen und dann ist sie auch noch mit einem Kopf voller Läuse nach Hause gekommen. Christoph tut sein Arm noch immer weh. Er beklagt sich aber nie und deshalb sollte sie jetzt auch kein Theater machen.

Mit den letzten Gegenständen, die von den Männern heruntergetragen werden, kommt endlich Mutti. Außer ihrer großen Handtasche mit den Papieren trägt sie zwei aus Spagat geflochtene Taschen. Eine überreicht sie Christoph.

– Die Brote könnt ihr essen, sobald ihr hungrig seid. Aus der Wasserflasche trinkt ihr aber nur, wenn das Lastauto stehen bleibt. Verstanden? Und Christoph, du passt auf Ilse auf. Christoph nickt.

Ilse wundert sich, weil einer der Männer nochmals auf die Ladefläche kraxelt. Da wird sie plötzlich vom zweiten Mann gepackt und dem ersten übergeben, der sie auf einen der zwei gepolsterten Wohnzimmersessel setzt. Christoph weigert sich, hochgehoben zu werden, und klettert alleine über die hintere Bordwand und die zerlegten Möbel zu seinem Sitzplatz.

– Na, was sagt ihr? Da könnt ihr doch richtig bequem sitzen. Aber auf gar keinen Fall dürft ihr während der Fahrt aufstehen. Zweimal bleiben wir stehen, damit ihr aufs Klo gehen könnt, erklärt ihnen der

Mann. Er überprüft noch einmal, ob die zwei Sessel fest genug stehen, und springt wieder auf die Straße.

– Ihr steht auf keinen Fall während der Fahrt auf, ermahnt sie jetzt auch noch Mutti.

Dann verschwinden Mutti und die zwei Männer aus dem Blickfeld der Kinder. Gleich darauf hören sie, wie der Motor anspringt und gleichmäßig tuckert. Eine schwarze Wolke kommt aus dem Auspuff.

– Es stinkt, beklagt sich Ilse.

– Sobald der Lastwagen schneller fährt, wird es besser sein.

Als sie an der Dreifaltigkeitssäule vorbeikommen, schaut Ilse ein letztes Mal die Landstraße hinauf, dann geht es die enge Kremsergasse hinunter und am Krankenhaus vorbei über die Kampbrücke.

– Da bin ich auf die Welt gekommen, sagt Ilse und zeigt zum Krankenhaus.

– Und ich in Allentsteig, trumpft der Bruder auf.

Dort, wo auch Vati geboren wurde, dort, wo jetzt weder ihre Oma noch ihre Tanten noch ihre einzige Cousine und ihre sechs Cousins wohnen. Zum Glück sind sie alle rechtzeitig in den Westen gezogen, hat Mutti ihr und Christoph erklärt.

Gemächlich geht es den steilen Berg hinauf, über die Bahngleise, danach ein weiteres Stück bergauf, bis sie auf der Hochebene sind und der Lastwagen wieder an Tempo zulegt.

– Schau, dort ist der Kirchturm vom Stift Zwettl.

Ilse nickt, kramt in ihrer Jackentasche nach dem Taschentuch und schnäuzt sich. Sie bemerkt, wie sie der Bruder kritisch mustert, und versucht zu lächeln.

WIEN, JULI 1946

Christoph und Ilse können kaum mehr sitzen, so weh tut ihnen der Popo, denn auf den schlechten Straßen sind sie kräftig durchgerüttelt worden. Jetzt haben sie endlich Wien erreicht und nähern sich der seit Mai wiederhergestellten Floridsdorfer Brücke.

– Da sind ja noch immer überall Russen, empört sich Ilse, als der Lastwagen angehalten wird. – Hast du mir nicht erzählt, dass in Wien die Amerikaner sind?

– Wien ist in vier Zonen aufgeteilt, erklärt ihr Christoph geduldig. Es gibt die russische, französische, amerikanische und englische Zone. Und wir wohnen in der amerikanischen Zone.

Abermals wird der Lastwagen angehalten, Mutti und die Männer müssen wieder aussteigen und ihre Identitätskarten herzeigen. Zwei Russen gehen rund um den Lastwagen, einer lächelt den Kindern zu, aber nur Christoph erwidert das Lächeln.

Hässlich ist Wien geworden, findet Ilse, furchtbar hässlich. Von manchen Häusern steht nur noch die Hälfte, und selbst wenn ein Haus nicht beschädigt ist, haben die meisten Fenster keine Glasscheiben mehr und sind mit Holz oder Pappendeckeln verschlossen.

Als der Lastwagen nochmals stehen bleibt, flüstert Christoph Ilse zu: Schau, das sind jetzt die Amis.

Die schauen ja wirklich ganz anders aus als die Russen, wundert sich Ilse. Größer, schlanker, und bewegen tun sie sich auch anders, auf jeden Fall nicht wie Soldaten. Auch ihre Uniformen sind nicht so ordentlich, wie es sich gehört. Einer von ihnen hat sogar etwas im Mund, an dem er herumkaut.

– Tut der essen? fragt sie leise ihren Bruder.

– Der hat bloß einen Kaugummi im Mund.

Ein Stück Gummi, an dem man kaut? Ilse möchte von Christoph mehr erfahren, aber der bedeutet ihr, den Mund zu halten. Kaugummi. Das muss genauso unhygienisch sein wie Schnuller für Babys, denkt sie, und darum hat uns Mutti nie einen in den Mund gesteckt.

– Gleich sind wir da, erklärt Christoph, als sie endlich weiterfahren.

Jetzt ist es also so weit, denkt Ilse, jetzt werden wir also bei der O wohnen. Das Mensch kommt mir nicht in die Wohnung, soll sie mehrmals gesagt haben, hat ihr Christoph erzählt, der vor ein paar Monaten mit Mutti nach Wien mitfahren hat dürfen. Aber vielleicht macht ihr der Bruder nur Angst, und Mutti wird ihr doch sicher helfen. Jetzt fang nicht gleich an zu heulen, ermahnt sich Ilse selbst, und deshalb schnäuzt sie sich bloß in ihr Stofftaschentuch.

– Die O wird dich schon nicht fressen, tröstet sie der Bruder.

Vor dem Haus in der Zeltgasse 10 bleibt der Lastwagen stehen. Die Männer lassen die Seitenplanken herunter, Christoph springt als Erster auf die Straße, Ilse möchte es ihm nachmachen, traut sich aber nicht.

– Spring endlich. Ist ja nicht hoch.

Fast wäre sie gestürzt, hätte sie der Bruder nicht rechtzeitig am Arm gepackt.

– Bist du patschert, sagt er.

Da kommt Mutti und befiehlt den Kindern einstweilen in den Beserlpark zu gehen, damit sie in der Wohnung nicht im Weg herumstehen.

– Du weißt noch, wo er liegt? fragt sie Christoph.

Der zeigt mit der Hand zum Ende der Gasse, wo die Kronen von ein paar Bäumen zu sehen sind.– Gut. Ich hole euch, wenn wir hier fertig sind. Wird aber dauern. Habt ihr noch Wasser?

– Ja. Außerdem gibt es im Park einen Brunnen, sagt Christoph.

– Ich muss dringend aufs Klo, meldet sich Ilse.

– Dann komm mit, aber schnell! Mutti packt sie am Arm, dreht sich aber dann doch noch zu den Männern um, die bereits mit dem Abladen beginnen wollen: Bevor ihr die Möbel hinauftragt, müssen die Möbel meiner Mutter vom Zimmer auf den Dachboden geschafft werden. Kommen Sie bitte mit in die Wohnung. Nachher zeige ich Ihnen unser Abteil am Dachboden.

Mit Ilse an der Hand hastet sie in den ersten Stock, während die Männer die Seitenplanken wieder schließen, damit es nicht gar so einfach ist, etwas zu stehlen.

Links von der Treppe sperrt Mutti eine doppelte Flügeltür mit Glasscheiben auf. Im geräumigen Vorraum befinden sich rechts und links zwei große Türen und direkt vor ihr zwei schmälere.

– Links wohnen unsere Nachbarn, erklärt Mutti, rechts wir. Das rechte Klo ist unser Klo. Du gehst nur auf dieses Klo, verstanden? Nach deinem Geschäft ziehst du an der Schnur von der Wasserspülung, gehst dann rechts in die Wohnung, wäschst dir in der Küche die Hände und läufst dann zum Christoph. Warte, ich schau nur nach, ob noch Zeitungspapier da ist.

Ein Großteil vom Zeitungspapier, das sie beim vorigen Besuch zugeschnitten hat, liegt noch auf dem Schemel.

– Sparsam verwenden.

Ilse nickt. Sie weiß, dass alles, selbst Zeitungspapier, knapp ist, und dann sitzt sie allein auf dem fremden Klo. Es stinkt wenigstens nicht so wie das Plumpsklo in Zwettl. Mutti hat die Tür zur Wohnung offen gelassen, und so kann Ilse deutlich hören, wie sich Mutti ärgert, dass die O den Kasten noch nicht ausgeräumt hat. Jetzt aber schnell, sagt sie. Ich breite ein Leintuch aus, damit nichts schmutzig wird. Ilse hört, wie die zwei Männer die Wohnung betreten, wie Mutti sie bittet, das Bettzeug aufs Fensterbrett zu legen und das Bett zu zerlegen. Dann hört Ilse nur ein Gemurmel, danach wieder Muttis energische Stimme: Du bekommst ja genug Platz in unseren Kästen für deine Sachen, und dein Nachtkästchen bleibt ohnehin hier.

Ilse betätigt die Wasserspülung, wäscht sich in der Küche die Hände. Ein schmuddeliges Handtuch hängt an der Wand. Bestimmt von der O, und Ilse läuft mit nassen Händen hinunter auf die Straße.

– Na endlich, sagt Christoph.

Der Beserlpark ist nicht groß. In der Mitte eine kreisrunde, asphaltierte Fläche, seitlich davon ein paar Bäume und Büsche. Die Erde dazwischen ist niedergetrampelt und die Büsche schauen tatsächlich wie unansehnliche Besen aus, stellt Ilse fest. Mehrere Buben spielen Fußball, und die Mädchen werfen immer wieder einen Ball gegen eine Mauer, die den kleinen Park von den umliegenden Häusern abgrenzt. Die anderen Kinder sind deutlich älter als Ilse, weshalb sie in der Nähe ihres Bruders bleiben möchte, aber der fragt gerade einen Buben, ob er mitspielen darf. Der nickt zustimmend, und Christoph übergibt Ilse das Netz mit der Wasserflasche und den restlichen Broten. Ilse schaut eine Weile zu, wie die Buben um einen Ball raufen, der kein richtiger Ball aus Gummi oder Leder ist, sondern bloß aus fest zusammengebundenen Fetzen besteht. Er fliegt nicht weit, was gut ist, denn es gibt ohnehin zu wenig Platz im Park. Jedes Mal wenn die Buben rennen, staubt es, sodass ihre nackten Beine grau vom Staub sind.

Ilse möchte sich gerne niedersetzen, aber es gibt nur eine einzige Bank, auf der zwei alte Frauen sitzen. Erst nach einer Weile besiegt die Müdigkeit ihre Schüchternheit und sie setzt sich an den Rand der Bank, drückt ihren Körper an die Seitenlehne.

– Wir beißen dich nicht, sagt eine der Frauen.

Ilse bleibt stumm. Was soll sie schon darauf antworten? Sie schließt die Augen und geht in Gedanken auf dem breiten Weg hinein ins

Kamptal. Die Wiesen sind bereits abgemäht, und die Erdbeerstauden am Hang des alten Steinbruchs tragen keine Früchte mehr. Erst nächstes Jahr werden sie wieder reifen, aber da wird sie nicht dort sein, um sie zu pflücken, denkt Ilse im Einschlafen.

Eine vertraute Stimme weckt sie: Darf ich mich setzen?

– So ein höfliches Kind, sagt die eine Frau.

– Komm, wir rücken ein bisschen zur Seite, sagt die andere.

– Ist das deine kleine Schwester?

Christoph nickt.

– Woher kommt ihr denn, du redest ja gar nicht Wienerisch?

Und dann hört Ilse, wie Christoph von Ostpreußen erzählt, so als wären sie gerade erst von dort gekommen. Ob ich später einmal mit meinem Vati nach Ostpreußen fahren werde? fragt sie sich und dann schläft sie wieder ein und träumt von einem Land, das noch schöner ist als das Waldviertel, weil es die Heimat von Vati ist.

Als Ilse munter wird, ist ihr kalt. Ruhig ist es. Alle Kinder sind nach Hause gegangen. Auch die zwei Frauen sind nicht mehr da. Ilse trinkt einen Schluck aus der Wasserflasche.

– Ich hab auch dein Brot gegessen. Bin so hungrig gewesen, gesteht Christoph seiner Schwester.

– Macht nichts. Bin ohnehin nicht hungrig. Glaubst du, dass Mutti bald kommt?

– Bestimmt. Der Lastwagen steht nicht mehr vorm Haustor. Hab gerade nachgeschaut. Wir können ihr ja entgegengehen, schlägt Christoph vor. Ilse nickt.

Sie überqueren gerade die Piaristengasse, als Mutti auf sie zukommt.

– Ich hab uns schon eine richtig gute Erdäpfelsuppe gekocht.

– Fein, sagt Christoph.

– Schuhe gehören immer in den Schuhkasten links von unserer Wohnungstür im Vorraum. In die Wohnung nur mit Patschen, erklärt Mutti, als sie die Wohnung betreten.

– So wie in Zwettl, sagt Ilse und Mutti nickt. Wir essen in der Küche. Auf dem Wohnzimmertisch stehen noch der Wäschekorb und die Schachteln mit euren Sachen. Morgen schlichte ich sie dann in die Kästen.

Die Küche ist schmal. Viel schmaler als die geräumige Küche in Zwettl, findet Ilse. Neben dem Wasserbecken steht jetzt der große Abwaschkasten mit seinem massiven Holzdeckel, auf dem Rosa immer den Nudelteig trocknen ließ. Platz in der Küche ist nur noch für zwei Sessel und den Küchentisch. Ganz hinten an der Mauer steht quer zum Raum die Kredenz für das Geschirr, die Töpfe und die Vorräte wie Mehl, Zucker, Salz und Haferflocken, die sonst in Glasschütten aufbewahrt werden, jetzt aber leer sind.

– Setzt euch zum Essen auf die Abwasch. Steigt ohne Patschen auf den Sessel.

– Isst die O mit uns? fragt Christoph.

– Nein, sagt Mutti.

Gemütlich ist es auf der Abwasch. Mutti hat einen Schöpfer Suppe in die tiefen Teller gefüllt. Sobald die Teller leer sind, gibt es einen weiteren Schöpfer.

Plötzlich steht die O in der Küche.

– Ich kann unmöglich auf den Matratzen schlafen! Hol mir sofort mein Bett vom Dachboden herunter!

– Das Bett ist zu breit. Das habe ich dir doch erklärt. Da wäre dann kein Platz für dein Nachtkastl gewesen. Muttis Stimme bleibt ruhig.

– Du hättest ja nicht alle deine Möbel in mein Zimmer stellen müssen.

– Ich ess' noch schnell meine Suppe fertig, dann überziehe ich dir dein neues Bett. Du wirst sehen, wie gut du auf den neuen Rosshaarmatratzen schlafen wirst, die sind fast neu, versucht Mutti die O zu besänftigen. Da entdeckt die O Ilse, die sich vergebens hinter ihrem Bruder klein gemacht hat.

– Dass mich das Mensch nicht stört. Hast du verstanden? wendet sie sich an Mutti.

– Meine Tochter ist ein wohlerzogenes Mädchen und kein „Mensch". Sie wird dich nicht stören.

– Hättest du sie nicht in Zwettl lassen können?

– Sie ist meine Tochter.

– Und das ist meine Wohnung.

Als die O im Zimmer verschwunden ist, kraxeln die Kinder vom Abwaschkasten herunter, damit Mutti das schmutzige Geschirr in das leere Abwaschbecken räumen kann.

– Pass gut auf deine Schwester auf, damit die O keinen Grund hat sich zu beklagen, ermahnt Mutti Christoph.

– Muss ich ja eh dauernd, mault Christoph.

– Ich weiß, mein Großer. Kommst du mit, Ilse?

Als Ilse in das Wohnzimmer tritt, fragt sie sich, wie es Mutti und die zwei Männer geschafft haben, dass alle Möbel bereits auf ihrem Platz stehen: Der große Wohnzimmertisch und die Eckbank mit den hübschen Polstern, der Wäsche- und der Kleiderkasten, der Schreibtisch mit dem vertrauten Bild vom Vati, das Stockbett und darunter …

– Ist das der untere Teil vom Bücherkasten?

Mutti nickt.

Ja, fast alles schaut so aus wie im Wohnzimmer in Zwettl, nur dass hinter der Eckbank die O schläft, die jetzt neben ihrem Nachtkästchen sitzt und liest. – Komm, Ilse, ich richte das Bett für meine Mutter, und du schiebst die zwei Sessel neben die Bank mit der Lehne zum Tisch und legst die großen blauen Polster drauf.

– Sind das die Polster von unseren Lehnsesseln?

– Ja, die Sessel müssen leider so lange am Dachboden bleiben, bis wir eine eigene Wohnung haben.– Hoffentlich bald, sagt da die O.

– Ja, hoffentlich bald, wiederholt Mutti.

– Schau, Ilse, jetzt legst du das Leintuch über unser Bett und steckst es im Spalt der Eckbank fest. Die Polster und Decken habe ich schon überzogen, die brauchst du nur aufzulegen. Der kleine Polster und die kleine Decke, die sind dein Bettzeug. Nachher gehst du dich in der Küche waschen. Nimm das Nachthemd mit und leg dein Kleidchen und die Unterwäsche ordentlich auf die Abwasch. Dein Waschlappen ist der ganz rechts. Das frische Handtuch ist für uns drei. Das Handtuch links vom Waschbecken gehört der O.

Als Ilse in die Küche kommt, liegt der Bruder bäuchlings auf dem Abwaschkasten und liest. Sie zieht sich rasch aus, wäscht sich, schlüpft in das Nachthemd und huscht, ohne den Blick zu heben, in ihr Bett. Im Halbschlaf hört sie, wie das Stockbett quietscht, als Christoph die Leiter hinaufkraxelt. Nochmals wird sie munter, als Mutti zu Bett geht und die Schreibtischlampe aufdreht, um zu lesen. Aber schon nach wenigen Minuten merkt Ilse, dass sie eingeschlafen ist. Bei ihrem Versuch, die Lampe abzudrehen, wird Mutti wieder munter.

– Was ist los?

– Die Lampe, flüstert Ilse.

Mutti dreht die Lampe ab, murmelt ein Dankeschön und schläft sofort wieder ein. Ilse rückt ein wenig näher zur Mutti und schließt die Augen.

WIEN, 2022

Als wir im Sommer 1946 nach Wien kamen, war von den meisten Fahrbahnen und Gehsteigen der Schutt bereits entfernt. Jetzt galt es die Schuttberge der zerbombten Häuser zu beseitigen. Da noch immer Männer als Arbeitskräfte fehlten, mussten Frauen wie im Krieg Männerarbeit verrichten. Krampen und Schaufeln waren die Werkzeuge der „Trümmerfrauen". Zweirädrige Handkarren wurden mit Schutt beladen. Wie schafften sie es, die zu bewegen? Zwei Frauen an der Deichsel und zwei Frauen, die hinten anschoben? Das Geld, das sie für die schwere Arbeit erhielten, brauchten sie für sich und ihre Familie zum Überleben. Der Lohn reichte meist trotzdem nicht aus, um zu den wenigen Lebensmitteln, die man mit den Lebensmittelkarten erhielt, zusätzliche Güter am Schwarzmarkt zu erstehen, die unerschwinglich teuer waren. Oft glückte wenigstens ein Tauschhandel zur zusätzlichen Nahrungsbeschaffung. Für ein goldenes Armband bekam man mit Glück ein wenig Schmalz oder ein paar Kilo Kartoffeln, für einen Ehering sehr viel weniger.

In Wien standen nach Kriegsende pro Person 350 Kalorien zur Verfügung. 1946 versuchte man die Zuteilungen auf den Lebensmittelkarten auf 1500 Kalorien zu erhöhen, aber bereits im März musste man sie auf 1200 Kalorien und im Mai nochmals auf 800 bis 900 Kalorien senken.

Meine Hoffnung, in Wien keinen Russen mehr zu begegnen, vor denen ich noch immer eine panische Angst hatte, erfüllte sich nicht. Selbst in der amerikanischen Zone saßen im Jeep der Militärkontrolle alle vier friedlich vereint: ein Russe, ein Engländer, ein Franzose und ein Amerikaner. Den ersten Bezirk hielten die Alliierten gemeinsam besetzt, sodass ich auf dem Weg zum Volksgarten immer in die Nähe der russischen Kommandantur auf der Bellaria kam.

Größer waren die Eingriffe in der russischen Zone. So wurde die wieder benutzbare Floridsdorfer Brücke von der russischen Verwaltung in Malinowskibrücke umbenannt. Bis zur Unterzeichnung des Staatsvertrags 1955 hieß sie offiziell so. Verwendeten die Wiener den Namen oder nur diejenigen, die als Kommunisten mit den Russen sympathisierten? Diejenigen, die bereits von einem Umsturz träumten, es für einen Vorteil hielten, unter die Fittiche der mächtigen UdSSR zu schlüpfen, und die, sooft es ging, ihr „Ami go home“ an die Wände schmierten?

Trotz ihrer deutschen Staatsbürgerschaft hoffte meine Mutter in Wien Arbeit zu finden. Freilich nicht in ihrem Beruf, war doch wegen ihrer Parteimitgliedschaft bei der NSDAP ein mehrjähriges Berufsverbot über sie verhängt worden. Sie war jedoch bereit, abgesehen von Schwerstarbeit, zu der sie körperlich nicht fähig war, jede Art von Arbeit anzunehmen, denn auf ihre Ersparnisse hatte sie keinen Zugriff mehr.

1946 begannen die westlichen Alliierten bereits damit, Kriegsgefangene zu entlassen. Nach den langen Jahren der Trennung durch den Krieg und die Gefangenschaft kehrten die Männer endlich heim zu ihren Familien, und die Frauen hatten wieder in die Rolle der folgsamen Ehefrau zu schlüpfen, was für viele wohl nicht einfach war.

Über die Rolle der Frau in der Gesellschaft machte ich mir als Kind keine Gedanken. Und auch später nicht, als ich bereits ein junges Mädchen war. Meine Großmutter hatte an der Sorbonne studiert und unterrichtet, meine Mutter war Juristin, der es gelungen war, unter schwierigen Umständen zu studieren. Deshalb hielt ich lange an der Meinung fest, dass Frauen an ihrer untergeordneten Rolle selbst schuld seien.

Dass die Rechtlosigkeit der Frauen in manchen Belangen nicht nur auf gesellschaftlichen Traditionen basierte, sondern auch im veralteten Familienrecht festgeschrieben war, das erst ab den 60er Jahren Schritt für Schritt reformiert wurde, erfasste ich erst später.

Der Sommer 1946 war nicht nur für mich, sondern auch für meine Mutter nicht leicht, und vielleicht sollte ich mich nicht länger an meine Anklage klammern (Wie konnte meine Mutter mich, das wehrlose Kind, der krankhaften Ablehnung ihrer Mutter aussetzen?), sondern mir die Frage stellen, was meine Mutter denn sonst hätte tun sollen. Nach Deutschland ziehen, wo ich zwar unbehelligt geblieben, ihre Mutter aber verhungert wäre? Schon früh hatte sie die Verantwortung für ihre Mutter übernehmen müssen. Vielleicht hoffte sie anfangs, dass sich die Situation für mich mit der Zeit entspannen würde. Das Gegenteil geschah. Aus dem „Mensch" wurde nach kurzer Zeit das „Rotzmensch", das ihrer Meinung nach nicht nur ihrer Tochter, meiner Mutter, sondern vor allem ihrem geliebten Enkelsohn ständig Schaden zufügte. Kaum kam meine Mutter von ihren diversen Jobs, die unser Überleben sicherten, nach Hause, musste sie sich die Klagen über das Rotzmensch anhören. Da half auch nicht, dass Christoph beteuerte, es sei nichts passiert, sie hätten gerade nur ein bisschen gestritten. Um die Situation zu entspannen, versuchte meine Mutter, uns Kinder und vor allem mich so oft wie möglich irgendwo abseits von zu Hause unterzubringen. Dazu nahm sie mehrmals die Hilfe ihrer Glaubensgemeinschaft in Anspruch, um uns in Ferienlagern unterzubringen, denn so wie wir Kinder war sie evangelisch HB, also nach dem Helvetischen Bekenntnis getauft. Außerdem bat sie ihre Freundinnen und Freunde aus der Wandervogelzeit, mich so oft wie möglich nachmittags nach der Schule aufzunehmen.

KÄRNTEN, SOMMER 1946

Bereits im August fahren Christoph und Ilse mit einem organisierten Kindertransport im Zug in ein Ferienlager nach Treffen. Das Heim liegt in der Nähe des Ossiacher Sees auf einem Berghang. Getrennte Schlafsäle für Mädchen und für Buben. Ilse ist das erste Mal die meiste Zeit des Tages von ihrem Bruder getrennt und allein auf sich gestellt.

Disziplin herrscht rund um die Uhr. Schweigend haben die Kinder in Zweierreihen vom Schlafsaal zum Waschraum zu gehen, von dort in Zweierreihen in den Speisesaal: Die Tische für die Buben in der rechten Hälfte, die der Mädchen in der linken Hälfte des Saals. Zum Frühstück und zum Abendessen gibt es faden, schleimigen Haferflockenbrei, selten ein Stück Brot dazu. Vormittags sind Gesellschaftsspiele auf der Wiese vorgesehen, das Mittagessen besteht aus Erdäpfeln oder Nudeln, gelegentlich aus Polenta mit Feigenkaffee ohne Milch. Das schmeckt keinem Kind. Ilse isst die Polenta trotzdem auf, denn sie ist, so wie die anderen Kinder, ständig hungrig. Nachmittags marschieren die Kinder mit ihren Begleitpersonen zu einem großen Acker, um die herausgepflügten Erdäpfel aufzuheben und in bereitgestellte Gefäße zu legen. Die Arbeit gefällt Ilse besser als die Spiele am Vormittag. Dass sie patschert ist, wie Christoph behauptet, bewahrheitet sich vor allem bei den Spielen, denn welches davon auch gespielt wird, Ilse ist stets diejenige, die übrig bleibt und dann auch noch ausgespottet wird. „Ist die schwarze Köchin da? Ja, ja, ja …“ Ilse ist eine der Kleinsten und im Gegensatz zu den blassen Stadtkindern mit ihren dunklen Augen und der dunklen Hautfarbe die Idealbesetzung für die schwarze Köchin.

Nach einer Woche beklagen sich bereits mehrere Kinder, hungrig zu sein. Ohne Erfolg. Deshalb kommt während der Feldarbeit einer der Buben auf die Idee, die grünen Knollen zu essen, die sich aus den

Blüten gebildet haben und mit dem Erdäpfelkraut am Boden liegen. Andere Kinder folgen trotz der Warnung, die Knollen nicht zu essen, dem Beispiel. Am nächsten Tag sind sie krank, und einigen geht es so schlecht, dass sie im Krankenhaus versorgt werden müssen.

Von da an findet keine Feldarbeit mehr statt. Ilse ärgert sich, weil es wegen der Dummheit einiger Kinder jetzt vormittags und nachmittags die verhassten Spiele gibt. Nach ein paar Tagen nimmt sie ihren ganzen Mut zusammen und fragt eine der Tanten, ob es im Heim vielleicht Bücher für Kinder gebe. Von da an darf sie ein wenig abseits von den lärmenden Kindern allein in Ruhe lesen.

WIEN, 2022

Es war nicht nur im Ferienlager so, sondern auch in der Schule und überall, wo ich später hingeschickt wurde, dass ich durch meinen dunklen Teint, meine korrekte Aussprache und meine Schüchternheit zur verspotteten Außenseiterin wurde. Zudem setzten mir die schwindende Hoffnung, dass mein Vater überlebt hatte, und die massive Ablehnung meiner Großmutter so sehr zu, dass ich zwar gelegentlich noch lächelte, das unbekümmerte Lachen jedoch verlernte.

Im Herbst fing die Schule wieder an. Mein Bruder und ich besuchten die gleiche Volksschule, mein Bruder ging in die vierte, ich in die zweite Klasse. Keine Schiefertafeln, stattdessen wurde mit Federstiel und Tinte in Hefte geschrieben. In die Schulpulte waren Tintenfässer zum Eintauchen der Federstiele eingelassen, die vom Schulwart regelmäßig nachgefüllt wurden, zu Hause gab es ein Tintenfass. All das wäre kein Problem gewesen, wäre die Feder nicht immer wieder in den Holzspänen des qualitativ schlechten Papiers hängen geblieben, was regelmäßig einen Tintenklecks ergab. Die Hausaufgabe sollte aber makellos und ohne einen einzigen Tintenklecks sein, sonst setzte es eine Strafe. Da halfen mir auf Bitten meiner Mutter unsere Schweizer Verwandten, von deren Existenz ich erst jetzt erfahren hatte. Sie schickten mir ein paar Hefte von bester Schweizer Qualität. Unliniert, das war Vorschrift, denn wir sollten ja lernen, korrekt und in einer geraden horizontalen Linie zu schreiben. Von da an gewöhnte ich mir eine winzige Schrift an, um recht lange mit den schönen Heften auszukommen.

Meine Lehrerin, die meine Klasse auch in den nächsten drei Schuljahren begleitete, hätte sowohl im Aussehen als auch durch ihre geforderte Disziplin als Idealtyp einer deutschen Frau im Dritten Reich gelten können. Blond, die gescheitelten Haare zu einem Knoten im Nacken gebunden. Niemals stahl sich ein Lächeln in ihre hübschen Züge, niemals vermittelte sie uns Kindern etwas anderes als ein Gefühl des Versagens. Aber vielleicht war nur ich es, die es als „ang'rührtes" Kind so empfand. Schönschreiben galt ihr als die wichtigste Tugend: Jeder Buchstabe musste mit einem dünnen Aufstrich und einem dickeren Abstrich in einem Zug völlig exakt geschrieben werden. Es verbesserte mein Ansehen nicht, dass ich bei einem Diktat keine Fehler machte oder meine Rechnungen stets richtig waren, getadelt wurde ich tagtäglich wegen meiner hässlichen Schrift. Erst als in der vierten Klasse nur zwei Mädchen würdig befunden wurden, zur Aufnahmeprüfung ins Gymnasium anzutreten, und ich eins davon, wurde mir klar, dass ich bloß das Opfer einer schikanösen Lehrerin geworden war.

Im Herbst 1946 fand meine Mutter keine Arbeit und war ein paar Wochen zu Hause. Wir besaßen als Deutsche keine Krankenversicherung, deshalb verkaufte sie unseren einzigen Besitz, die Briefmarkensammlung unseres ostpreußischen Großvaters, um mit dem Geld die orthopädische Behandlung meines Bruders zu bezahlen, dessen Ellbogengelenk nach der überstandenen Knochenmarkseiterung sich nicht mehr völlig durchstrecken ließ. Da eine Abwertung befürchtet wurde, die dann tatsächlich erst im Dezember 1947 stattfand, schien es meiner Mutter außerdem vernünftig, das restliche Geld auszugeben. Deshalb plante sie mit uns Weihnachten in einer Pension in Mönichkirchen zu verbringen, um dort Ski zu fahren. Dazu brauchten wir Kinder allerdings Skianzüge, Ski und Skischuhe, denn nur meine Mutter besaß noch ihre alte Ausrüstung, die sie nicht nach Zwettl mitgenommen, sondern in Wien gut verpackt am Dachboden aufbewahrt hatte.

Damals gab es zahlreiche Schneiderinnen und Schneider, die in ihrer kleinen Wohnung ihren Beruf ausübten und bei denen man günstig nähen lassen konnte. Mäntel wurden gewendet, weil die Innenseite meist noch nicht so stark abgewetzt war, und zahlreiche Uniformen der Wehrmacht wurden umgefärbt und so, wie für uns Kinder, zu dunkelblauen Skianzügen verarbeitet.

Trotz eisiger Winter trugen Mädchen damals keine Hosen, sondern bloß warme Strümpfe, die an einem Strumpfbandgürtel befestigt wurden. Über dem Unterziehleibchen aus dünner, kratzender Schafwolle und einer zweiten warmen Unterhose trugen Mädchen Pullover und Trägerröckchen oder ein warmes Kleid. Die Skihose aus der Uniform meines Vaters war nach der gestrickten roten Wollhose meiner Kleinkinderzeit erst meine zweite lange Hose.

Unsere Wohnung wurde mit den wenigen zugeteilten Kohlen kaum jemals richtig warm. Holzsammeln war nicht möglich, das Bruchholz im Wienerwald hatten sich längst andere geholt. Als Lotte, eine Freundin meiner Mutter, einen abgestorbenen Kirschbaum fällen lassen musste, schenkte sie die Hälfte meiner Mutter. Die grob zerteilten Äste und der halbe Stamm wurden auf einem Leiterwagen festgezurrt. Fünf Stunden brauchte meine Mutter, um den schwer beladenen Wagen nach Hause zu ziehen. Danach musste sie den leeren Wagen auch noch zurückbringen und das Holz mit einer Handsäge im Keller in ofengerechte Stücke zerteilen.

Da ich während der kalten Jahreszeit ständig verkühlt war, überließ sie mir so wie in Zwettl ihre ärmellose Hirtenjacke. Das weiße, zottelige Lammfell wurde am Körper getragen, und vorne mit einem Reißverschluss zusammengehalten. Die Jacke war lang wie ein Mantel, der mich warm einhüllte.

In der Schule durften wir ab Oktober die Mäntel anlassen, denn es gab im Winter 1946/1947 keine Kohlen für die Schulen. Ab Mitte November wurde es samt dem Mantel zu kalt und es begannen für mehr als drei Monate Kohleferien. Alle paar Wochen mussten wir trotzdem in die Schule gehen, um mit Mantel, Fäustlingen und Wollhaube im eiskalten Klassenzimmer die neuen Aufgaben, die an der Tafel standen, abzuschreiben.

Jetzt waren wir Kinder auch noch am Vormittag zu Hause, wodurch sich die Situation mit der O verschärfte. Deshalb übertrug uns unsere Mutter die Einkaufspflichten für die Familie. Wir lernten die Lebensmittelkarten kennen und passten auf, dass wir nicht betrogen wurden. Es galt jeden Tag früh aufzustehen, vor allem beim Milchgeschäft war es notwendig, sich spätestens um sieben Uhr morgens anzustellen, um die täglich zugeteilte Menge an Milch zu erobern. So wie meine Mutter hatte ich Anspruch auf ein Achtelliter Magermilch täglich, mein Bruder, der eine Sonderkarte für Kranke besaß, auf ein Achtelliter Vollmilch. Die Milch wurde mit einem Messbecher von der Verkäuferin aus den großen Kannen der Molkerei in die Milchkannen der Kunden geschüttet. War der Vorrat an täglich frisch gelieferter Milch erschöpft, so wie fast immer schon am frühen Vormittag, hatten die zu spät kommenden Kunden Pech, denn die Lebensmittelmarke für Milch galt immer nur für den jeweiligen Tag. Am Heimweg brachte es Christoph fertig, die Milchkanne so schnell in der Luft herumzuwirbeln, dass kein einziger Tropfen Milch verloren ging. Aus Angst, dass er doch einmal Milch verschütten könnte, flehte ich ihn jedes Mal an, auf das Kunststück zu verzichten.

Die restlichen Einkäufe tätigten wir meist in einem kleinen Lebensmittelgeschäft. Es roch dort nicht nach Lebensmitteln, sondern nach Petroleum für die Petroleumlampen. Die brauchte man, denn der Strom – so wie auch das Gas zum Kochen – wurde immer wieder für Stunden abgeschaltet.

Als ersten Luxus gab es im Winter 1946 Schnittmarmelade. Ein großer Ziegel davon lag neben der Waage. Meine Mutter sagte zwar, dass sie bloß aus gefärbter und aromatisierter Kürbismasse mit einer Minimalmenge an Zucker bestehe, aber wir Kinder mochten sie. Von dem Block wurde die gewünschte Menge abgeschnitten, auf ein kleines sauberes Papier gelegt, damit eingeschlagen und mit Zeitungspapier umwickelt. Damals entstanden keine Müllberge aus Verpackungen, denn alles, was brennbar war, wanderte in den sogenannten Hausfreund, einen kleinen Ofen ohne Abzug, zum Verbrennen von Papier, Pappe oder Kleinholz, in dessen Nähe man sich wenigstens die Hände wärmen konnte.

Am Weg zum Bäcker kamen wir an einem Süßwarengeschäft vorbei. Es war geschlossen, es gab ja keine Ware zum Verkaufen, aber in der Auslage war ein Plakat mit einem Glasgefäß voll mit Zuckerln in allen Farben. Jedes Mal versuchte ich mir den jeweiligen Geschmack jeder Farbe vorzustellen.

MÖNICHKIRCHEN, WEIHNACHTEN 1946

Mutti schnallt sich ihren großen Rucksack um und schultert ihre zusammengebundenen Skier mit den eingeklemmten Stöcken, Christoph tut dasselbe mit einem kleinen Rucksack und kürzeren Skiern und Ilse muss nur ihre Kinderskier tragen und steigt als Letzte im Bahnhof Mönichkirchen aus dem Zug.

– Da ist ja nur ein Bahnhof und keine Ortschaft, empört sich Christoph.

– Wir sind hier in Tauchen. Mönichkirchen liegt viel höher. Wir fahren mit dem Bus hinauf, erklärt ihm Mutti.

Es ist ein kleiner Bus, aber alle, die aus dem Zug gestiegen sind, werden mitgenommen. Die Skier kommen nach hinten, das Gepäck ebenfalls, Ilse sitzt auf Muttis Schoß, Christoph muss stehen, während es Kurve um Kurve in der Dunkelheit den Berg hinaufgeht. Es schneit.

– Das ist gut, sagt Mutti, dann haben wir genug Schnee zum Skifahren.

Am Weg zur Pension bekommen Christoph und Ilse die letzten Anweisungen.

– Wenn ihr vom Skifahren kommt, immer zuerst die Skier in den Abstellraum stellen. Beim Eingang gründlich den Schnee von den Schuhen und der Hose abkehren. Und vergesst nicht, in der Pension jeden Gast zu grüßen.

– Auch Leute, die ich gar nicht kenne? fragt Ilse.

Mutti nickt.

Mit dem Schlüssel, den ihnen eine ältere Frau aushändigt, gehen sie in den zweiten Stock. Kalt ist es in dem Zimmer. Ein Kasten, ein Tisch, zwei Sessel und ein Doppelbett. Mutti inspiziert es: Sind recht warme Decken, und du schläfst ja bei mir im Bett, Ilse. Da wird dir bestimmt warm.

– Da ist ja nicht einmal ein Christbaum. Es ist doch heute Heiliger Abend, beklagt sich Ilse.

– Kommt mit, wir bekommen noch etwas zum Essen, und im Speisezimmer steht sicher ein hübscher Christbaum.

Eine heiße dünne Suppe mit Sternchen und ein Käsebrot werden ihnen als Abendessen serviert. Im Nebenraum, dem Salon, stehen gemütliche Lehnsessel, auf denen bereits Gäste sitzen und lesen. Eine ältere Frau strickt. In einer Ecke steht ein Christbaum mit roten Äpfeln und ein paar Kerzen neben dem Piano. Wenig später kommt die Frau, die ihnen den Schlüssel ausgehändigt hat, nickt allen höflich zu, öffnet den Deckel zum Piano und beginnt „O Tannenbaum" zu spielen. Ilse würde gerne dazu singen, weil jedoch keiner der Gäste singt, bleibt sie ebenfalls stumm. Bevor die Servierin den Tisch abräumt, wünscht sie Mutti und den Kindern noch Frohe Weihnacht und überreicht zuerst Ilse und dann Christoph ein kleines Päckchen.

– Da sind bestimmt Kekse drin, stellt Christoph fest, der das Päckchen vorsichtig abtastet.

– Und sonst bekommt niemand ein Päckchen? fragt Ilse.– Ihr seid, scheint's, die einzigen Kinder in der Pension.

Und so ist es. Fast alle Gäste sind ältere Herrschaften. Mutti nimmt auf dem einzigen freien Lehnsessel Platz, Christoph und Ilse setzen sich auf die Lehne. Ilse kann den Blick nicht von der Frau abwenden, deren Hände die Stricknadeln unglaublich schnell bewegen, während ihr Blick durch den Raum schweift, bis er bei Ilse hängen bleibt.

– Komm nur her zu mir, fordert sie Ilse auf und zeigt ihr, woran sie gerade strickt.

– So ein schönes Muster! Wird das ein Strumpf? fragt Ilse.– Richtig. Das werden Trachtenstrümpfe. Sobald beide fertig sind, werden sie in Wien in einem Geschäft verkauft.

– Warum müssen Sie denn beim Stricken nie hinschauen?

– Weil ich schon mehr als hundert Paar Strümpfe gestrickt habe. Jetzt können meine Hände das Muster von alleine stricken. Gehst du morgen Ski fahren?

– Ich muss es erst lernen.

– Ist nicht schwer. Ich bin sicher, du wirst es bald können.

– Komm, Ilse, es ist schon spät. Wir gehen schlafen, ruft da Mutti Ilse zu sich.

WIEN, 2022

Was war am Christtag geschehen, dass ich trotz meiner Vorsätze, nie mehr zu weinen, dennoch anfing zu heulen und gar nicht mehr damit aufhören konnte?

Es schneite, und deshalb war es nicht allzu kalt. Meine Mutter freute sich darauf, nach den vielen Jahren in Zwettl, in denen es zwar reichlich Schnee, aber keine Piste gab, endlich eine Abfahrt zu genießen. Geduld war nicht ihre Stärke, und so waren die Probleme voraussehbar. Christoph besaß Skier mit einer Sicherheitsbindung und war in Zwettl bereits kleine Wiesen hinuntergerutscht, hatte trotz seiner wehen Hand Schneepflug und Stemmbogen erlernt. Erst im Winter 1944/1945 wäre ich alt genug gewesen, um Skifahren zu lernen, aber da ging der Krieg zu Ende. So bekam ich erst 1946 meine ersten primitiven Skier, die keinen Belag hatten und auch nicht gewachst waren. Auf einer ebenen Wiese mit Neuschnee sollte ich meine ersten Schritte mit ihnen machen, aber der feuchte Schnee blieb an den „Bretteln" kleben. Die Bindung bestand aus Riemen, die den Vorderfuß fixierten, und einer Metallschnalle, um den Schuh hinten mit den Skiern zu verbinden. Nach jedem zweiten mühsamen Schritt mit den nicht rutschenden Skiern ging eine der Schnallen auf und musste wieder geschlossen werden. Im Nu waren meine Schuhe durchweicht, die Zehen eiskalt, die Wollfäustlinge vom Schließen der Schnallen patschnass. Nach dem fünften „Bist du aber patschert!" meiner Mutter öffneten sich die Schleusen und ich begann zu heulen. Meine Mutter resignierte, befreite mich von den Skiern und schickte mich mit ihnen zurück in die Pension. Sie befahl mir, mich umzuziehen, meine nassen Sachen in der Trockenkammer aufzuhängen und mir ein Buch zu nehmen, um im geheizten Salon zu lesen. Als ich mich noch einmal umdrehte, sah ich, dass meine Mutter mit meinem Bruder zur Piste ging.

Während wir beim Mittagessen die Suppe löffelten, verriet mir mein Bruder, dass mir nach dem Mittagessen ein Skilehrer das Skifahren beibringen werde.

Als wir gemeinsam zur Piste gingen, hatte es aufgehört zu schneien und die Sonne schien. – Da ist sie, sagte Mutti zum Skilehrer, einem großen Mann mit einer bunten Strickmütze, und ging mit Christoph weiter zum Sessellift. Der Skilehrer sagte nichts, sondern schaute sich meine Skier an und begann sie zu wachsen. Als er damit fertig war, erklärte er mir, dass jetzt der Schnee nicht mehr kleben bleiben wird. Danach fuhr er mit mir am Schoß mit dem Sessellift zur Bergstation, stellte mich zwischen seine Skier und sauste mit mir, indem er mich unter den Achseln festhielt, die ganze lange Abfahrt hinunter. Ich war begeistert! Lernte in den nächsten Tagen in der Skistunde den Schneepflug und den Stemmbogen und übte fleißig, wenn ich allein am Übungshang war. Im Treppenschritt den Hang hinauf und mit kleinen Bögen wieder hinunter. Kalt war mir nie mehr. Am letzten Tag fuhr ich hinter meinem Skilehrer mit mehr als hundert kleinen Bögen stolz selbst die Abfahrt hinunter.

Wenn ich auch nie eine großartige Skifahrerin wurde (meine Kinder fuhren im Nu besser als ich), so machte mir das Skifahren doch Spaß, vielleicht auch deshalb, weil es im Winter in den Bergen so wunderschön ist.

Das war das erste Weihnachtsfest, das wir irgendwo fern von unserem neuen Zuhause bei der O feierten, wo ich auch in den kommenden Jahren das Rotzmensch blieb, vor dem sich die O grauste. Noch jetzt bin ich meiner Mutter dankbar, dass sie mir wenigstens zu Weihnachten die Angriffe ihrer Mutter ersparte.

Warum mochte mich die O nicht? fragte ich sie als Erwachsene. Ein Achselzucken war die Antwort: So war sie eben. Die Resignation einer

Frau, der es als Kind nicht viel besser ergangen war als mir, die jedoch auch nicht zugeben konnte, dass ihre Mutter psychisch labil, also krank war? Weil es damals als eine Schande galt? Mir hätte sie damit geholfen, die Schuld für die Ablehnung nicht ständig bei mir selbst zu suchen.

WIEN, MÄRZ 1947

Die großen Schneehaufen längs der Gehsteige, auf denen Kinder Fußpfade getreten haben, weil es abenteuerlicher war, dort oben zu gehen, als auf den geräumten, mit Asche bestreuten Trottoirs, sind endlich weggeschmolzen und Christoph und Ilse müssen wie alle Wiener Kinder wieder die Schule besuchen. Oft sind sie zu dritt unterwegs, denn Christoph hat jetzt einen Freund, den Peter. Er wohnt in der Strozzigasse und wartet morgens vor seinem Haustor, um gemeinsam zur Schule zu gehen. Peter ist ein ruhiger netter Bub, findet Ilse, nie boshaft, und es macht ihm nichts aus, wenn Christoph gelegentlich mit Ilse zu einem Treffen kommt, damit sie nicht allein mit der O in der Wohnung bleiben muss.

– Was gibt es heute in der Ausspeisung? fragt Peter.

Ein Achselzucken vom Christoph.

– Heute ist doch Freitag, sagt Ilse empört, weil sich die Buben den ewig gleichen Speiseplan von der kostenlosen Ausspeisung der Amerikaner noch immer nicht gemerkt haben.

– Ach ja, sagt Christoph.

– Kakao und Milchlaberl. Vielleicht kann ich ein zweites erobern.

– Wenn es einer schafft, dann du, lacht Peter.

Dann trennen sie sich. Die Buben gehen beim Eingang für Knaben, Ilse beim Eingang für Mädchen in das Schulgebäude. Nur wenn zur gleichen Zeit ihr Unterricht endet, treffen sie sich in der Ausspeisung, sonst muss Ilse allein nach Hause gehen. Damit die O den Kindern nicht die Türe öffnen muss, hat Mutti ihnen schon längst eigene Schlüssel anvertraut.

Ilse versucht nach dem Aufsperren möglichst leise in die Küche zu huschen, um von der O nicht bemerkt zu werden, und fängt sofort an, ihre Aufgaben zu erledigen. So wie heute unterrichtet die O gerade im Wohnzimmer einen Schüler. Meist jüngere Männer, die im Beruf stehen und bessere Englischkenntnisse benötigen, wie ihr Mutti erklärt hat. Manchmal hört Ilse zu, wenn die O ihren Schülern etwas erklärt. Ihre Stimme klingt dabei so freundlich, als wäre sie während der Unterrichtsstunden ein anderer Mensch.

Ilse versucht mit der Aufgabe fertig zu sein, bevor die O aus dem Wohnzimmer kommt, abermals ihren Kopf mit den gekrausten weißen Haaren zur Küche hereinsteckt und sagt: Da bist du ja, du Rotzmensch.

Heute ist Dienstag, und da darf sie Onkel Ewald besuchen, der so wie Mutti beim Wandervogel gewesen ist – sie als Gruppenführerin bei den Mädchen, er als Gruppenführer bei den Burschen – und mit dem sich Mutti immer besonders gut verstanden hat. Eigentlich besucht sie nicht Onkel Ewald, sondern seine Frau, weil er als Arzt im Spital arbeitet und meist spät nach Hause kommt. Erst zweimal ist sie ihm begegnet. Er ist vor einem Jahr aus der Gefangenschaft entlassen worden und jetzt haben sie ein Baby, ein kleines Mädchen. Die Frau vom Onkel Ewald, Tante Hanna, ist ein bisschen mollig und hat ein hübsches Gesicht, ist aber nicht mehr so jung wie die Mütter, die sie in Zwettl gekannt hat. Obwohl Ilse – so wie Mutti es ihr eingeschärft hat – beteuert, nicht hungrig zu sein, bekommt sie bei jedem Besuch ein Butterbrot mit Marmelade und einen Kräutertee. Ilse sitzt am liebsten neben der Wiege, bewundert abwechselnd das Baby und liest dann wieder in ihrem Buch. – Du wirst bestimmt später einmal eine gute Mama sein, sagt die Tante auch diesmal beim Abschied.

Ilse ist darüber jedes Mal so glücklich, dass sie am Heimweg, statt zu gehen, hüpft: Einem Wechselschritt rechts folgt ein kleiner Sprung, dann ein Wechselschritt links und wieder ein Sprung. Erst in der Zeltgasse beendet sie ihr Hüpfen und hofft, als sie die Wohnungstür aufsperrt, dass Mutti schon daheim ist.

Morgen, überlegt sie, ist Samstag. Nur vier Stunden Unterricht und Mutti wird ebenfalls bereits um eins von der Arbeit nach Hause kommen. Vielleicht gehen sie dann alle zusammen in den Volksgarten, und sie kann beim Theseustempel das Ballspiel üben, das hier alle Mädchen können. Zehnmal wird beim ersten Durchgang der Ball gegen die Wand geworfen und aufgefangen. Neunmal beim zweiten Durchgang, dabei wird vor dem Auffangen einmal in die Hände geklatscht. Achtmal beim dritten Durchgang und dazu zweimal geklatscht ... Ilse wiederholt im Kopf alle zehn Durchgänge. Der zehnte ist der schwerste, muss aber nur ein Mal glücken: Ball gegen die Wand werfen, sich rasch einmal um sich selbst drehen und den Ball auffangen. Macht man einen Fehler, darf die Konkurrentin ihr Glück versuchen.

Als Mutti am Nachmittag in den Rathauspark gehen möchte, weil es da zum Lesen ruhiger ist, macht es Ilse nichts aus und sie nimmt statt dem Ball ihr Buch mit, denn eigentlich ist sie bereits davon überzeugt, dass sie das blöde Spiel nie richtig erlernen wird.

Am Sonntagvormittag protestiert Christoph lautstark, weil er nicht schon wieder in die Kirche gehen möchte.

– Und ich setze diesmal den blauen Hut nicht auf. Er ist mir viel zu klein, versucht Ilse ebenfalls eine kleine Rebellion.

Wenig später machen sich die drei auf den Weg. Mutti mit ihrem hübschen großen Hut, Ilse mit dem zu kleinen, hellblauen Hütchen und Christoph barhäuptig. Wie immer zu Fuß.

Die O schaut ihnen missbilligend nach. Sie geht nie in die Kirche, weil sie eine Sozialistin ist. Gleichzeitig ist sie eine fanatische Antisemitin und verabscheut die Jesuiten. Deshalb versucht sie fast täglich ihren

Enkelkindern einzuschärfen, dass Jesuiten und Juden an allem Übel der Welt schuld seien.

Als sie den Heldenplatz erreichen, laufen Christoph und Ilse voraus, um länger vor der Auslage des Geschäfts im Durchgang der Neuen Burg stehen bleiben zu können. Da gibt es polierte Steine, Kristalle, Muscheln, aufgespießte bunte Schmetterlinge, kleine ausgestopfte Tiere und vieles mehr zu bewundern. Als Mutti kommt, bleibt auch sie kurz stehen, schaut dann aber auf ihre Uhr und drängt zur Eile.

Sie finden noch einen Platz in einer Bank ganz vorne. Ilse schaut auf die kleine Holztafel, auf der die Nummern der Lieder im Gesangsbuch stehen, schlägt das betreffende Lied im Gesangsbuch auf und legt es so auf das Pult, dass Mutti den Text ebenfalls lesen kann. Das zweite Lied mag Ilse mehr als alle anderen: Befiehl du deine Wege. Die Zeile „der wird auch Wege finden, da dein Fuß gehen kann“ erfüllt Ilse immer mit Zuversicht. Was immer geschieht, Gott wird für sie einen Weg finden, den sie gehen kann. Während der Predigt versucht sie, den Hut ein wenig aus der Stirn zu schieben. Er drückt, und bestimmt haben sich bereits rote Striemen auf der Stirn gebildet.

Als sie nach dem Gottesdienst ins Freie treten, sind die Straßen nass, und neben den Gehsteigen haben sich Lacken gebildet. Ilse lockert abermals das Kinnband ihres Huts, da erfasst ihn ein kräftiger Windstoß und er fliegt davon. Ilse läuft ihm sofort hinterher, aber noch ehe sie ihn erreichen kann, landet er in einer Lacke und ist nass und schmutzig.

– Das hast du absichtlich gemacht, schimpft Mutti und schaut Ilse wütend an.

– Nein. Ich hab nur die Schnur gelockert. Schau, ich bin ganz wund auf der Stirn. Ich hab dir doch gesagt, dass mir der Hut nicht mehr passt.

– Also, ich seh da gar nichts. Hast dir wieder einmal was eingebildet. Jetzt gib schon den Hut her.

Es gibt noch wenige öffentliche Mistkübel in Wien, aber in den einen, an dem sie gerade vorbeigeht, stopft Mutti den schmutzigen blauen Hut hinein.

WIEN, 2022

Das war der einzige Hut, den ich je besaß. Hauben und Kappen – sogar aus Pelz, als das Pelztragen noch nicht verpönt war. Meine Mutter liebte Hüte. Sie wollte in der Stadt elegant gekleidet sein. So leger sie und wir Kinder im Wald oder am Berg unterwegs waren, so hübsch staffierte sie sich und uns für die Stadt aus.

Seitdem ich den größten Teil des Jahres im Südburgenland auf meinem Bauernhof verbringe, halte ich es genauso. Ich trage, wenn ich im Garten, auf der Wiese oder im Wald arbeite, nicht nur meine alten Sachen, sondern auch die meiner Kinder und Schwiegertöchter, während ich mir für Wien noch immer gelegentlich ein neues hübsches Kleidungsstück zulege.

Welche Grundsätze habe ich wie vermutlich viele Menschen in der Nachkriegszeit verinnerlicht? Sparsamkeit und damit eine damit verbundene Abscheu vor Verschwendung. Ein wenig davon könnten die Nachfolgegenerationen gut gebrauchen. Angeblich werfen nicht die Supermärkte, sondern die Privathaushalte die meisten noch brauchbaren Lebensmittel in den Müll.

Von Überfluss konnte 1947 noch keine Rede sein, aber die Versorgungslage für die Bevölkerung wurde allmählich um eine Spur besser. Auch in unserer kleinen Familie. Meine Mutter hatte jetzt eine fixe Anstellung: Sie musste herausoperierte Tumore in einem zugedeckten Kübel aus den Spitälern mit der Straßenbahn oder zu Fuß in ein Laboratorium bringen. Autos hatten in der Hauptsache noch immer bloß die Alliierten, zur Nahversorgung wurden Pferdefuhrwerke eingesetzt. Der dadurch anfallende Pferdemist auf der Straße war ein begehrtes Gut und wurde von allen, die ein kleines Stück Garten oder wenigstens einen Balkon oder ein Fensterbrett besaßen, sorgfältig aufgekehrt. Die Erträge an Gemüse lieferten eine wertvolle Ergänzung zu dem wenigen, das jeder Person an Kalorien zustand. Sogar essbarer Abfall, wie Erdäpfelschalen oder Gemüseabfälle, musste in eine separate Tonne geworfen werden, die in jedem Wohnhaus neben den Koloniakübeln stand. Der Inhalt wurde zweimal wöchentlich vom „Schweinebauern" abgeholt und diente den Schweinen als Futter. Hygienevorschriften, die das später verhindern werden, konnte man sich damals nicht leisten.

Schmalz und Butter waren weiterhin knapp, aber Bohnen, Erbsen und Zwiebeln gab es bereits in ausreichenden Mengen. Das Rezept für einen Brotaufstrich erfuhr meine Mutter von Freunden. Weich gekochte Erbsen und Bohnen wurden mit fein geschnittenen rohen Zwiebeln, Salz, Pfeffer und getrocknetem Thymian sowie mit Hilfe einer Faschiermaschine in einen Brotaufstrich verwandelt.

Schmeckt wie Faschiertes, fand mein Bruder und ich stimmte zu. Selbstverständlich hatten wir keinerlei Erinnerungen mehr, wie Faschiertes schmeckt.

WIEN, MAI 1947

Ilse läuft und hüpft wie gewohnt am späten Nachmittag nach dem Besuch vom Onkel Ewald nach Hause. Diesmal ist sie noch glücklicher als sonst: Sie hat das erste Mal dem Baby ein Fläschchen geben dürfen und ist gelobt worden, wie geschickt sie sich dabei angestellt hat.

Als sie ins Vorzimmer kommt, beugt sich Mutti gerade weit hinunter und holt aus einem großen Karton ein Paket heraus.

– Ebenfalls Milchpulver, sagt sie.

Christoph trägt das Päckchen in die Küche und stellt es zu den anderen Packungen Milchpulver, die auf der Holzplatte der Abwasch stehen.

– Von wem sind denn die Sachen? erkundigt sich Ilse.

– Das ist ein Carepaket, das uns zugestellt worden ist, erklärt ihr Christoph.

– Aber wer hat uns das Carepaket geschickt?

– Unser Opa, erklärt Christoph.

– Der ist doch schon lange tot.

– Du hast noch einen zweiten Opa, meinen Vater. Der lebt in Paris, erklärt ihr Mutti.

– Und warum hast du mir nie von ihm erzählt?

– Hab ich bestimmt. Früher halt. Als du noch klein gewesen bist.

Da steht plötzlich die O in der offenen Tür zum Wohnzimmer und wendet sich an Christoph: Das ist gut, dass deine Mutter dir nichts von dem Verbrecher erzählt hat.

Wie immer reagiert Mutti nicht auf die Äußerung, sondern wendet sich freundlich an sie: Schau doch, was wir für gute Sachen bekommen haben. Du musst mir nur sagen, was du davon haben möchtest.

– Von dem Verbrecher brauche ich nichts. Macht Platz, damit ich endlich aufs Klo gehen kann.

– Mein Vater hat das Paket nur bezahlt. Geschickt wurde es so wie alle Carepakete aus Amerika. Muttis Stimme ist noch immer ruhig, während sie die Schachtel zur Seite schiebt, damit die O vorbeigehen kann.

– Interessiert mich nicht, sagt die O und schließt unsanft die Tür zum Vorraum.

Ilse hat sich inzwischen in die Küche geflüchtet und bewundert die Vorräte.

– Mutti hat gesagt, dass wir jetzt alle Zutaten haben, um einen Kuchen zu backen, verrät Christoph seiner Schwester.

– Stimmt das? fragt Ilse.

Mutti nickt und bittet Ilse, Christoph zu helfen, die restlichen Sachen in die Küche zu tragen, damit sie den Karton zerlegen kann.

Als die O vom Klo zurückkommt und sich in der Küche die Hände wäscht, versucht Christoph ihr die Vorräte zu zeigen. Aber sie geht zurück ins Wohnzimmer, ohne einen einzigen Blick auf die aufgestapelten Lebensmittel zu werfen.

– Ist in den Dosen tatsächlich Suppe, fragt Christoph.

Seitdem die Kinder mit Mutti einmal in der Woche abends zum Information Center auf der Kärntnerstraße gehen, weil man sich dort kostenlos Bücher für Erwachsene und Kinder ausborgen kann, haben sie bereits ein paar Wörter Englisch aufgeschnappt.

– Du hast recht. Sollen wir zur Feier des Tages eine Dose aufmachen und dazu ein Schmalzbrot essen? schlägt Mutti vor.

– Lieber zwei Schmalzbrote, begehrt Christoph, der so schnell wächst, dass er nicht nur ständig hungrig ist, sondern auch dauernd neue Sachen zum Anziehen braucht.

Zwar schmeckt die Suppe etwas anders, aber trotzdem, sie ist einfach köstlich, darin sind sich alle drei einig. Es sei jetzt endlich bewilligt, berichtet Mutti, dass beide Kinder zur gleichen Zeit in das Ferienlager in der Wachau fahren dürfen.

– Mit dem Zug? fragt Christoph.

– Nein, das scheint zu kompliziert zu sein. Ihr werdet mit einem Lastwagen transportiert, auf dem Bänke montiert sind, erklärt Mutti.

– Hoffentlich regnet es nicht, sagt Christoph.

– Und nachher fahren wir dann alle drei nach Zwettl? fragt Ilse.

– Du fährst nach Zwettl, erklärt ihr Christoph. Ich bleibe in Wien und gehe mit Peter jeden Tag in seinen Schrebergarten. Vielleicht werde ich dort sogar schlafen.

– Stimmt das, Mutti? Ich muss allein mit dem Zug nach Zwettl fahren?

– Aber Ilse, du bist doch schon ein großes Mädchen. In Wien fährst du doch auch ganz alleine mit der Straßenbahn, sogar bis zur Tante Lotte in Eßling. Mit dem Zug ist es viel bequemer. Da musst du nur ein Mal in Schwarzenau umsteigen. Übermorgen habe ich mir den Nachmittag freigenommen, da gehen wir zum Fotografen. Ich brauche Fotos für eure Pässe.

– Wozu brauchen wir denn einen Pass? fragt Ilse.

– Erklär ich dir später. Ja, und dass ich es nicht vergesse, nächste Woche kommt uns Onkel Eugen besuchen.

– Wer? fragt Christoph.

– Mein Cousin aus der Schweiz. Ilse, bitte hol jetzt schnell dein Nachthemd und wasch dich als Erste. Es ist schon spät. Ich richte einstweilen unser Bett.

– Christoph darf immer länger aufbleiben.

– Heute nicht. Er muss sich gleich nach dir waschen.

– Darf ich noch lesen?

– Bis ich das Licht abdrehe. Und seid bitte leise, ich glaube, die O hat sich schon niedergelegt.

Als Ilse im Bett liegt, legt sie das Buch wieder zur Seite und denkt über den Besuch aus der Schweiz nach. In Zwettl kam wenigstens Tante Michi mit den beiden Buben regelmäßig auf Besuch, aber seitdem sie in Wien leben, ist noch nie jemand zu ihnen in die Wohnung gekommen. Aber vielleicht wird der Onkel aus der Schweiz wegen der O das auch nicht tun.

Und so ist es. Sie werden den Cousin im Park zwischen den großen Museen treffen. Ilse schlüpft in ihren kurzärmeligen weißen Wollpullover.

– Mutti, der kratzt schrecklich!

Mutti hört ihr jedoch nicht zu, weil sie gerade ihr Kostüm anzieht. Ilse schlüpft in den blauen Trägerrock und schaut sich prüfend im Spiegel an. Der Rock ist schon ziemlich kurz, aber mit den weißen Söckchen und den schwarzen Lackschuhen schaut sie eigentlich recht elegant aus. Eleganter jedenfalls als der große Bruder, der seine Lederhose anziehen muss, weil seine Stoffhose viel zu kurz geworden ist. Die weißen Maschen, die ihr Mutti in die Zöpfe eingeflochten hat, hängen schlaff herunter. Bügeln hilft nicht mehr. Sie wurden viel zu oft gewaschen.

– Darf ich meine Halskette tragen?

Da kein Einwand kommt, hängt sich Ilse die Kette um. Die kleinen rosa Kugeln sind aus Korallen gefertigt, die im Meer leben, hat ihr Mutti erklärt. Das Meer hat Ilse noch nie gesehen. Sie blättert aber oft in einem Buch, in dem Tiere abgebildet sind, die im Meer leben. Die meisten sind so hässlich, dass ihr schon beim Hinsehen graust.

– Beeilt euch, damit der Cousin nicht auf uns warten muss.

Beim Denkmal von der Kaiserin Maria Theresia treffen sie ihn. Groß, sehr groß ist er, und viel jünger als Mutti. Er hat einen Fotoapparat mit. Sie finden eine Stelle am Gebäude des Naturhistorischen Museums, die nicht abgesperrt ist, weil von oben Trümmer herunterfallen könnten, und setzen sich auf den schmalen Sims. Die Mutter in ihrem hübschen Kostüm und dem feschen Hut in der Mitte, die Kinder rechts und links von ihr.

– Lächeln, fordert der Cousin sie auf und drückt ab.

– Hast du dich erkundigt, wo wir etwas zum Essen bekommen? fragt er nachher Mutti.

– Im Hochhaus in der Herrengasse ist ein Restaurant. Dort kriegt man angeblich ohne Lebensmittelkarten etwas zum Essen, wenn man mit Schweizer Franken bezahlt, erklärt ihm Mutti.

Deshalb überqueren sie jetzt den Heldenplatz, gehen durch die Hofburg, über den Michaelerplatz. Mutti zeigt dem Cousin die Sehenswürdigkeiten und bleibt mit ihm immer wieder stehen. Deshalb laufen Christoph und Ilse voraus und warten vor dem Eingang zum Hochhaus.

– Was wirst du essen? fragt Christoph. Ilse weiß nicht, was sie sagen soll, denn sie hat keine Ahnung, was man in einem Restaurant zum Essen bekommt.

– Ich esse ein Wiener Schnitzel, sagt Christoph.

– Ich auch, sagt sie schnell.

Gemeinsam betreten sie das Foyer. Ein Page öffnet die Tür zum Aufzug und fährt mit ihnen zum 14. Stockwerk. Hell ist es hier oben. Fast so, als wäre man im Freien. Da bemerkt Ilse erst die Wände aus Glas.

– Wollen die Herrschaften vielleicht auf der Terrasse Platz nehmen? fragt ein Mann in einem komischen schwarzen Anzug und einem weißen Hemd.

Der Cousin schaut zu Mutti, die zustimmend nickt.

– Wer ist das? fragt Ilse leise.

– Der Kellner, erklärt ihr Mutti.

– Bringt der die Schnitzel?

Mutti nickt, und alle vier folgen dem Kellner, der ihnen auf der Terrasse einen Tisch zuweist.

Der Cousin und die Mutter setzen sich jedoch noch nicht nieder, sondern bewundern die Aussicht. Schön sind eigentlich nur die grünen Baumkronen vom Volksgarten und vom Rathauspark, findet Ilse. Die schmutzigen grauen Häuser und die Ruinen schauen von oben genauso hässlich aus wie von unten.

– Im ersten Bezirk ist der Schutt größtenteils schon weggeräumt worden, erklärt Mutti dem Cousin. In den Außenbezirken schaut es aber noch schlimm aus.

Dann werden die Getränke gebracht. Rote Kracherl für die Kinder, Sodawasser für die Erwachsenen. Und wann kommt das Essen, fragt sich Ilse. Sie ist hungrig. Der Cousin spricht noch immer mit dem Kellner, deutet mehrmals auf die Karte, der Kellner schüttelt jedes Mal den Kopf. Schließlich steht der Cousin auf und folgt dem Kellner ins Innere des Lokals.

– Was ist los? fragt Christoph.

– Ich glaube, heute gibt es hier nichts zu essen, sagt Mutti.

– Aber wieso denn nicht? fragt er.

– Ich bin hungrig, sagt Ilse.

– Jetzt macht kein Theater, bringt Mutti die beiden zum Schweigen.

Erst nach einer Weile kommt der Cousin zurück. Er strahlt.– Sie haben doch noch etwas. Eine Languste.

– Ist die nicht zu teuer? fragt Mutti.

Aber da kommt schon der Kellner, bringt Teller und Besteck und auf einer silbernen Platte ein Tier: groß und grellrot, mit dunklen Knopfaugen, langen Fühlern, riesigen Scheren, einem plumpen breiten Körper und dünnen Käferbeinen.

– Gleich wird sie nach dir schnappen, sagt Christoph, als er die vor Schreck aufgerissenen Augen seiner Schwester bemerkt.

– Die Languste lebt doch nicht, sagt Mutti. Sie wurde ins kochende Wasser geworfen, deshalb ist sie so wunderschön rot.

Wunderschön rot ist sie ja, aber so hässlich, dass sie bestimmt abscheulich schmeckt. Weil Ilse aber ein wohlerzogenes Mädchen ist, sagt sie nichts, wundert sich bloß, weil Mutti und der Cousin jetzt ebenfalls auf die Languste starren.

– Kannst du sie zerlegen? fragt Mutti den Cousin.

– Ich weiß eigentlich nicht, wie ...

Da kommt ihnen der Kellner zu Hilfe. Im Nu ist das Tier zerlegt, und statt der Languste liegt ein Trümmerhaufen aus Schalen, Fühlern und Scheren, Beinen und ein wenig weißem Fleisch auf der Platte. Der Kellner zieht sich zurück, Mutti teilt aus. Für die Kinder ein paar kleine Stücke, den Rest schaufelt sie auf den Teller des Cousins und ihren eigenen.

– Viel ist das leider nicht, sagt der Cousin.

Doch, viel zu viel, denkt Ilse und stochert mit der Gabel auf einem kleinen Stück Fleisch herum.

– Soll ich es dir kleiner schneiden?

Ilse nickt und stochert dann in den kleingeschnittenen Stücken herum. Schaut zum Bruder. Der hat seinen Teller fast leergegessen.

– Schmeckt gut, sagt er kauend, und die Mutter bestätigt es mit einem Nicken. Ermutigt steckt Ilse ein winziges Stück von der Languste in den Mund. Schmeckt genauso ekelhaft, wie sie es sich vorgestellt hat. Schlimmer als Fisch. Sie schiebt den Bissen im Mund hin und her, möchte ihn ausspucken, wagt es nicht. Schließlich spült sie ihn mit dem letzten Schluck des Kracherls hinunter.

– Herrlich, seufzt Mutti und wirft einen kritischen Blick auf die Platte, ob nicht doch in dem Trümmerhaufen etwas Genießbares zu finden ist.

– Fantastisch hat das geschmeckt, sagt der Cousin, und jetzt stochern beide in den Resten herum. Da fällt Muttis Blick auf Ilses Teller.

– Bist du schon satt?

Ilse nickt und schaut erleichtert zu, wie Mutter ihre verschmähten Langustenstücke mit dem Cousin teilt.

– Ach, seufzt die Mutter, war das ein Genuss!

– Und so ein Glück, dass sie wenigstens noch mit der Languste herausgerückt sind. Hat mich ziemlich viel an Überredung gekostet.

– Und bestimmt einen größeren Geldschein, sagt Mutti.

Der Cousin wehrt das Gesagte mit einer Handbewegung ab.

Am Michaelerplatz verabschiedet sich der Cousin.

– Wir werden uns ja bald wiedersehen, sagt er zu den Kindern. Und bei meinem nächsten Besuch hier in Wien wird es bestimmt schon irgendwo ein Wiener Schnitzel geben.

Am Heimweg holt Christoph eine rote Schere der Languste aus seiner Hosentasche, die er heimlich von der Platte stibitzt hat, und versucht damit Ilse in den Arm zu zwicken. Kreischend läuft sie davon und beruhigt sich erst, als die Mutter das Haustor in der Zeltgasse aufsperrt, denn nach neun Uhr ist es versperrt.

– Kann ich noch ein Schmalzbrot haben? fragt Ilse.

– Ich auch, sagt Christoph.

– Die Languste war doch nicht groß genug für uns vier, sagt Mutter, als sie drei Brote vom großen Brotlaib abschneidet. – Ich bin auch noch hungrig.

– Warum hat Onkel Eugen eigentlich gesagt, dass wir ihn bald wiedersehen werden? fragt Ilse.

– Ja, warum? fragt jetzt auch Christoph.

– Weil ihr im November in die Schweiz fahrt.

– Aber wir müssen doch in die Schule gehen, protestiert Ilse.

– In der Schweiz gibt es auch Schulen, sagt Mutti. Jetzt aber hoppauf! Waschen, Zähne putzen und ins Bett.

WIEN, 2022

Direkt unter der Ruine Aggstein lag das nächste Ferienlager. Niedrige Gebäude. Ehemalige Baracken? Als ich Jahrzehnte später mit meinem Mann und unseren Verwandten aus Norwegen die Ruine Aggstein besuchte, gab es sie nicht mehr.

Derselbe schleimige Haferbrei zum Frühstück wie im vorigen Ferienlager, aber immerhin Butterbrote zum Abendessen. Diesmal gab es bereits Kinder, die den Brei verweigerten und behaupteten, es würde ihnen davon schlecht. Ich beobachtete ein Mädchen, das sich den Finger tief in den Hals steckte, bis es den Brei auf den Teller spie. Es musste das Erbrochene zwar nicht aufessen, bekam jedoch auch nichts anderes zum Essen.

Christoph und mir wäre Porridge mit kalter Milch, wie wir ihn zu Hause bekamen, lieber gewesen, aber wir waren keine verhätschelten Kinder, also aßen wir den in Milch gekochten Haferbrei brav auf. Damals begann ich so wie mein Bruder Kinder, die ein Theater machten, bereits gründlich zu verachten. Meine Mutter konnte sich darauf verlassen, dass ich nirgendwo anecken würde, brachte sie mich doch nicht nur beim Onkel Ewald unter, da gab es auch eine Tante Kadi und eine Tante Lotte, die ich regelmäßig besuchen durfte. Seitdem wir in Wien waren, hatte sie uns zu verlässlichen und vernünftigen Kindern geformt. Viel zu früh? Hatte man uns die unbekümmerte Kindheit gestohlen? So wie den meisten in der Kriegs- und Nachkriegszeit groß gewordenen Kindern? Aber hatte es meinem Bruder, hatte es mir geschadet? Mein Bruder und ich wurden Erwachsene, die gelernt hatten, nicht unnötig aufzubegehren, aber sich auch in schwierigen Situationen nicht unterkriegen zu lassen.

Diesmal brauchten wir keine Feldarbeit zu verrichten, mussten aber nach dem Mittagessen zwei Stunden ruhen. Wenn es nicht regnete, im

Freien. Auf harten Holzpritschen, die wir selber auf der Wiese aufstellten. Hie und da gab es wenigstens einen Schmetterling oder einen Vogel zu beobachten.

Meine Hoffnung auf die Rückkehr meines Vaters hatte im Sommer neue Nahrung bekommen, denn die ersten Züge mit Kriegsgefangenen aus Russland trafen in Österreich ein. Und so stellte ich mir immer wieder vor, dass bald schon ein neues Leben für mich beginnen würde. Ein Leben weit weg von Wien, weit weg von der O. Ein wunderbares Leben, in dem mein Vati niemandem erlauben wird, mich ständig zu beschimpfen.

Wir waren noch nicht lange im Ferienlager, da prahlte mein Bruder damit, während der Ruhepause zur Ruine Aggstein hinaufgestiegen zu sein. Ich fragte ihn, ob denn seine Abwesenheit niemand bemerkt habe. Nein, sagte er, weil er seine Holzpritsche immer etwas abseits hinter den Büschen aufstelle.

Wie oft er die Ruine hinauf- und hinuntergerannt ist, weiß ich nicht. Erwischen ließ er sich bei seinen verbotenen Ausflügen nie. Ich bewunderte ihn sehr, hätte mich aber nie getraut, ihn zu begleiten.

Nach dem Ferienlager war ich nur ein paar Tage in Wien. Mutti wusch meine Sachen, hängte sie zum Trocknen auf dem Dachboden auf und bügelte sie. Wäsche zum Wechseln, Seife, Zahnbürste und Kamm packte sie in meinen Rucksack. Dann wurden Hemden, Pullover und Hosen, die meinem Bruder zu klein geworden, aber noch in Ordnung waren, sorgfältig zusammengelegt und in einen Karton geschlichtet, der zum Schluss fest verschnürt wurde.

Gleich nach dem Frühstück brach Mutti mit mir zum Bahnhof auf. Sie war nervös, schaute dauernd auf die Uhr, weil die Straßenbahn lange nicht kam. Im noch größtenteils zerstörten Franz-Josefs-Bahnhof stellten sich viel zu viele Menschen am einzigen Fahrkartenschalter an. Endlich kam Mutti an die Reihe und überreichte mir meine Fahrkarte. Ich steckte sie zu dem Geldschein in den kleinen Stoffsack, den ich mit einer Schnur um den Hals trug, und schob ihn wieder unter mein Dirndl. Schneller, ermahnte mich meine Mutter und lief mit mir zum Zug, der in wenigen Minuten abfahren sollte. In jedem Waggon standen die Fahrgäste so dicht gedrängt, dass meine Mutter keine Möglichkeit sah, mich samt Gepäck in den Zug hineinzubugsieren. Da erblickte sie ein heruntergelassenes Fenster. Inständig bat sie den Mann, der aus dem Fenster schaute, ihr zu helfen, und hob mich dann hoch. Kräftige Männerarme packten mich, und ich wurde in das Coupé gehievt. Mir folgten mein Rucksack und die Schachtel. Jeder Platz war besetzt, aber Reisende, die am Mittelgang standen, rückten noch mehr zusammen, sodass der Karton am Boden Platz fand. Ich setzte mich drauf, nahm meinen Rucksack auf den Schoß und schon fuhr der Zug los. Um mich waren die Beine von Menschen, die keinen Karton hatten, um darauf zu sitzen. Es wäre auch nicht genug Platz dafür gewesen. Ich sah nichts von der Landschaft, durch die wir fuhren, aber ich hörte die Namen der Ortschaften, an denen der Zug hielt. Allmählich kamen sie mir bekannt vor. In Schwarzenau rief man einen Bahnbeamten herbei, der mich auffing, als man mich samt Gepäck aus dem Fenster warf. Sobald der Zug weg war, zeigte mir der Beamte den Bahnsteig für den Zug nach Zwettl. Er komme aber erst in einer guten Stunde.

Da saß ich also allein auf meinem Karton, den Rucksack am Boden, und wartete. Niemand sonst befand sich auf dem Bahnsteig und auch der Bahnbeamte war nicht mehr zu sehen. Das war günstig, denn so konnte ich mich endlich rasch hinhocken und Pipi machen.

Danach fiel mir ein, dass mir Mutti etwas zum Essen in den Rucksack gesteckt hatte: einen grünen sauren Apfel und ein zusammengelegtes

Schmalzbrot. Ich war nicht besonders hungrig, aß aber trotzdem alles auf. Ich war auch nicht besonders unglücklich, es war mir nur plötzlich bewusst geworden, völlig allein auf der Welt zu sein, und es fröstelte mich, obwohl die Sonne schien.

Verlor sich in meinem Leben jemals das Gefühl? Doch: wenn ich von meiner Familie, von Freunden gebraucht wurde. Oder war ich es, die ich die Aufgabe, für andere da zu sein, gebraucht habe, um mich nicht so auf mich allein gestellt zu fühlen? Es stellte sich dennoch immer wieder ein: Nach meinen schweren Operationen, meinen Krankheiten, in der völligen Abgeschirmtheit während der Radiojodtherapie ... Half mir dann das Wissen, die Einsamkeit ertragen zu können? Und hilft es mir jetzt, da ich – alt geworden – freiwillig die meiste Zeit ein Leben führe, in dem ich völlig auf mich allein gestellt bin?

Je älter ich werde, desto öfter kreisen meine Gedanken um den Tod.

Trotzig werde ich mich bis zuletzt
gegen mein Sterben wehren.

Komm, wird der Tod mich auffordern
und mit seiner knöchernen Hand
nach meiner warmen greifen.

Du bist es nicht, nach dem
sich mein Herz sehnt,
werde ich ihn abwehren.

Ich weiß, wird er sagen,
aber glaube mir,
du hast dich lang genug

nach deiner Erlösung gesehnt.
Ich schenke sie dir.

Aber noch finde ich das Leben trotz allem Schrecklichen, was Menschen einander antun können, wunderschön: Wenn ich in meinem Wald herumwerke und sehe, wie meine Bäume wachsen und gedeihen, wenn ich in meinem Sommerwohnzimmer umgeben von Blumen schreibe, wenn ich im Musikverein oder im Konzerthaus die Musik so intensiv in mich eindringen lasse, dass ich mich wie berauscht auf den Heimweg mache, wenn mir wieder einmal eine Ausstellung die Augen öffnet für eine andere Sicht der Welt, wenn ich lesend mehr von den Menschen und ihrer Welt, in der sie eingesponnen sind, erfahre, wenn ich mit den Menschen zusammen sein darf, die ich liebe, und wenn ich heuer nach all den Coronajahren wieder reisen werde.

Manchmal stelle ich mir vor, dass nach meiner Geburt unbemerkt eine Fee an mein Bettchen getreten ist und mir die Fähigkeit verliehen hat, nicht nur das Negative, sondern auch das Wunderbare wahrzunehmen.

WALDVIERTEL, AUGUST 1947

Immer mehr Menschen versammeln sich am Bahnsteig und warten auf den Zug nach Zwettl. Ilse spürt, wie sie von den Umstehenden gemustert wird. Sie sitzt nicht mehr zwischen den Beinen der Wartenden, ist längst aufgestanden, hat den Rucksack auf die Schachtel gestellt und fragt sich dauernd, wie sie es schaffen soll, samt ihrem Gepäck einzusteigen. Die Stufen sind steil, sodass sie sich doch anhalten muss. Als der Zug endlich stehen bleibt und alle einsteigen, schnappt eine junge Frau ihre Schachtel und hilft Ilse beim Einsteigen.

– Wie weit musst du denn fahren?

– Bis nach Zwettl.

– Ich auch. Da kann ich dir beim Aussteigen wieder helfen. Komm setz dich doch zum Fenster. Wirst du abgeholt?

– Ja, von einer Frau …, und plötzlich fällt Ilse der Name der Frau, bei der sie wohnen soll, nicht ein.

– Kennst du die Frau denn nicht?

Ilse schüttelt den Kopf. Mutti hat zwar behauptet, dass sie die Frau bestimmt schon einmal gesehen hat, denn sie habe im Jugendamt sauber gemacht. Aber das ist schon so lange her, und zuletzt hat Mutti doch gar nicht mehr im Jugendamt gearbeitet.

Plötzlich fällt Ilse ein, dass die Frau einen kleinen Buben hat, der Horsti heißt, auf den sie aufpassen soll. Also braucht sie beim Aussteigen nur auf eine Frau mit einem kleinen Buben zu achten, und kann jetzt endlich, ohne sich noch länger zu ängstigen, aus dem Fenster schauen.

Zwischen den schmalen Feldern zieht ein Pferd einen Wagen auf einem grasbewachsenen Streifen. Der Bauer geht daneben, die Zügel in der Hand. Ilse versucht zu erraten, was auf den Feldern wächst, denn

Mutti hat ihr gezeigt, wie man Roggen, Hafer, Gerste und Weizen voneinander unterscheidet. Aber das ist auch schon lange her. Damals, als sie noch in Zwettl gewohnt haben und mit Mutti spazieren gegangen sind. Das schmale Zwettltal flussaufwärts und dann zwischen den Feldern auf der Hochebene zurück in die Stadt.

Gelegentlich taucht ein blühendes Mohnfeld auf, dann durchqueren sie abermals einen Fichtenwald. Sein Duft dringt nicht in den Waggon, die Fenster sind wegen des Funkenflugs fest verschlossen.

Nächste Station Zwettl, schreit da der Schaffner. Die Frau nimmt Ilses Gepäck samt ihrer eigenen Tasche aus dem Gepäcknetz. Dann warten sie gemeinsam vor dem Ausstieg, bis der Zug stehen bleibt.

– Alles Gute, sagt die Frau, und Ilse bedankt sich für ihre Hilfe. Bevor sie sich richtig umschauen kann, hebt eine Frau, die einen kleinen Buben an der Hand führt, den Karton auf.

– Du bist aber groß geworden, Ilse. Kannst du den Rucksack selber tragen?

Ilse nickt, und alle drei gehen auf der Bahnhofstraße zur Landstraße und auf dieser bergab bis zum vertrauten Eingang neben dem Kaufhaus Hofbaur.

Ilse hat sich noch während der Fahrt vorgestellt, wie froh sie sein wird, endlich wieder nach Zwettl zu kommen, aber jetzt findet sie es schrecklich, ohne Mutti, ohne Christoph und ohne ihren Vati hier zu sein. Als sie am Ende des dunklen Gangs nicht in den Hof zu ihrer alten Wohnung gehen, sondern im Haupthaus die Treppe hinaufsteigen, möchte sie am liebsten heulen: Nichts ist mehr so wie damals. Aber sie ist ja jetzt ein großes Mädchen, das der Mutti versprochen hat, kein Theater zu machen, und so schnäuzt sie sich bloß.

Die Frau sperrt auf, und sie betreten eine geräumige Wohnküche. Ein großer Herd, ein Tisch, Sessel, eine Kredenz und eine Couch.

– Im Schlafzimmer schlafen mein Mann, Horsti und ich. Du schläfst hier auf der Couch. Die ist sehr bequem.

Ilse nickt und deutet auf die Schachtel: Die ist für Sie. Da sind Hosen, Hemden und Jacken drin, die meinem Bruder zu klein geworden sind.

– Fein. Da werde ich gleich morgen deiner Mutti eine Karte schicken, mich für die Sachen bedanken und ihr schreiben, dass du gut angekommen bist. Jetzt kriegst du erst einmal etwas zu essen. Es gibt eine deftige Suppe mit Frittaten und ein Brot mit guter Landbutter. Die Eltern von meinem Mann sind Bauern. Denen hilft er, sooft er kann, und bringt dann immer Butter und Fleisch mit. Am übernächsten Wochenende wird er dich zu seinen Eltern mitnehmen, wenn er ihnen beim Heuen helfen wird. Am Hof gibt es viele Tiere, das wird dir gefallen.

– Habt ihr denn ein Auto? fragt Ilse.

– Bloß ein Motorrad. Damit fährt mein Mann nach Wien. Er arbeitet auf einer Baustelle und kommt jeden zweiten Samstag erst in der Nacht nach Hause. Zum Ausgleich hat er dann den nächsten Samstag frei.

– Ich will auch mitfahren, begehrt Horsti.

– Wenn du größer bist, nimmt dich Papa bestimmt auf dem Motorrad mit. Jetzt setzt euch beide auf euren Platz und esst brav eure Suppe.

– Aber … fängt Horsti an.

Da unterbricht ihn die Frau.

– Beim Essen wird nicht geredet!

Dabei hätte auch Ilse gerne noch viel gefragt. Ob es denn erlaubt ist, dass ein Kind auf dem Motorrad mitfahren darf, und ob das nicht viel zu gefährlich ist.

– Fertig! schreit Horsti, der als Erster seine Suppe ausgelöffelt hat.

– Schmeckt es dir, Ilse? fragt die Frau.

– Ja. Rosa hat auch immer so eine gute Suppe gekocht.

Da lächelt die Frau.

– Du darfst mit Horsti jetzt noch eine Stunde spazieren gehen, damit ihr zwei nachher gut schlafen werdet. Wenn es auf der Kirchturmuhr sieben schlägt, kommt ihr zurück.

– Ja, Frau …

– Fauk, Ilse.

– Ja, Frau Fauk. Komm, Horsti.

Jetzt hat es Ilse eilig. Sie nimmt den Buben bei der Hand, marschiert mit ihm die Landstraße entlang und lässt seine Hand nicht los, während sie den steilen Weg hinab ins Tal der Zwettl steigen. Erst als sie in den Weg neben der Zwettl einbiegen, gehen sie nebeneinander.

– Wie alt bist du denn, Horsti?

– Fünf, antwortet er stolz.

– Dann kommst du ja schon nächstes Jahr in die Schule!

– Leider.

– Glaub mir, die Schule ist gar nicht so schlimm. Musst halt gut aufpassen.

– Ich weiß nicht. Ich kann ja noch nicht einmal richtig zählen. Im Kindergarten lachen sie mich deswegen schon aus.

– Du Armer. Dann ist es aber höchste Zeit, dass du es lernst. Schau, wir machen einen Schritt und sagen laut eins, beim nächsten Schritt zwei, und dann drei. Komm gib mir deine Hand.

Als sie schon ein paarmal gemeinsam bis zehn gezählt haben, kehren sie um, damit sie nicht zu spät nach Hause kommen.

– Kennst du die Stelle, wo die Zwettl in den Kamp mündet? Warst du schon einmal dort?

Der Bub schüttelt den Kopf. Er scheint müde zu sein, deshalb geht Ilse ein bisschen langsamer und nimmt den Buben bei der Hand und sie fangen wieder gemeinsam an zu zählen. Nach einer Weile darf Horsti allein zählen und muss immer seltener nachdenken, welche Zahl als nächste kommt.

Als sie an der Kirche vorbeigehen, läuten die Glocken siebenmal. Zu zweit zählen sie die Schläge, und Ilse erklärt dem Buben, dass er dann stets wissen könne, wie spät es ist.

Am Hauptplatz bleibt Ilse stehen, um sich umzusehen. Wie schön es hier ist, und der Mann von der Frau Fauk kommt ja erst am Samstag.

– Bleibst du jetzt immer bei mir? fragt Horsti.

– Nur ein paar Wochen.

– Ich möchte aber, dass du für immer bei mir bleibst.

Darauf sagt Ilse nichts und überlegt, was sie am liebsten tun möchte. Mit Vati ins Kamptal gehen. Bis zu der Stelle, an der die vielen Glockenblumen stehen. Warum ist sein Name auf keiner Liste der Heimkehrer gestanden? Weil Mutti recht hat? Weil er gar nicht zurückkommen kann, weil er schon seit langem tot ist? Aber das stimmt doch nicht! Das darf doch nicht stimmen.

Auf einmal spürt Ilse, wie schrecklich müde sie ist, und wird immer langsamer. Jetzt zieht Horsti Ilse, weil er zu seiner Mama möchte.

Ein paar Tage später geht Ilse mit ihrer Freundin Linde und den zwei Buben, Horsti und Manfred, auf der Straße Richtung Stift Zwettl, weil Linde Eier kaufen muss.

Sobald Manfred erfahren hat, dass Ilse bei Frau Fauk untergebracht ist, hat er bei seinen Eltern durchgesetzt, dass er bei den Spaziergängen mitgehen darf. Manfred und Horsti mögen einander nicht besonders, sie wetteifern ein wenig um Ilses Gunst, sodass sie sich angewöhnt hat, beiden Buben die Hand zu geben, damit sich keiner benachteiligt fühlt.

Heute sind die zwei aber friedlich, raunzen bloß, weil sie auf der sonnigen Straße gehen müssen. Ilse fragt ihre Freundin, ob es im vorigen Winter in Zwettl ebenfalls Kohleferien gegeben hat.

– Nein, leider nicht. Holz zum Heizen hat es genug gegeben.

Ilse wartet mit den Buben auf der Straße, als Linde die Gartentür öffnet und durch den großen Garten mit den vielen Hühnern zum Haus geht.– Gehen wir am Nachmittag wieder in den Wald? fragt Manfred.

– Fahrt ihr denn heute Nachmittag nicht nach Rastenfeld zu den Großeltern?

– Doch, aber ich muss nicht mitfahren, wenn du auf mich aufpasst.

– Du kommst ja schon im Herbst in die Schule, da muss ich ja nicht mehr dauernd auf dich aufpassen, lacht Ilse.

– Und ich geh im Herbst wieder in den Kindergarten.

– Ja, ich weiß, Horsti. Du bist ebenfalls ein tüchtiger Bub. Und jetzt kannst du allen sagen, dass du schon bis hundert zählen kannst. Du musst es aber noch ein paarmal mit mir üben, damit du es nicht gleich wieder vergisst.

– Heiß ist es und der Korb ist ganz schön schwer, seufzt Linde.

– Wozu braucht deine Mutter denn jede Woche so viele Eier? fragt Ilse.

– Papa bekommt zum Frühstück immer ein kernweiches Ei, weil er, als er aus der Gefangenschaft zurückgekommen ist, unglaublich schwach war.

– Ach, so. Ist er streng?

– Geht so. Kontrolliert halt alles. Auch meine Aufgaben.

– Mutti kontrolliert meine Aufgaben auch immer. Obwohl sie arbeitet und erst spät nach Hause kommt, sagt Ilse, weil sie plötzlich begreift, dass Linde es nicht gut fände, dass Mutti nie einen Blick in ihre Hefte wirft.

– Dass deine Mutter dich allein mit dem Zug nach Zwettl hat fahren lassen, finden meine Eltern aber nicht richtig, sagt Linde.

Weil Ilse darauf nichts entgegnet, bricht Linde nach ein paar Minuten das Schweigen. – Ist deine Lehrerin auch so streng?

– Geht so. Sie ist eine ganz Genaue. Du weißt schon: dünnen Anstrich, dicken Abstrich; und das mit Federn, die dauernd kratzen.

– Meine Lehrerin, seufzt Linde, quält uns dauernd mit blöden Rechenaufgaben. Eine fünfstellige Zahl von einer sechsstelligen Zahl abziehen.

– Ist doch nicht schwer, sagt Ilse, die Lindes Vorwurf noch nicht überwunden hat.

– Für dich.

– Durst, unterbricht Horsti die beiden Mädchen, und Ilse bleibt stehen, holt die Wasserflasche aus dem Rucksack, lässt alle trinken, wischt die Flasche ab und trinkt als Letzte.

WIEN, 2022

Meine erste bewusste Lüge? Weil ich vor meiner Freundin nicht weniger behütet dastehen wollte? Hat mir nicht viel geholfen, weil Linde gleich danach gesagt hat, dass ihre Eltern es nicht richtig gefunden hätten, dass ich allein nach Zwettl fahren musste.

Der Vorwurf stellte mich vor ein Dilemma, denn einerseits fand ich mein unbegleitetes Fahren nach Zwettl nicht richtig, andererseits nahm ich die Kritik an meiner Mutter von Lindes Eltern ebenfalls übel.

Als ich vor kurzem einer Freundin meine Zugfahrt nach Zwettl schilderte, meinte sie lakonisch, heute hätte man meine Mutter beim Jugendamt angezeigt. Ich fand den Einwurf witzig, meine Mutter als ehemalige Jugendamtsleiterin tat etwas, das heute als nicht korrekt empfunden wird. Es war halt eine andere Zeit, verteidigte ich meine Mutter. Das Geld für Zugkarten, um mich hinzubringen und abzuholen, fehlte. Und die Zugverbindungen waren so schlecht, dass sie nicht am selben Tag hin- und zurückfahren konnte und deshalb zwei Arbeitstage versäumt hätte. Und es war halt eine Möglichkeit, mir für ein paar Wochen die Beschimpfungen von der O zu ersparen. Und so habe ich wenigstens ein paar Wochen in meiner geliebten Geburtsstadt verbringen dürfen. Noch dazu in Gesellschaft meiner Freundin und zweier Buben, die mich mochten. Tat mir doch gut. Sind das jetzt genug Argumente, um das Handeln meiner Mutter zu rechtfertigen?

ZWETTL, SOMMER 1947

In der Nacht von Samstag auf Sonntag wacht Ilse auf, weil in der Küche geredet wird. Vorsichtig dreht sie sich von der Wand weg, zieht die Decke ein wenig über den Kopf, um unbemerkt zu beobachten, was los ist. Herr Fauk ist gekommen. Er sitzt am Tisch und trinkt immer wieder einen Schluck aus dem großen Bierkrug, während Frau Fauk am Herd steht und eine Suppe aufwärmt.

– Musst du denn immer ausgerechnet am Samstag Überstunden machen? Ihre Stimme klingt vorwurfsvoll.

– Werden besser bezahlt, antwortet er ruhig.

Herr Fauk ist größer und schlanker als seine Frau und hat blondes Haar. Gelegentlich streicht er die Strähne, die ihm immer wieder in die Stirn fällt, mit der Hand aus dem Gesicht. Als ihm Frau Fauk den dampfenden Teller Suppe hinstellt, fängt er schlürfend an zu essen. Frau Fauk setzt sich ihm gegenüber und schaut ihm schweigend zu.

Vorsichtig dreht Ilse sich wieder zur Wand. Der Mann flößt ihr Angst ein, aber sie tröstet sich damit, dass er bereits am Montag früh zurück nach Wien fahren wird.

Am Sonntag regnet es. Horsti spielt mit seinem Baukasten. Herr Fauk schläft noch, deshalb dürfen Ilse und Horsti keinen Lärm machen. Ilse schaut zu, wie Frau Fauk dem Huhn, das auf einem großen hölzernen Schneidbrett liegt, den Bauch aufschneidet und vorsichtig die Galle herausholt. Danach wird die Fülle hineingestopft und der Bauch wieder zugenäht. Dann schiebt Frau Fauk das Huhn ins Backrohr. Die Suppe ist schon fertig und Frau Fauk stellt sie auf eine Stelle des Herds, die nicht so heiß ist, und legt wieder Holz nach.

– In Wien kochen wir mit Gas, sagt Ilse leise.

– Das muss praktisch sein, wenn man nicht dauernd aufs Feuer schauen muss.

– Wir haben aber nur einen Rechaud, kein Backrohr. Ich glaube, ich habe noch nie ein Hendl gegessen.

– Bestimmt hat euch die Rosa manchmal ein Hendl von ihrem Bauernhof mitgebracht. Du wirst es vergessen haben.

– Wahrscheinlich. An die Rosa kann ich mich noch gut erinnern. Die hat genauso gut gekocht wie Sie.

– Mein Mann ist gestern nach der Arbeit noch zu seinen Eltern gefahren, um das Hendl zu holen. Er braucht wenigstens am Sonntag eine ordentliche Portion Fleisch, weil er so schwer arbeiten muss. Horsti und du, ihr bekommt die Fülle und nur ein kleines Stück Fleisch. Ich richte jetzt noch den Salat, und du gehst inzwischen rüber ins Wirtshaus und holst das Bier. Auf der Kredenz liegt das abgezählte Geld neben dem Krug.

Der Wirt lässt am Zapfhahn Bier in den Krug rinnen, wartet, bis sich der Schaum setzt, und füllt Bier nach, wartet und füllt abermals Bier nach. Ilse schaut gebannt zu, und der Wirt sagt: Damit der Fauk net scho wieder meckert, dass z'vüh Schaum und z'weng Bier im Kruag is.

Ilse nickt. Jetzt hat sie verstanden, warum das so lange dauert.

Als der Wirt den Krug auf den Schanktisch stellt, legt Ilse das Geld hin und bemerkt erst jetzt, dass Horsti nicht mehr neben ihr steht. Sie dreht sich um und sieht voll Schreck, dass der Kleine bei einem nicht abgeräumten Tisch steht und aus einem Bierglas den kleinen Rest trinkt. Danach geht er zum nächsten Tisch auf der Suche nach einem weiteren nicht völlig ausgetrunkenen Glas.

– Horsti, komm sofort her! Ilses Stimme klingt so empört, dass der Bub augenblicklich folgt. Am Weg über die Straße erklärt sie ihm, dass es grauslich ist, aus einem fremden Glas zu trinken, und dass man vom Biertrinken dumm wird.

– Mein Papa trinkt immer Bier und ist nicht dumm, entgegnet Horsti trotzig.

In der Küche riecht es unglaublich gut. Ilse stellt den Krug auf den Tisch und hört, wie Horsti seinen Vater, der noch ein wenig verschlafen aussieht, fragt, ob er den Schaum vom Bier wieder abtrinken dürfe.

– Selbstverständlich, mein Kleiner, sagt Herr Fauk.

Ja, aber … möchte Ilse sagen, traut sich aber nicht.

Wie versprochen bekommen Ilse und Horsti etwas von der Fülle, ein kleines Stück knusprige Haut und ein Flügerl. Frau Fauk begnügt sich mit einem Haxerl und ein wenig Fleisch von der Brust. Den Rest vertilgt mit großem Behagen Herr Fauk, der seine Finger als Werkzeug benützt.

Am nächsten Tag scheint wieder die Sonne. Herr und Frau Fauk sind ganz früh aufgestanden, sie hat Kaffee gekocht und Brote gestrichen, ist aber, nachdem Herr Fauk sich verabschiedet hat, abermals ins Bett gegangen, wie Ilse gesehen hat.

Wieder wird Ilse mitten in der Nacht munter, als Herr Fauk bereits am Freitag in der Nacht nach Hause kommt. Und dann kann sie nicht wieder einschlafen. Sie möchte auf gar keinen Fall mit Herrn Fauk auf dem Motorrad mitfahren. Weil sie aber Mutti versprochen hat, ja kein Theater zu machen, wird sie morgen ohne zu protestieren mitfahren.

Horsti schläft noch, als Ilse nach dem Frühstück, das sie nur mit Mühe hinuntergewürgt hat, mit ihrem Rucksack den Soziussitz des Motorrads besteigt.

– Festhalten! befiehlt Herr Fauk und startet.

Ilse zögert. Da ist nichts, wo sie sich anhalten könnte.

– Festhalten! brüllt Herr Fauk, und da schlingt Ilse ihre Ärmchen um die Taille des fremden Mannes, und sie fahren los.

Nicht zu einem Bauernhaus, sondern zu einer großen Wiese, wo schon Heu zusammengerecht wird. Ein Fuhrwerk mit zwei riesigen Ackergäulen steht bereit, um das Heu zum Hof zu führen. Zusammen mit einem etwas älteren Buben sammelt Ilse die Heubüschel, die beim Transport zum Wagen verloren gehen, und stopft sie in den Wagen.

Es sei ein großer Bauernhof, erklärt ihr der Bub, sie hätten sogar drei Kühe.

– Ist das genug Heu für den ganzen Winter?

– Wo denkst'n hin? Dea Bauer hod drei große Wiesn und zwoamoi wird mit da Sengst gmahd.– Du gehörst gar nicht zum Bauernhof?

– Meine Leid san Kloaheisler. Waun i 'n Bauern uandli hüf, kriagt mei Muatta oiwäu a Kaunl Mülli.– Und dein Vater?

– A dea. Dea is zu nix. Hockt oiwäu in Wirtshaus.

Ilse weiß nicht, was sie darauf sagen soll. Väter, die im Wirtshaus hocken, davon hat sie gehört. Aber dass dann ein kleiner Bub bereits so viel arbeiten muss ...

– In Wien bekomme ich nur ein Achtel Magermilch.

– A Ochtel?

– Das ist so viel wie ein kleines Häferl.

– Ka Wunder, waunst so zaundia bist. I trink oiwäu a groß Heferl fette Müch.

– He, ihr zwei, nicht tratschen, sondern aufsteigen, aber schnell, ruft der Bauer.

Ilse darf mit dem Buben neben dem Bauern vorne am Kutschbock sitzen. Herr Fauk lässt sein Motorrad auf der Wiese stehen und geht hinter dem Fuhrwerk. Er achtet darauf, dass das Heu nicht verrutscht.

Gemächlich ziehen die Pferde den hoch beladenen Wagen auf dem ebenen Weg. Plötzlich bleiben sie jedoch stehen, und es heißt absteigen, denn der Weg führt steil hinab zur Furt eines Bachs und auf der anderen Seite wieder steil hinauf, wie der Bub Ilse erklärt. Der Bauer geht – die Zügel in der Hand – neben den Pferden, Herr Fauk neben dem Wagen, zieht nach wenigen Metern jedes Mal die Handbremse an und lockert sie kurz darauf wieder.

– Dass da Wogn net auf d' Pferd rutscht, erklärt der Bub Ilse.

Als sie bei der Furt sind, ziehen die Pferde ohne Zögern den Wagen durch den Bach.

Der Bub ist bloßfüßig, Ilse muss jedoch schnell aus ihren Sandalen schlüpfen, um durchs kalte Wasser zu waten.

– Geht's net direkt hintern Wogn, ermahnt sie der Bauer.

– Warum? fragt Ilse den Buben.

– Wäus gfährli is. Dea Wagn is schwaa, a Pferd kunntat danähmtreedn und da Wagn kunntat umkippen. San aber eh stoake Ressa, und 's Hei is net schwaa. Gfährli wird's in Winter, waun d' Ressa di Baamstämm zahn.

– Was du schon alles weißt, staunt Ilse.

– Bin jo do dahoam. Wia hoaßt'n?

– Ilse. Und du?

– Peterl. Ilse hob i no nia ghead. Do haßen d' Madln Miatzl, Hannerl und Grähdl.

– Und Rosa, lacht Ilse.

Dann sind sie oben und dürfen wieder aufsitzen, nur Herr Fauk muss abermals hinter dem Fuhrwerk zu Fuß gehen.

WIEN, 2022

Prägen sich unangenehme Begebenheiten eher ein als angenehme oder kommt es nur auf die Intensität der ausgelösten Empfindungen an bei der Frage, ob Erinnerungen für alle Zeiten abrufbar bleiben? Über die Rückfahrt von Zwettl ist in meinem Gedächtnis nichts zu finden. Mutierte ich bereits von einem als Paket verschickten Kind zu einer routinierten Reisenden?

Linde blieb für lange Zeit die Einzige, die es geschafft hatte, meine Freundin zu werden. Lag es an meiner Schüchternheit oder daran, dass ich anders war? Das seltsame Kind, das lernen musste, die Zähne zusammenzubeißen. Mach nur ja kein Theater, ermahnte mich meine Mutter jedes Mal, bevor ich wieder einmal von zu Hause entfernt wurde. Andere Kinder doch auch. Aber so oft?

Kaum zurück, begann erneut die Schule, für mich in der dritten Klasse. Der Vorrat an Heften aus der Schweiz war aufgebraucht, die Papierqualität der Schulhefte hatte sich jedoch bereits verbessert. Nur mehr selten blieb die Feder in einem Holzspan hängen. Trotzdem gelang es mir noch immer nicht, den Ansprüchen meiner Lehrerin zu genügen. Nicht zu entsprechen, das Gefühl vermieste mir sogar die seltenen Zeichenstunden. Vorgegebenes Thema: ein Boot auf einem See. Kurz bevor mein erstes Klassenfoto gemacht wurde, hängte die Lehrerin die Meisterwerke ihrer Schülerinnen an die Wand. So wurde auch mein Kunstwerk auf dem Foto festgehalten. Ich erkannte es selbst nach Jahrzehnten sofort. Ein winziges Boot auf einer bis zum Rand reichenden blauen Fläche. Kein Mensch hätte sich darin retten können. Auch ich nicht.

Gleichzeitig mit unserem Schulbeginn fing meine Mutter an, Russisch zu lernen. Gratis, im russischen Kulturzentrum. Deshalb blieben wir Kinder jetzt an zwei Abenden allein zu Hause. Das verursachte keine Probleme, meine Mutter konnte sich auf uns verlassen. Um die O nicht zu stören, durfte man sich in der Küche leise unterhalten, im Wohnzimmer aber bloß lesen. Einfache Gerichte herzustellen bereitete uns keine Schwierigkeiten mehr und das Abwaschen war ebenfalls längst an uns Kinder delegiert worden: eine Woche mein Bruder, eine Woche ich. Abgewaschen wurde mit einem Löffel Soda, das meine Kinderhände nicht vertrugen. Die Haut bekam Risse und tat schrecklich weh. Ich war sonst ein folgsames Kind, aber vor dem Abwaschen drückte ich mich oft, auch wenn ich dann von meiner Mutter ausgeschimpft wurde.

Im Oktober wurden uns die Kinderpässe ausgehändigt, denn die Abfahrt in die Schweiz rückte näher. Von meinem ersten Pass besitze ich bloß das abgestempelte Passfoto. Zwei dünne Zöpfe mit Maschen umrahmen das Gesicht einer Achtjährigen, das ein Winterdirndl mit einer schmalen Spitze am Ausschnitt trägt und mit skeptischem Blick in die Kamera schaut. Keine Andeutung eines Lächelns.

Eine Woche vor der Abfahrt wurden mein Bruder und ich zu einer ärztlichen Untersuchung beordert. Ich musste mich nackt ausziehen, unangenehm, weil es im Untersuchungszimmer eiskalt war. Meine Haut wurde gründlich auf Spuren von Ausschlägen, vor allem der Krätze, meine Haare auf Läusebefall untersucht. Ich wurde abgehorcht, meine Lunge geröntgt und zuletzt meine Größe und mein Gewicht festgehalten. Untergewichtig musste man sein, um verschickt zu werden. Aber übergewichtige Kinder gab es 1947 in Österreich wahrscheinlich noch gar nicht. Alles in Ordnung, wurde am Schluss meiner Mutter mitgeteilt.

Am Vortag der Abreise meldete sie uns von der Schule ab. Wir gingen früh zu Bett, denn zeitig am Morgen hatten wir uns am Bahnhof einzufinden. Es werde jetzt nicht mehr gelesen, sondern geschlafen, befahl deshalb meine Mutter. Ich protestierte, wollte das ausgeborgte Buch unbedingt fertig lesen. Das Licht wurde dennoch abgedreht.

In meiner ersten schlaflosen Nacht musste ich dauernd daran denken, dass ich meine Mutti erst in mehr als drei Monaten wiedersehen würde. Auch nicht zu Weihnachten.

FAHRT IN DIE SCHWEIZ, NOVEMBER 1947

– Komm, Ilse, jetzt iss doch endlich dein Frühstücksbrot auf.

– Ich kann nicht.

– Gut, ich pack es ein und steck es dir in deinen Rucksack.

– Danke.

Mutti schaut schon das zweite Mal auf die Uhr und befiehlt, rasch Schuhe und Mantel anzuziehen. Sie nimmt Ilses Rucksack, Christoph trägt seinen kleinen Koffer selbst.

Nur einmal umsteigen und dann noch ein Stück zu Fuß am zerstörten Westbahnhof vorbei zur provisorischen Einstiegsstelle.

Zahlreiche Kinder mit ihren Müttern stehen schon dort. Mutti ist energisch, und so können sich Christoph und Ilse im Nu zu den registrierten Kindern stellen, denen bereits eine Papptafel mit ihrem Namen und dem Bestimmungsbahnhof mit einer Schnur um den Hals gehängt worden ist.

– Wo ist denn Mutti? fragt Ilse ihren Bruder, weil sie Mutti nirgendwo entdeckt.

Jetzt schaut sich Christoph ebenfalls um. Bei den wartenden Müttern, die ihren Kindern zuletzt noch zuwinken möchten, steht sie jedenfalls nicht.

– Weg.

– Weil sie arbeiten muss? Hat sie uns deshalb zum Abschied nicht einmal umarmt?

Christoph nickt bloß.

Dann dürfen sie endlich einsteigen. Ilse möchte neben Christoph sitzen, was von der energischen Aufpasserin verhindert wird, denn rechts vom Mittelgang müssen die Mädchen Platz nehmen und links die Buben. Auf den Bänken für drei Personen werden jeweils vier Kinder untergebracht. Ilse bekommt einen Platz neben dem Gang zugewiesen, Christoph hat es geschafft, einen Fensterplatz zu erobern.

Als der Zug endlich losfährt, beginnen ein paar Mädchen zu weinen. Ilse wirft ihnen einen verächtlichen Blick zu und holt aus dem Rucksack ihr Frühstücksbrot heraus. Das doppelte Schmalzbrot, das sie außerdem im Rucksack entdeckt hat, wird sie später essen.

Der Zug bleibt immer wieder stehen, und dann verkündet eines der Mädchen vom Fensterplatz aus stolz: Wir sind jetzt in Wels, in Attnang-Puchheim, in Hallein. Die Namen sagen Ilse nichts. Gelegentlich bleibt der Zug irgendwo stehen. Dann berichten die Mädchen: Hier ist bloß eine Wiese, bloß ein Wald. Und dann immer öfter: Hier liegt schon Schnee. Die Stunden schleichen dahin. Ein paar Mädchen flüstern miteinander. Das Mädchen neben Ilse schnieft von Zeit zu Zeit.

Zweimal hat Ilse um Erlaubnis gefragt, aufs Klo gehen zu dürfen. Das befindet sich im nächsten Waggon. Sie lässt sich dafür viel Zeit, denn vom Sitzen auf der harten Holzbank tut ihr schon alles weh.

Allmählich wird es finster, und eine der Frauen, die den Transport begleiten, kommt mit einer Kanne und zwei Pappbechern. Tee wird eingeschenkt, zwei Kinder trinken, die anderen müssen einstweilen zusehen. Der Tee ist lauwarm, aber süß. Ich habe Hunger, begehrt plötzlich einer der Buben auf.

– Ich auch, ich auch, tönt es gleich darauf von allen Seiten.

– Eure Eltern haben euch doch bestimmt Proviant mitgegeben?

– Nein, entgegnen die meisten Kinder, selbst die, die ihr mitgegebenes Brot längst aufgegessen haben.

– In einer Stunde gibt es Schmalzbrot, verspricht die Frau.

Ilse beteiligt sich nicht am Hungergeschrei, obwohl Muttis Schmalzbrot den Hunger nur für kurze Zeit vertrieben hat. Aber immer wieder muss sie daran denken, was Mutti ihnen in der Straßenbahn eingebläut hat: Denkt immer daran, wie großzügig es von den Schweizer Verwandten ist, euch für ein paar Monate aufzunehmen. Also bereitet mir keine Schande. Ihr seid ja schon meine beiden Großen. Stimmt nicht, nur Christoph ist größer als die anderen Kinder, aber irgendwann wird sie hoffentlich auch anfangen zu wachsen. Ob alle Schweizer Verwandten so nett sind wie Onkel Eugen? Da fällt Ilse ein, dass ihnen die Verwandten voriges Jahr zu Weihnachten Schokolade und gezuckerte Kondensmilch geschickt haben. Eine ganz wunderbare Schokolade, die im Mund zerschmolzen ist. Vielleicht bekommt sie jetzt jeden Tag ein Stück von so einer guten Schokolade?

Aus lauter Langeweile versucht Ilse zu lesen, was auf der umgehängten Karte steht. Weil die Schnur zu kurz ist, nimmt sie die Karte herunter, worauf sich gleich mehrere Mädchen aufregen: Das darfst du nicht! Das ist verboten!

– Ich wollte doch nur ..., mehr sagt Ilse nicht, und als Christoph, der aufmerksam geworden ist, fragt, was los sei, schüttelt sie nur den Kopf.

Es wird finster, und einigen Kindern fallen bereits die Augen zu.

– Wo sind wir? fragt ein Bub die Frau, die zur Kontrolle durch den Waggon geht. Sie weiß es nicht.

Sobald der Zug fährt, schläft Ilse ein, bei jedem Halt wacht sie wieder auf. Diesmal dauert der Aufenthalt besonders lang. Wir sind an der Grenze, wird getuschelt.

– Kommen wir jetzt endlich in die Schweiz, fragt Ilse ihren Bruder, der gerade vom Klo zurückkommt.

– Nein, nach Liechtenstein.

Von Liechtenstein hat ihr noch nie jemand etwas erzählt. Bringt sie der Zug in ein falsches Land? Aber wenig später, es wird langsam hell, kommen sie nach einem weiteren langen Aufenthalt endlich in die Schweiz.

Unruhe breitet sich im Waggon aus. Jedes der Kinder versucht aus dem Fenster zu schauen. Die Frauen drücken die Kinder vergebens zurück auf ihre Plätze, schreien sie an. Kaum haben die Frauen sich abgewandt, stehen die Kinder wieder auf und drängen zum Fenster. Ilse als eine der Kleinsten sieht gar nichts.

– Stell dir vor, ruft ihr der Bruder zu, kein einziger Bahnhof ist zerstört.

Warum? fragt sich Ilse. Hat man ihr nicht erzählt, dass in ganz Europa Krieg geherrscht hat? Warum hat der Krieg vor der Grenze zur Schweiz Halt gemacht? Liegt die Schweiz gar nicht in Europa? Christoph kann sie nicht fragen und so setzt sie sich wieder auf ihren Platz, schläft trotz des Lärms nochmals ein und wird erst wach, als Christoph sie wach rüttelt.

– Wir sind in Zürich und müssen aussteigen. Komm, nimm deinen Rucksack.

Am Bahnsteig werden wieder Zweierreihen gebildet, getrennt nach Mädchen und Buben.

Der Bahnhof ist riesig, und Ilse fragt sich, ob ihre Verwandten sie da überhaupt finden können. Und wo ist Christoph? Die Angst muss man hinunterschlucken, sonst frisst sie einen auf, hat ihr Mutti beigebracht. Und so würgt und würgt sie, entdeckt endlich den Bruder, will zu ihm laufen, wird daran gehindert und muss weiter bei den Mädchen in Reih und Glied stehen.

Als Ilse schon recht mutlos ist, kommt Onkel Eugen. Er nimmt Ilse den Rucksack ab und dem Bruder den Koffer. Zusammen überqueren sie einen Platz und bleiben bei einer Straßenbahnhaltestelle stehen. Während sie auf die Straßenbahn mit der richtigen Nummer warten, mustern Ilse und Christoph die Umgebung. Warum wurde hier im Krieg kein einziges Haus zerstört? möchte Ilse wissen, traut sich aber nicht zu fragen.

Die Straßenbahn ist fast leer, und so nehmen die Kinder mit ihrem Onkel im Inneren des Wagens Platz. Viel hübscher angezogen sind die Leute hier, findet Ilse. Vor allem die Frauen mit ihren eleganten Hüten. Keine Einzige ist mit einem Kopftuch unterwegs wie in Wien. Vor einem Geschäft steht ein kleiner Lastwagen. Lebensmittel werden ausgeladen.

– Gibt es hier keine Pferdefuhrwerke? fragt Christoph.

– Nur mehr am Land. Kommt, wir steigen schon aus, sagt Onkel Eugen.

Sie folgen einer Straße, die parallel zum Hang verläuft. Ilse würde gerne stehen bleiben, um jede der von Gärten umgebenen Villen zu bewundern.

– Da ist unser Haus! sagt Onkel Eugen und zeigt auf ein zweistöckiges Gebäude, das etwas bescheidener aussieht als die benachbarten Häuser. Auch der Garten ist kleiner. Der Onkel öffnet eine Gartentüre, geht durch den Vorgarten und sperrt die Haustür auf.

– Ja, da seid ihr ja! Ich bin eure Tante Milli, werden sie freundlich von einer etwas älteren Frau empfangen, und das ist euer Onkel Eugen, stellt sie einen weißhaarigen Mann vor.

– Dann haben wir zwei Onkel Eugen? fragt Christoph.

– Ja, Vater und Sohn, lacht der jüngere Onkel.

Schuhe und Mäntel werden bei der Garderobe im Vorzimmer ausgezogen, dann trägt die Tante Milli Christophs Koffer in den ersten Stock. In dem Zimmer, das sie betreten, gibt es nur ein Bett.

– Und wo schlafe ich? fragt Ilse erschrocken.

– Hat dir das deine Mutter denn nicht gesagt? Du kommst nach Frauenfeld zur Tante Sophie, erklärt ihr Tante Milli.

Ilse schüttelt bloß den Kopf und versucht die aufsteigenden Tränen hinunterzuschlucken. Sie darf doch hier kein Theater machen, sondern muss dankbar sein, dass sie überhaupt hier sein darf.

Später sitzen Tante Milli, beide Onkel Eugen und die Kinder im Esszimmer am gedeckten Tisch. Es riecht gut. Ilse versucht aus Höflichkeit wenigstens ein paar Bissen zu essen, aber wie hat Mutti früher öfter gesagt: Der Appetit kommt beim Essen. Ilse isst alles auf, so gut schmeckt es, verzichtet aber im Gegensatz zu Christoph auf den Nachschlag.

– Tante Sophie wohnt in einem wunderschönen modernen Haus. Du wirst es dort gut haben. Bestimmt bekommst du ein eigenes Zimmer. Viel größer als das von deinem Bruder, versucht Tante Milli Ilse zu trösten. Weißt du, bei uns wohnt noch die Mutter von meinem Mann und ganz oben seine Schwester. Sie ist Lehrerin und noch immer ein Fräulein, weil sie nicht geheiratet hat. Und zu Weihnachten darfst du uns bestimmt besuchen.

Am späten Nachmittag ist es dann so weit. Ein Mann steht wartend im Vorzimmer, und Ilse soll sich rasch anziehen. Der Mann nimmt ihren Rucksack, Ilse winkt ihrem Bruder von der Wohnzimmertür her bloß zu, Tante Milli, die sie hinausbegleitet, gibt sie jedoch artig die Hand.

Vor dem Haus steht ein Auto. Groß und schwarz hebt es sich nur durch sein Glänzen von der Dunkelheit ab, die sich schon wieder herabsenkt. Der Mann macht Ilse die hintere Autotür auf, damit sie sich auf die Bank setzen kann. Den Rucksack legt er neben sie.

– Bist du mein Onkel? fragt ihn Ilse.

– Nein, nur der Chauffeur von deinem Onkel.

Die Türen werden zugeworfen, und dann gleitet das schwere Auto fast lautlos durch die beleuchteten Straßen, bis die Lichter seltener werden und es ringsum völlig dunkel ist.

– Geht es dir gut? fragt der Chauffeur, als Lichter auftauchen und sie durch die Straßen einer Stadt fahren.

– Sind wir schon da? fragt Ilse statt einer Antwort.

– Nein, erst in Winterthur. Aber es dauert jetzt nicht mehr lange. Magst du ein Bonbon?

– Ja, bitte.

Ein eingepacktes Bonbon wird nach hinten geworfen. Ilse hebt es auf, packt es aus, steckt das Papier in die Manteltasche und das Bonbon in den Mund.

Das Bonbon schmeckt gut, und Ilse wagt sich endlich anzulehnen und den Rucksack loszulassen. Als sie das Bonbon weggelutscht hat, rutscht sie auf der Bank wieder an die vordere Kante, setzt sich kerzengerade hin und tastet mit der rechten Hand nach ihrem Rucksack, denn draußen ist es jetzt wieder völlig finster.

Bald darauf taucht jedoch der Lichtschein einzelner Häuser auf, und wenig später fahren sie durch die beleuchteten Straßen einer Stadt. Die Straße führt steil bergauf, das Auto wird langsamer, noch langsamer, bleibt kurz stehen, Ilse hört ein knirschendes Geräusch, noch einmal fahren sie ein winziges Stück und bleiben dann mit einem kleinen Ruck endgültig stehen. Der Motor verstummt, die Scheinwerfer erlöschen.

– Wo sind wir?

– In der Garage. Ich mache sofort Licht.

Da wird eine Tür geöffnet. Im Türrahmen zu einem hell erleuchteten Raum steht eine große schlanke Frau mit weißem, aus dem Gesicht gekämmtem Haar.

– Ilse, steig bitte aus! befiehlt sie.

Das muss Tante Sophie sein. Und sie sieht genauso aus wie die Frau Lehrerin in Wien und ihre Stimme hat denselben metallischen Klang. Vielleicht geht sie weg, wenn ich nicht aussteige. Dann muss mich der Chauffeur zurück nach Zürich bringen.

– Steig bitte aus! wiederholt Tante Sophie.

Ilse rührt sich nicht. Da wird sie von den kräftigen Händen des Chauffeurs gepackt, samt ihrem Rucksack aus dem Auto gehoben und in den hellen Raum neben Tante Sophie auf die Füße gestellt.

Tante Sophie nimmt dem Chauffeur den Rucksack ab, dankt ihm und sagt, dass sie ihn nicht mehr brauche. Erst dann mustert sie Ilse.

– Zieh bitte jedes Mal deine Schuhe hier bei der Garderobe aus und zieh deine Hausschuhe an. Soll dein Kopfschütteln bedeuten, dass dir deine Mutter keine mitgegeben hat? Gut, dann gehst du heute ausnahmsweise mit deinen Strümpfen durchs Haus und wir besorgen morgen Hausschuhe. Den Mantel hängst du auf der Garderobe auf. Mütze, Schal und Fäustlinge legst du immer in die unterste Lade, außer die Sachen sind nass, dann legst du sie erst auf den Heizkörper zum Trocknen und räumst sie später in deine Lade. Kannst du dir das alles merken?

– Ja, sagt Ilse.

– Gut. Komm jetzt mit.

Während Ilse ihrer Tante die breite geschwungene Treppe hinauf in den ersten Stock folgt, hört sie, wie die Garagentür knirschend schließt und das Auto wegfährt. Ein kleines Stück geht es einen Gang entlang, dann öffnet Tante Sophie eine der Türen und dreht das Licht auf.

– Das ist dein Zimmer. Walter, mein älterer Sohn, braucht es jetzt nicht, weil er in Amerika studiert.

Ein schmales Zimmer mit einem großen Fenster am Ende des Raums. Bett, Schreibtisch, Kasten, zwei Stühle, in einer Ecke ein Puppenwagen, angefüllt mit Spielsachen. Ilse würdigt ihn keines Blicks, sondern geht schnurstracks zum Schreibtisch, auf dem ein großer Stoß Bücher liegt, nimmt das oberste Buch vom Stoß und liest, was am Einband steht: Johanna Spyri. „Wo Gritlis Kinder hingekommen sind". Das nächste Buch ist abermals von Johanna Spyri, das übernächste auch ...

– Alle Bücher sind von Johanna Spyri, erklärt Tante Sophie, und ihre Stimme klingt jetzt weniger schneidend. Sie schreibt wunderbare Geschichten, die dir bestimmt gefallen werden.

Inzwischen hat sie Ilses Rucksack ausgepackt und schlichtet den kläglichen Inhalt in den Kasten. Das Nachthemd legt sie aufs Bett.

– Nur ein einziges Nachthemd?

Ilse nickt.

– Kein Waschbeutel?

Ilse zeigt auf ihre Zahnbürste, die Zahnpasta, ein winziges Stück Seife und den Kamm.

Die Tante nimmt die Sachen mit einer Miene der Geringschätzung an sich und geht mit Ilse zu einem Raum am Ende des Ganges. Dort befindet sich ein Badezimmer mit einem Waschbecken, einer Dusche und einem Klo.

– Hier wäschst du dir morgens Gesicht, Hals und Hände, abends mit dem Waschlappen den ganzen Körper. Zum Haarewaschen darfst du duschen. Das erste Mal helfe ich dir dabei, du hast ja recht lange Haare. Kannst du dir schon die Zöpfe flechten?

– Nein.

– Gut. Vor dem Frühstück machst du die Zöpfe auf, kämmst die Haare gründlich durch und ich flechte dir die Zöpfe im Esszimmer. Sind das deine einzigen Maschen?

Ilse nickt.

– Dann müssen wir morgen nicht nur Haarbürste, Kamm, Zahnbürste, einen Waschbeutel und Hausschuhe besorgen, sondern auch frische Maschen. Was ich dir unbedingt noch erklären muss: Auf der anderen Seite des Gangs liegt das große Badezimmer von meinem Mann und mir. Das betrittst du nicht, so wie alle anderen Zimmer am Gang. Verstanden?

Ilse nickt. Sie hat sich inzwischen mit der duftenden Seife die Hände gewaschen und sie in dem wunderbar weichen Handtuch abgetrocknet.

– So, und jetzt gehen wir beide ins Esszimmer. Abends gibt es immer eine Suppe und dazu ein Käse- und ein Schinkenbrot.

– Fein, sagt Ilse und fragt sich, ob Tante Sophie gerade ein wenig gelächelt hat. Oder hat sie sich das nur eingebildet?

WIEN, 2022

So war Tante Sophie: hübsch, diszipliniert, stets auf Distanz bedacht und trotzdem von einer vernünftigen Fürsorglichkeit. Eine Frau mit Grundsätzen, die es als Verpflichtung sah, karitative Aufgaben zu erfüllen. Hatte einen tüchtigen, wohlhabenden Mann geheiratet, der sich auch erfolgreich politisch betätigte. Zwei Söhne, die in Amerika studierten. Eine wohlsituierte Frau, die sich noch nie mit einem kleinen Mädchen hatte befassen müssen.

In meinem Zimmer hing eine Uhr, die ich immer im Auge behielt, denn ich hatte stets pünktlich zu erscheinen: um acht Uhr zum Frühstück, um zehn Uhr zum Einkaufen mit Tante Sophie, am Montag und am Donnerstag zusätzlich um neun Uhr zum einstündigen Lernen, um eins zum Mittagessen, um sechs zum Abendessen. Kurzfristig wurden am Nachmittag Besuche im Altersheim angesetzt. Damit ich oft genug an die frische Luft kam, wurde ich zu den sonntäglichen Spaziergängen, meist mit einer Bekannten von Tante Sophie, mitgenommen.

In der restlichen Zeit hatte ich mich in meinem Zimmer aufzuhalten und nicht im Haus herumzuspazieren. Darauf wurde ich später nochmals hingewiesen, denn ich hatte mir gleich nach meiner Ankunft angewöhnt, vor den Mahlzeiten der Küche einen kurzen Besuch abzustatten, um mich mit der warmherzigen Köchin aus der italienischen Schweiz zu unterhalten. Ob sie mich aufgefordert hatte, in die Küche zu kommen, oder ob ich von selbst auf die Idee gekommen war, weiß ich nicht mehr. Sie setzte mich auf eine der Arbeitsflächen der modernen amerikanischen Einbauküche und lehrte mich einige italienische Wörter. Im Gegenzug lernte sie von mir ein paar deutsche Begriffe. Wir lachten viel. Schon nach einer guten Woche schritt Tante Sophie ein. Ich durfte die Küche nicht mehr betreten, denn es sei ungehörig, sich mit Dienstboten zu unterhalten. Die Köchin wurde wahrscheinlich ebenfalls gerügt, denn von da an senkte sie den Blick, wenn ich ihr zufällig in der Halle begegnete.

So verbrachte ich während meines Aufenthalts in Frauenfeld die meiste Zeit damit, in meinem Zimmer Johanna Spyris Bücher zu lesen. Wie viel an selbstloser Fürsorge, dem christlich geprägten Idealbild einer Frau, übernahm ich durch Spyris Texte? Aber entsprach die Haltung nicht ohnehin meinem Wesen? Ich hatte mich doch schon immer um kleinere, schwächere Kinder gekümmert. Die gab es hier nicht, nur die Bücher von Johanna Spyri und Tante Sophie. Deshalb setzte mir gelegentlich das Heimweh arg zu.

Einen größeren Gegensatz als meine Mutter, deren Unternehmungslust und Lebensfreude sich langsam wieder voll entfalteten, und Tante Sophie, der Pflichterfüllung und das Beachten von Konventionen wichtig waren, kann man sich kaum vorstellen. Das Ziel jedoch, welches sie bei der Erziehung von Kindern verfolgten, war beinahe identisch: Es galt disziplinierte Kinder heranzuziehen, die das Leben Erwachsener so wenig wie möglich störten. Früh hatte unsere Mutter meinem Bruder und mir die Grundregeln guten Benehmens beigebracht. Das Zusammenleben mit Tante Sophie hätte ohne antrainierte Höflichkeitsfloskeln und einen absoluten Gehorsam gegenüber Erwachsenen nicht so reibungslos funktioniert. Es gab keinerlei Konflikte zwischen Tante Sophie und mir. Ich wurde während meines Aufenthalts kein einziges Mal getadelt, aber auch niemals gelobt.

Weil mein Zimmer untertags nie jemand betrat (sauber gemacht wurde es von einem dienstbaren Geist während des Frühstücks), las ich – nur mit meiner warmen Unterwäsche bekleidet – meine Bücher im Bett und deckte mich zu, wenn mir kalt war. Röckchen oder Kleidchen zog ich aus, damit sie sich nicht verdrückten.

FRAUENFELD, DEZEMBER 1947

Punkt zehn Uhr wartet Ilse mit Mantel, Haube, Handschuhen und festen Schuhen in der Halle, während Tante Sophie erst in den Mantel schlüpft und überprüft, ob in ihrem Einkaufskorb das Netz für das Gemüse liegt.

– Bloß zum Lebensmittelgeschäft? fragt Ilse.

Tante Sophie nickt, und sie machen sich auf den Weg.

In der Nacht ist kein frischer Schnee gefallen, und auf den Gehsteigen hat der Wind den Neuschnee von vorgestern weggeweht. Ilse ist froh, dass in den Winterschuhen, die Tante Sophie für sie besorgt hat, ihre Füße warm und trocken bleiben. Die Schuhe sind zwar nicht neu, aber viel besser als ihre alten Schuhe, in denen sie stets nasse Füße bekommen hat.

Flott geht es den Berg hinunter, denn das Haus, in dem Ilse jetzt schon seit ein paar Wochen lebt, liegt oberhalb der Stadt. So wie immer gibt Tante Sophie Ilse nicht die Hand, achtet aber darauf, dass sie beim Überqueren der Straße neben ihr geht. Wegen der kalten Luft darf Ilse im Freien nicht reden, um nicht noch mehr zu husten.

Das Geschäft, das sie beinahe täglich aufsuchen, ist nicht groß, aber Tante Sophie bekommt dort alles, was sie braucht, hat sie Ilse erklärt. Gleich bei der Türe stehen die Ständer für Obst und Gemüse. Dort duftet es am intensivsten. Ilse liebt den Geruch von Orangen, Mandarinen und den seltsamen weißen dickleibigen Knollen. Das ist der Fenchel, hat ihr die Tante erklärt, denn im Geschäft darf Ilse so lange Fragen stellen, bis die Tante an der Reihe ist, einer Verkäuferin ihre Wünsche kundzutun.

Diesmal kauft die Tante Orangen und Suppengrün. Beides wird wegen der Kälte gut in Zeitungspapier eingepackt und von der Verkäuferin im Einkaufsnetz verstaut, bevor sie es Ilse aushändigt. Wenigstens braucht die Tante diesmal keine Kartoffeln, stellt Ilse erleichtert fest, weil es ihre Aufgabe ist, das Gemüsenetz heimzutragen.

– Am Nachmittag gehen wir ins Altersheim, um deinen neuen Mantel anzuprobieren.

– Fein, sagt Ilse nur, weil sie dabei sind, in die Kälte hinauszutreten.

Ein neuer Mantel aus einem nagelneuen Stoff und nicht aus Muttis altem getragenen Mantel, den die Schneiderin in Wien mühsam vor dem Zuschneiden hat auftrennen müssen. Und zu klein ist ihr der Mantel auch schon wieder. Wenn sie wegen der Kälte die Wollweste über dem Kleid anzieht, kann sie sich kaum noch rühren. Der neue Mantel wird ihr dagegen viel zu groß sein – halt zum Reinwachsen. Das ist gut. Dann wird sie ihn ewig tragen können.

Hoffentlich wird sich die Tante nicht wieder mit der Direktorin des Altersheims unterhalten, hofft Ilse, weil sie dann im Vorraum des Büros warten muss. Dort gibt er nur kahle Wände und nichts zum Lesen. Voriges Mal hat sie, als Tante Sophie die Tür geöffnet hatte, den letzten Satz der Direktorin gehört: ... wie froh die Frauen sind, für die Kleine aus Wien nähen und stricken zu dürfen.

In Zwettl hat es auch ein Haus gegeben, erinnert sich Ilse, in dem alte Leute gewohnt haben. Das Armenhaus ist es genannt worden. Wird man arm, wenn man nicht mehr arbeiten kann, fragt sie sich. Arm, wenn keine Tochter da ist, die weiter für ihren alten Vater, ihre alte Mutter sorgt? Sie wird gut für Mutti sorgen, damit sie niemals im Armenhaus wird leben müssen, und auch für Vati wird sie sorgen, denn vielleicht irren sich alle und Vati wird doch auf einmal wieder da sein. Und dann fängt sie an, sich vorzustellen, was sie alles mit ihm unternehmen wird. Aber da sperrt die Tante bereits die Haustüre auf. Die Köchin kommt eilends aus der Küche gerannt, nimmt zuerst Ilse das Netz ab, dann der

Tante den Einkaufskorb. Kein Wort wird gewechselt. Ilse hängt ihren Mantel auf, zieht ihre Schuhe aus, schlüpft in die neuen Hausschuhe, legt Haube und Handschuhe auf die Heizung und schaut zur Uhr. Eine halbe Stunde hat sie noch Zeit zum Lesen, bevor sie sich gründlich die Hände waschen und zum Mittagessen erscheinen muss.

WIEN, 2022

War Tante Sophie knausrig? Das Ehepaar besaß für die damalige Zeit ein großes, modernes Haus, das, wie ich später erfuhr, von einem namhaften Architekten entworfen worden war. Von der Straßenseite her schmucklos und abweisend. Zum kunstvoll in Terrassen angelegten Garten mit wunderschönen Ausblicken.

Im Erdgeschoss befand sich ein großes Esszimmer, das durch eine breite Schiebetür vom Salon getrennt war. In beiden Räumen war hinter Glasschiebetüren ein schmaler Wintergarten mit großen Grünpflanzen und blühenden Zyklamen und Azaleen angelegt worden.

Für Onkel Walter, den Hausherrn, gab es ebenerdig ein Arbeitszimmer, in das er sich in den wenigen Stunden seiner Anwesenheit zurückzog. Bereits frühmorgens wurde er von seinem Chauffeur abgeholt und spätabends wieder nach Hause gebracht, sodass ich ihn meist nur sonntags sah.

Tante Sophie und Onkel Walter konnten sich Dienstboten leisten und hatten außerdem noch genug Geld, um die Söhne zum Studium nach Amerika zu schicken. Warum also ließ die Tante die wenigen gediegenen Kleidungsstücke, die ich bekam, im Altersheim nähen und stricken? Um sich Geld zu ersparen? Oder um ein gutes Werk mit einem anderen guten Werk zu verknüpfen? Pragmatische christliche Ökonomie?

Der Zweite Weltkrieg, so wurde mir von Tante Sophie wiederholt erklärt, hatte auch in der Schweiz zu Einschränkungen für die Bevölkerung geführt, die bis jetzt andauerten. Waren deshalb die Mahlzeiten, die ich wochentags allein mit Tante Sophie im Wohnzimmer vorgesetzt bekam, so einfach? Eine gute Rindsuppe mit Einlage, Kartoffeln, Gemüse, ein kleines Stück Fleisch, gelegentlich ein ebenso kleines Stück

Fisch. Als Nachspeise ein Apfel oder eine Orange. Mir schmeckte es. Es war gesunde, vernünftige Ernährung. Nichts daran auszusetzen. Passte nur nicht zum luxuriösen Haus und zur luxuriösen Garderobe meiner Tante. Wohl aber zu ihrer schlanken Figur.

Ich fragte mich später, ob meine Tante in jungen Jahren ebenfalls alle Bücher von Johanna Spyri gelesen und ihr Leben danach ausgerichtet hatte, so selbstverständlich agierte sie nach christlicher Ethik. Aber bleibt ein Frauenleben ohne Freude, Lust und Spaß nicht allzu karg? Leichtfüßig durchs Leben schreiten, das habe ich bei meiner Tante Sophie nicht gelernt, aber noch mehr Disziplin, eine heute beinahe verpönte Eigenschaft, die mir in meinem Leben aber eigentlich recht nützlich war.

Kurz vor Weihnachten kam der jüngere Sohn für kurze Zeit nach Hause. Er konnte mit kleinen Mädchen nichts anfangen und sprach mit mir kein Wort. Seit seiner Kindheit war er zuckerkrank und bekam deshalb täglich als Nachspeise eine Portion steif geschlagenes Schlagobers. Ob ich das auch einmal kosten dürfe, bat ich. Sei froh, dass du Obst essen kannst, lehnte Tante Sophie meine Bitte freundlich ab.

Tante Sophie ließ öfter eine der zwei wöchentlichen Lernstunden ausfallen, weil sie mit den Dienstboten beschäftigt war: mit der Wäscherin, der Putzfrau fürs Grobe und der fürs Feine wie für den Mann, der gelegentlich alle technischen Anlagen im Haus überprüfte und wenn nötig sofort reparierte. Dann bekam ich nur einen Zettel mit Divisionen und Multiplikationen oder sollte einen Aufsatz schreiben. Ich dürfe, wenn ich fertig sei, wieder in mein Zimmer gehen. Nie erfuhr ich, ob ich mich geirrt oder ob ihr mein Aufsatz gefallen hatte.

Einmal gab es in meinem Badezimmer kein warmes Wasser. Das war an meinem wöchentlichen Haarwaschtag und es wurden mir ausnahmsweise meine Haare von der Tante in ihrem Badezimmer gewaschen, in dem es wunderbar roch. Am nächsten Tag hatte ich in meinem geruchlosen Badezimmer wieder warmes Wasser.

Dann kam Weihnachten. Ein Puzzle aus Holz – Rotkäppchen mit einem Korb und einem hungrigen Wolf –, zwölf Buntstifte von Caran d'Ache, zwei Garnituren warmer Unterwäsche und zwei paar Strümpfe. Ein kleiner Christbaum stand im Salon, die Schiebetür blieb während der Feiertage geöffnet. Als mich Onkel Walter aufforderte, ein Weihnachtslied zu singen, wagte ich es erst nach einigem Zureden und sang: *Vom Himmel hoch* und *Es wird scho glei dumpa*. Bei der Wiederholung der ersten Strophe sang mein Onkel jedes Mal bereits mit. Ich glaube, Tante Sophie war recht froh, dass ich nur den Text der ersten Strophen auswendig konnte, aber so wie sonst kam von ihr weder Kritik noch Lob.

Während Christophs weihnachtlicher Schulferien wurde ich frühmorgens vom Chauffeur nach Zürich gebracht. Stolz zeigte mir mein Bruder einige Bauwerke, die er aus einem Metallbaukasten zusammengesetzt hatte. Es war gemütlich bei Tante Milli und den beiden Onkel Eugen, doch am späten Nachmittag wurde ich wieder nach Frauenfeld zurückgebracht.

Im Jänner kam noch mehr Schnee. Ich erinnere mich an Sonntagsspaziergänge auf der geräumten Straße. Zwischen hohen Schneemauern gingen wir in Serpentinen den Berg hinauf. Zwar war der Verkehr noch schwach, dennoch achtete die Tante darauf, dass ich nicht neben ihr, sondern stets hinter ihr ging.

Zu meiner großen Freude lag kurz nach Weihnachten auf meinem Schreibtisch ein Stoß neuer Bücher. Eines war nicht von Johanna Spyri: Heimatlos von Hector Malot. Ich begann es sofort zu lesen, und als ich am Ende war und mir ein paar Tränen abgewischt hatte, las ich das Buch noch einmal. Ein kleiner Bub findet darin nach jahrelangem Ungemach seine Mutter wieder. Ich würde Vati auch wiederfinden, davon war ich plötzlich abermals fest überzeugt.

Anfang März ging dann alles recht schnell. Eine alte Reisetasche wurde mit meinen neuen Sachen gefüllt, da sie bei der langen Reise im schmutzigen Zug nicht leiden sollten.

Eingepfercht in meinen alten Mantel trat ich mit Christoph die Heimreise an. Der Winter war beinahe vorbei, Wien ohne Schnee.

Da ist ja wieder das Rotzmensch, empfing mich meine Großmutter, nachdem sie meinen Bruder umarmt hatte. Nichts hatte sich geändert. Mutti sah müde aus, aber sie strahlte, als sie uns auf den Notbahnsteigen des Westbahnhofs abholte. Gelegentlich sehnte ich mich in den nächsten Wochen nach meinem Zimmer in Frauenfeld und den vielen Stunden, in denen ich ungestört hatte lesen können, denn jetzt ging ich wieder täglich zur Schule, und nachmittags musste ich meine Aufgaben erledigen. Es gab keine Ausspeisung mehr, weil nicht mehr genügend viele Eltern ihre Kinder daran teilnehmen lassen wollten. Ein Zeichen, dass es der Bevölkerung anfing besser zu gehen.

WIEN, 1948

Mutti hätte ihn heiraten sollen, darin sind Ilse und Christoph einer Meinung, denn Karl der Kahle ist reich, besitzt ein Auto, ein Haus und eine Wäscherei. Dass er keine Haare mehr hat, wäre jedenfalls kein Grund gewesen, ihn nicht zu heiraten.

Vor der Abfahrt in die Schweiz sind sie mit Mutti und Karl dem Kahlen in seinem Auto ins Weinviertel gefahren, um eine romanische Kirche zu besichtigen. Anschließend in eine Konditorei gegangen. Köstliche Cremeschnitten gegessen, Christoph gleich zwei. Von da an haben beide Kinder darauf gehofft, dass sich solche Ausflüge im Frühling wiederholen werden.

Wenn ihn Mutti geheiratet hätte und sie in seinem Haus wohnen würden, müsste sie sich nicht dauernd als Rotzmensch beschimpfen lassen, überlegt Ilse. Stattdessen wird sie jetzt jeden Morgen bereits um sechs Uhr geweckt, Mutti kämmt rasch ihre Haare durch und flicht die Zöpfe. Danach darf sie zwar noch eine Stunde schlafen, während Mutti mit ihrem Fahrrad nach Kaisermühlen radelt, um in der Fabrik von Karl dem Kahlen zu arbeiten. Das wäre Mutti aber erspart geblieben, wenn sie ihn geheiratet hätte. Christoph und sie hätten jetzt bestimmt jeder ein eigenes Zimmer und sie müsste jetzt nicht die Knoblauchsuppe zubereiten, weil sie an den Tagen, an denen sie früher von der Schule nach Hause kommt als Christoph, und das ist jetzt immer öfter, an der Reihe ist zu kochen.

Zwei Häferln Wasser ins Reindl schütten, Deckel drauf, die Angst überwinden und mit dem Gasanzünder das Gas anzünden. Die Gaszufuhr nicht zu kurz aufdrehen, sonst brennt es nicht, aber auch nicht zu lang, sonst gibt es eine Stichflamme. Geschafft. Jetzt vier große Knoblauchzehen schälen, teilen und ins kochende Wasser werfen. Gas klein drehen. Einen Löffel Schmalz in eine Pfanne geben und, sobald das Schmalz heiß ist, zwei Handvoll Semmelbröckeln rösten, dann sofort klein drehen, damit sie nicht schwarz werden.

Ilse hört die O im Wohnzimmer rumoren. Sie wird doch nicht schon wieder ausgerechnet jetzt ihren Brei kochen wollen so wie unlängst. Da hat sie Suppentopf und Pfanne vom Rechaud nehmen müssen. Heute bleibt die Tür zum Wohnzimmer jedoch geschlossen. Stattdessen kommt Christoph bei der Tür herein.

– Riecht gut, sagt er anerkennend. Die Pfanne kannst du abdrehen. Schon Salz und Schmalz in der Suppe?

– Hab Angst sie zu versalzen.

– Ich mach schon. Christoph schneidet vom großen Brotlaib zwei Schnitten ab, fügt Salz und einen Löffel Schmalz in die Suppe. Ilse stellt die Suppenteller auf den Tisch, Christoph teilt brüderlich aus. Das Schmalz wird auf das Brot gestrichen und gesalzen, auf Mahlzeit und Guten Appetit verzichtet und dann genüsslich gegessen und nicht gequatscht.

– Mutti hätte ihn heiraten sollen, statt als ... Wie heißt das? fragt Ilse, als sie mit dem Essen fertig sind.

– Detacheurin.

– ... statt als Detacheurin bei ihm zu arbeiten.

– Hätte auf uns Kinder Rücksicht nehmen sollen, ergänzt Christoph.

– Da hast du recht. Was tut Mutti eigentlich?

– Flecken, die mit Trichlor nicht rausgegangen sind, wegputzen.

– Arme Mutti! Aber sie hätte ihn ja ...

Da steckt die O ihren Kopf mit den weißen Haaren in die Küche: Gleich, sagt Christoph begütigend, wir beeilen uns und waschen erst später ab.

Schnell räumen sie alles weg, wischen den Tisch ab und gehen ins Wohnzimmer, damit die O in Ruhe ihren Brei kochen und anschließend auf ihrem kleinen Tisch im Vorzimmer verspeisen kann.

WIEN, 2022

Wie egoistisch sind selbst liebevolle Kinder! Weil Kinder ihre Mutter nur in ihrer Mutterrolle und nicht als Person wahrnehmen? Ich habe sie erst in all ihren Rollen kennengelernt, als ich mich intensiv mit dem Leben meiner Mutter befasst habe, also erst lange nach ihrem Tod. Vorher war sie für mich bis zuletzt meine äußerst dominante Mutter, die uns zwar früh selbständig werden hat lassen, aber ihre Besitzrechte vor allem mir gegenüber nie fallen gelassen hat.

Irgendwann kann sich das Verhältnis allerdings total umdrehen. Dann übernimmt ein Sohn, eine Tochter bei ihrer alten Mutter, ihrem alten Vater die dominante Rolle. Können sich die Betroffenen nicht energisch genug dagegen wehren, führt das zu ihrer teilweisen, schlimmstenfalls totalen Entmündigung. Werde ich imstande sein, mich zu wehren, oder nur dankbar sein, dass mir geholfen wird? So wie du lebst, hat eines meiner Kinder unlängst gemeint, wirst du auf einmal tot umfallen. Total verausgabt. Wäre schön. Aber es muss ja nicht gleich sein.

Dass meine Mutter als 41-Jährige keinesfalls die Frau war, die heiratet, um versorgt zu sein, sondern eine, die, um ihre Unabhängigkeit zu erhalten, lieber die Rolle einer Arbeiterin übernimmt, begriff ich erst später. Zwar war 1948 das Berufsverbot für ehemalige Parteimitglieder des Nationalsozialismus, sofern sie keine Verbrechen begangen hatten, aufgehoben worden, aber meine Mutter kämpfte noch immer vergeblich um die Verleihung der österreichischen Staatsbürgerschaft. Zur Erlangung der Arbeitserlaubnis war in dieser Situation mit Sicherheit die Fürsprache ihres Freundes und jetzigen Chefs notwendig gewesen.

Was spürten mein Bruder und ich von den Schwierigkeiten durch die Besatzung und der Bedrohung durch den sich verstärkenden Kalten Krieg zwischen Ost und West? Übertrugen sich die massiven Sorgen und gesteigerten Ängste der Erwachsenen auf uns Kinder? Oder hielten wir das alles für normal, weil wir unbeschwerte Zeiten noch nie erlebt hatten?

Bereits im März 1946 sprach Winston Churchill vor dem amerikanischen Präsidenten vom Eisernen Vorhang: „Von Stettin an der Ostsee bis Triest hat sich ein Eiserner Vorhang auf Europa herabgesenkt. Dahinter liegen all die Hauptstädte der alten Staaten Mittel- und Osteuropas: Warschau, Berlin, Prag, Wien, Budapest, Belgrad, Bukarest und Sofia. Diese berühmten Städte liegen alle im sowjetischen Wirkungskreis, so muss ich es nennen, und unterliegen, auf die eine oder andere Weise, nicht bloß sowjetischem Einfluss, sondern zu einem sehr hohen und in einigen Fällen zunehmendem Maße der Lenkung durch Moskau."

Die ausgesprochenen Befürchtungen hatten sich 1948 bereits verwirklicht. Österreichische Politiker hatten zu Recht Angst, dass Österreich ebenfalls eine Teilung in einen Ost- und einen Westteil wie in Deutschland bevorstand und dass Wien, umgeben von russisch besetzten Gebieten, das gleiche Schicksal wie Berlin erleiden könnte. Nur kurz kam es zu einer schweren Krise, als die russische Besatzungsmacht ihre Zonengrenzen für die anderen drei Alliierten sperrte. Hatte uns die Einschätzung als „Sonderfall Österreich" gerettet? Oder haben wir es dem Geschick unserer damaligen Politiker zu verdanken, die einerseits die Bevölkerung beruhigten und anderseits mit unzähligen Einladungen für ein gutes Klima zwischen den vier Besatzungsmächten sorgten?

Und wieder stellt sich mir die Frage, ob zu verschweigen, dass Österreicher ebenfalls Täter und nicht nur Opfer während der Zeit des Nationalsozialismus waren, zur damaligen Zeit – aber nur zur damaligen Zeit – notwendig, ja pragmatisch klug war. Die Moskauer Deklaration – der „Sonderfall Österreich“ – war das Werkzeug, um aus wirtschaftlicher Not zu entkommen. Verstärkt wurde die Situation durch die Beschlagnahme praktisch aller Industrieanlagen durch die russische Besatzungsmacht in ihrer Zone, dem am stärksten industrialisierten Teil Österreichs, und durch die laufenden Kosten der Besatzung. Mit Hilfe Amerikas und des Marshall-Plans versuchte Österreich später, den Russen die Industrieanlagen wieder abzukaufen, um die zukünftige russische Präsenz in einem freien Österreich zu verhindern. Der dazu notwendige Staatsvertrag als Grundlage für ein überlebensfähiges Österreich scheiterte aber immer wieder an der Zustimmung der russischen Alliierten.

Während der Herbstmonate schrieb mir meine Mutter mehrmals Entschuldigungen, damit ich vormittags, statt zur Schule zu gehen, neu angeforderte Unterlagen, die zur Erlangung der österreichischen Staatsbürgerschaft notwendig waren, in ein Amt auf der Babenbergerstraße bringe. Für mich ein Horror. Zeit meines Lebens kostete es mich jedes Mal eine Überwindung, ein Amt zu betreten, um dort etwas zu erledigen. Eine völlig grundlose Angst, denn es sind mir außer langen Wartezeiten keine schlechten Erfahrungen in Erinnerung geblieben, allerdings auch keine guten. Heute lache ich darüber, manche Menschen haben eben eine Phobie vor Spinnen, manche vor Schlangen und ich eine vor Ämtern. Um mich als wiederum aktive Autorin jetzt nicht auch noch um meine Einkommensteuer, Pensionseinbußen, Abfuhren einer Umsatzsteuer und ähnliche Anforderungen kümmern zu müssen, habe ich mir den Beistand eines Steuerberaters gegönnt. Klein beigegeben? Gekniffen? Ich, die ich bis jetzt tapfer meine Angst besiegt habe. Darf ich denn das?

Das Schuljahr ging zu Ende. Mein Bruder, der in der Hauptschule den Klassenzug A besuchte – vermutlich im Niveau ähnlich der heutigen Neuen Mittelschule – und auch ich brachten schöne Zeugnisse heim. Die Ferien nahten und meine Mutter überlegte, wo sie uns unterbringen sollte. Unsere Begeisterung für Ferienlager war nicht allzu groß, gratis waren sie auch nicht. Da erzählte eine Freundin meiner Mutter, dass es eine FKK-Kolonie in der Lobau gebe. Deshalb brach sie mit uns an einem Sonntag zu einer ersten Erkundung auf.

WIEN, JULI 1948

– Rucksack? fragt Christoph.

– Badesachen? fragt Ilse.

Mutti überlegt. – Steckt sicherheitshalber eure Badehosen in meinen Rucksack; und zwei Handtücher. Christoph, füll bitte die Wasserflasche an. Ilse, hilf mir bei den Broten.

Mutti schneidet vom großen Laib die Brote ab, Ilse streicht auf jedes zweite Brot Grammelschmalz, klappt die Brotscheiben zusammen und schlichtet sie in die von den vielen Ausflügen leicht eingedrückte Proviantdose aus Aluminium. Dann brechen sie auf.

Viermal müssen sie umsteigen. Zuletzt in eine uralte Straßenbahngarnitur, bei der die Bereiche des Einstiegs zwar überdacht, aber seitlich offen sind. Luftiger als im Inneren des Wagens finden es Christoph und Ilse dort.

– Im Winter möchte ich aber nicht hier sitzen, sagt Ilse.

Christoph nickt. – Glaubst du, wir müssen noch einmal umsteigen?

Aber da schreit der Schaffner bereits: Endstation! Alles aussteigen!

– Schaut hier fast wie am Land aus, findet Christoph.

– Ist das die Lobau? fragt Ilse.

Mutti sagt nichts, sondern schlägt nach kurzem Zögern einen Weg ein, dem die drei bis zur Donau folgen.

– Hier stinkt es ja. Und im Wasser schwimmen lauter Abfälle, ruft Ilse empört aus und hält sich die Nase zu.

– Hier gehe ich bestimmt nicht ins Wasser, sagt Christoph.

– Ist nur der Donaukanal, der etwas weiter flussaufwärts in die Donau mündet, kommentiert Mutti den Gestank und bleibt bei einer Anlegestelle für eine Überfuhr stehen. Dort warten schon ein paar Leute, mit denen sie, als das kleine Motorboot anlegt, einsteigen, um die Donau zu überqueren.

Am anderen Ufer steigen alle aus und gehen hintereinander auf einem schmalen Pfad flussabwärts. Mutti folgt ihnen, Christoph und Ilse stapfen hinterher. Ein Mann kommt ihnen entgegen, Mutti und Christoph weichen aus, und da sieht die gerade erst neunjährige Ilse den ersten Mann so, wie Gott ihn erschaffen hat. Sie senkt nicht den Blick; und weil das, was bei ihrem Bruder klein und manierlich ist, groß und monströs ausschaut, fragt sie sich, ob der Mann vielleicht krank ist. Nach dem vierten nackten Mann, der ihnen entgegenkommt, revidiert Ilse ihr Urteil: Männer sehen eben so aus.

Plötzlich endet der Weg. Rechts ist die Donau, links ein Wasserarm. Die Leute, die vor ihnen gegangen sind, fangen vorsichtig an, durchs Wasser zu waten, um ans andere Ufer zu gelangen.

– Das ist eine Furt, erklärt Mutti. Am besten ziehen wir uns aus, damit unsere Kleider nicht nass werden. Seid vorsichtig, die Steine sind bestimmt glitschig.

Mutti verstaut die Kleidung im Rucksack, gibt Ilse die Hand und so geht es Schritt für Schritt zum anderen Ufer.

– Da seid ihr ja endlich, sagt Christoph, der die Überquerung wesentlich schneller geschafft hat. Die Leute sind alle zu einer Wiese mit Zelten gegangen.

– Dann sind wir hier ja richtig, sagt Mutti.

– Warum stehen die Zelte auf einem Plateau aus Holz? wundert sich Ilse.

– Vermutlich um bei einem Hochwasser nicht weggeschwemmt zu werden, erklärt ihr Mutti.– Kommt ein Hochwasser oft?

– Nein. Meist nur nach der Schneeschmelze im Gebirge und nach Unwettern.

Bevor Mutti jemanden fragen kann, wo das Zelt ihrer Freundin steht, kommt ihr ein Mann zu Hilfe und fragt, ob sie hier neu seien.

Mutti nennt ihm den Namen ihrer Freundin und erklärt dem Mann, dass sie sich erst umsehen will, um zu entscheiden, ob sie mit den Kindern Mitglied im Verein werden möchte.

Der Mann nickt und führt sie zum Zeltplatz der Freundin. Zwei kleine Mädchen spielen dort und schauen sie neugierig an. Der Rucksack wird neben dem Zelt deponiert und Muttis Freundin, sie heißt auch Ilse, führt sie herum. Zuerst zum sogenannten Wandl, einer „Lacken" ohne direkten Zufluss von der Donau, mit flachem, sandigem Ufer, wo kleine Kinder spielen. Ilse, Christoph und die kleinen Mädchen gehen sofort ins Wasser, während Mutti und ihre Freundin ihnen vom Ufer her zuschauen und tratschen. Wenig später gehen sie gemeinsam noch zum Ufer des Hagels, eines tiefen Nebenarms der Donau, dessen Furt zur Donau sie vorhin überquert haben.

– Auch die Donau ist hier sehr sauber, halt ein bisschen frisch, erklärt die große Ilse Mutti. Für die Kinder ist es hier ein echtes Paradies. Und Fremden wird der Zutritt verwehrt, das ist wichtig. Vor allem der Kinder wegen.

Mutti nickt zustimmend.

WIEN, 2022

Wir Kinder wurden selbstverständlich nicht gefragt, ob wir den Sommer hier verbringen wollen. Erstens weil meine Mutter uns Kinder nie fragte, ob wir mit ihren Plänen einverstanden waren, und zweitens, weil es in den Nachkriegsjahren auch bei weniger autoritären Müttern nicht üblich war, Kinderwünsche zu berücksichtigen. Das war den Kindern gegenüber vielleicht nicht immer gerecht. Aber ist es gerecht, wenn jetzt manche Eltern ihren Kindern folgen müssen?

Dank dem Organisationstalent meiner Mutter konnten wir die ersten Ferienwochen in einem Zelt wohnen, das gerade nicht bewohnt war. Dann kaufte sie im amerikanischen Laden, der nicht mehr benötigte Kriegsausrüstung billig anbot, zwei mit Drucker versehene Zeltplanen, zwei Stangen und Heringe. Das war unser Zelt. Ohne Boden, was uns bei einem schweren Gewitter patschnass werden ließ. Wir fanden dann aber bald in einem besseren Zelt Unterschlupf.

Rasch lernten Christoph und ich unsere Mahlzeiten statt auf dem Gasherd mit Hilfe eines Spirituskochers zuzubereiten. Meine Mutter genoss die kürzere Fahrzeit mit dem Fahrrad von ihrer Arbeitsstätte in die Lobau statt in die Zeltgasse. Gelegentlich nahm sie sich einen Tag frei, schaute bei der O nach dem Rechten, bezahlte den Zins, der am Ersten des Monats bei der Hausbesorgerin zu entrichten war, kaufte für ihre Mutter ein und versorgte sich und uns nicht nur mit Lebensmitteln, sondern gelegentlich sogar mit neuer Lektüre.

Außer Trainingsanzügen für den Abend und zum Schlafen benötigten wir keine Kleidung. Im warmen Wasser des Wandl lernte ich im Nu schwimmen und konnte bald mit meinem Bruder und meiner Mutter das Hagel durchqueren. Es war ein herrlicher Sommer, den wir in unbekümmerter Freiheit in der Natur genossen, so, als hätte die Vertreibung aus dem Paradies nie stattgefunden. Gelsen gab es natürlich. Nach dem hundertsten Stich juckt es nicht mehr, hieß es. Stimmte sogar. Alle Erwachsenen waren zu uns freundlich, keiner versuchte uns zu bevormunden oder uns in irgendeiner unangenehmen Art und Weise zu bedrängen.

Die Mitglieder vom FKK wurden auch in den nächsten Jahren für uns Kinder zu einem Ersatz für fehlende Verwandte. Abgeschnitten von der ostpreußischen Familie, die in Deutschland lebte, hatten wir in Wien außer der O niemanden. Es tat uns Kindern gut, stets freundlich begrüßt und gefragt zu werden, wie es uns ging. Schlechte Erfahrungen machte ich nie, auch nicht als Heranwachsende. Gewarnt wurden wir nur vor Männern, die unbefugt am Gelände auftauchten, um „Nackerte" zu begaffen.

Hatten die Mitglieder durch den Verzicht auf Kleidung als Statussymbol eine bessere ethische Haltung als der Rest der Bevölkerung? Bestimmt brauchte es Mut, seinen Körper, der ab einem gewissen Alter selten der Norm altgriechischer Statuen entspricht, dem Anblick anderer auszusetzen. Offensichtlich konnten diejenigen, die sich im Kreis Gleichgesinnter bewegten, sicher sein, dadurch ihre Würde nicht zu verlieren.

Selbst in der kalten Jahreszeit wurde das Vereinsleben fortgeführt. Fast an jedem Abend gab es Veranstaltungen: Turnen, Schwimmen, später auch noch die Sauna. Wir waren abends selten zu Hause, schliefen vielleicht nicht immer lang genug, denn es galt wie seit eh und je mit dem Geld zu knausern. Deshalb fuhren wir auch jetzt nur in Ausnahmefällen mit der Straßenbahn und gingen selbst weite Strecken zu Fuß. Nur wenn mein Husten schlimmer wurde, musste ich daheimbleiben. Dort schützte ich mich vor der O, indem ich mich in ein Buch vertiefte.

Nach einem Sommer, in dem ich nicht verschickt worden war, nahm ich an, dass es so bliebe. Am Ende der vierten Klasse Volksschule sollte ich die Aufnahmeprüfung für das Realgymnasium in der Langegasse ablegen und wurde deshalb ermahnt, in der Schule gut aufzupassen.

Während der Ferien hatte mich die O nicht zu Gesicht bekommen, was ihre Abscheu mir gegenüber jedoch keineswegs verkleinert hatte. Ganz im Gegenteil. Deshalb machte ich gleich nach dem Mittagessen zu Hause meine Aufgaben, um mich danach auf den Weg zu einer der Freundinnen meiner Mutter zu begeben, und kehrte erst heim, wenn meine Mutter bereits zu Hause war.

Anfang Oktober verriet mir mein Bruder, dass ich nach Holland verschickt werde. Stimmt das, fragte ich am Abend meine Mutter. Sie nickte, erklärte mir, dass es diesmal noch schwieriger gewesen sei, weil ich ja noch immer keine österreichische Staatsbürgerschaft hatte. Damals begann mir, als einem im Waldviertel geborenen Kind, das noch keine Minute in Deutschland verbracht hatte, bewusst zu werden, wie absurd es war, dass mir noch immer die Staatsbürgerschaft verweigert wurde. So absurd werden es jetzt wohl viele hier geborene Kinder zugewanderter Eltern empfinden.

Auch diesmal verzichtete meine Mutter darauf, mir vor meiner Abreise etwas zu erklären. So verriet sie mir nicht, dass in Holland nicht Deutsch gesprochen und die Reise sehr viel länger als in die Schweiz dauern würde. Auch nicht, dass eine längere Quarantäne in einem Internierungslager vorgesehen war und in Holland während des Zweiten Weltkriegs von den Nationalsozialisten besonders viele Verbrechen an der Zivilbevölkerung verübt worden waren. Es kam ihr nicht in den Sinn, dass ich mit meiner deutschen Staatsbürgerschaft Anfeindungen ausgesetzt sein könnte. Klärte sie mich aus einem Mangel an Empathie nicht auf oder war sie physisch und psychisch noch immer so erschöpft, dass sie sich mein „Theatermachen“ nicht antun wollte?

Ich bin davon überzeugt, dass sie meinen Bruder und mich liebte, aber auf ihre Art eben.

FAHRT NACH HOLLAND, NOVEMBER 1948

Die gleichen unbequemen Holzbänke und ein Zug, der immer wieder irgendwo stundenlang stehen bleibt. Einige Mädchen und Buben werden rasch zum Mittelpunkt einer kleinen Gruppe, andere bleiben so wie Ilse stumm auf ihrem Platz sitzen.

Es wird dunkel, wieder hell und abermals dunkel, da müssen die Kinder aussteigen. Kein Bahnhof ist zu sehen, keine Ortschaft, nichts. Die Frauen, die sie bis jetzt begleitet haben, steigen nicht mit ihnen aus. Andere Frauen sind da, die wie Krankenschwestern aussehen, ziemlich energische Krankenschwestern. Sie sprechen so, dass kein Kind sie versteht. Aber es gelingt ihnen im Nu, zwei Kolonnen zu bilden. Die Kolonne der Mädchen und die der Buben. Gleich darauf wird abermals ein Befehl gegeben und in die Hände geklatscht. Träge setzt sich die Kolonne der Mädchen, gefolgt von den Buben, auf einem schmalen, geschotterten Fahrweg in Bewegung. Stockfinster ist es, windig und kalt. Niemand spricht. Die kalten Hände in den Manteltaschen, stapfen die Kinder verdrossen und frierend durch die Dunkelheit.

Der Weg führt einen Hügel hinauf. Da tauchen aus der Dunkelheit zahlreiche Holzbaracken auf. Die Kolonne der Mädchen wird gedrittelt, jede Gruppe zu einer der Baracken dirigiert. Im ersten Raum sind auf einem langen Tisch Berge von bestrichenen Broten aufgeschichtet. Die hungrigen Kinder dürfen sich jedoch nicht zu Tisch setzen, sondern müssen zuerst in den nächsten Raum mit nebeneinanderstehenden Stockbetten gehen, um ihre Rucksäcke oder kleinen Koffer auf einem zugewiesenen Bett abzulegen. Mit weiteren Gesten werden sie aufgefordert, in den Sanitärräumen aufs Klo zu gehen und sich nachher gründlich die Hände zu waschen. Erst danach bekommen sie süßen heißen Tee und dürfen sich von den wunderbar weichen, mit Butter bestrichenen und mit Schokoladenstreuseln bestreuten viereckigen Weißbrotschnitten nehmen, so viel sie wollen.

So etwas Gutes hat sie nicht einmal in der Schweiz gegessen, ist Ilse überzeugt. Sie schafft trotzdem nur drei Brote und ist froh, als ihnen bald darauf erlaubt wird, schlafen zu gehen.

Das Bett ist groß, am Fußende genug Platz für den Rucksack. Ilse legt ihr Kleidchen darüber, zieht Schuhe und Strümpfe aus, steigt mit der Unterwäsche ins saubere Bett, murmelt leise ihr Abendgebet und schläft sofort ein.

WIEN, 2022

Fast eine Woche blieben wir Kinder in den Baracken. In den ersten zwei Tagen wurden wir gründlich ärztlich untersucht, dann passierte außer Fiebermessen nichts mehr. Brauchte die Auswertung der Blutabnahmen und der Röntgenaufnahmen so lange, oder wartete man ab, ob bei einem Kind eine Krankheit ausbrechen würde, Kinderlähmung, Tuberkulose, Diphtherie, Scharlach oder Masern? Also eine Quarantäne aus Sicherheitsgründen?

Während des Aufenthalts bekamen wir morgens, zur Jause und abends süßen Tee und die herrlichen Schokoladestreuselbrote, mittags Erdäpfel, Gemüse und Fleischbällchen. Die Begeisterung für das gute Essen konnte nach ein paar Tagen nicht verhindern, dass uns Kindern fad wurde. Zwar gingen wir täglich in Zweierreihen auf den Wegen, die zwischen den Feldern angelegt waren, spazieren. Aber auch das war fad, denn es gab bloß kahle Felder auf Hügeln, die so sanft waren, dass man sie nicht einmal Hügel nennen konnte. Meistens waren wir – vom kalten Wind durchfroren – froh, in unsere warme Baracke zu kommen. Bei einigen Kindern vergrößerte sich, je länger wir dort waren, die Furcht, einer unfreundlichen Pflegefamilie zugeteilt zu werden.

Ohne die großartige humanitäre Hilfe der Länder, die nach dem Krieg untergewichtige Kinder aus Österreich aufnahmen, mindern zu wollen, waren die Kinder damals doch einer gewissen Willkür ausgesetzt. Wobei das Wort „damals“ vielleicht falsch ist, hat sich doch weltweit gesehen nur wenig gebessert. Bei uns wenigstens schauen Betreuerinnen und Betreuer in Kindergärten und Schulen nicht länger weg, wenn sie Spuren von Misshandlungen am Körper von Kindern sehen. Schicken Sozialarbeiter in gefährdete Familien, damit aus geprügelten Kindern nicht abermals Erwachsene werden, die ihre Kinder verprügeln. Passiert immer seltener? Immerhin werden Prügel nicht länger als notwendige Erziehungsmaßnahme angesehen.

Der vertrauten Bösartigkeit der O ausgesetzt zu sein, schien mir während der Zeit im Internierungslager auf einmal gar nicht so schlimm. Heimweh, das ich in Frauenfeld mit dem Lesen von Büchern im Zaum gehalten hatte, fing an, mich zu quälen. Nicht nur mir ging es so. Oft wurde ich in der Nacht wach, weil ein Kind weinte.

Nach einer Woche wurden frühmorgens die Kinder nach ihren Bestimmungsbahnhöfen sortiert. Ich gehörte zur Gruppe, die in Zaandam aussteigen sollte. Unsere Erkennungskarten, die wir seit der Abfahrt von Wien und auch während des Aufenthalts in den Baracken immer an einem Halsband trugen, wurden mehrere Male kontrolliert, der Name des Bahnhofs uns immer wieder vorgesagt.

ZAANDAM, NOVEMBER 1948

Zaandam, wiederholt Ilse im Kopf, während der Zug durch ein Land fährt, das aus ebenen Feldern und schnurgeraden Flüssen besteht. Hat sie laut gedacht? fragt sich Ilse, denn ein Mädchen, das mehr als einen Kopf größer als sie ist, korrigiert Ilse: Das sind keine Flüsse, sondern Kanäle. Auf denen werden Waren transportiert, so wie bei uns auf den Straßen.

– Sind sie deshalb so gerade? fragt Ilse.

Das Mädchen nickt, und Ilse schaut wieder aus dem Fenster.

Der Zug bleibt in einem Bahnhof stehen, und Ilse beobachtet, wie die ausgestiegenen Kinder von Erwachsenen umringt werden, die von Kind zu Kind gehen und sich bücken, um die Namen, die auf den Karten stehen, zu lesen. Eine Frau scheint ihr Kind bereits gefunden haben, denn sie entfernt sich von der Gruppe mit einem kleinen Buben an der Hand. Da setzt sich der Zug in Bewegung, um nach kurzer Zeit wieder Halt zu machen. Abermals steigen Kinder aus, abermals werden sie von Erwachsenen umringt. Eine Frau umarmt ein Mädchen, bevor sie es an der Hand fasst. Wird meine Pflegemutter auch so lieb sein, mich auch so fest umarmen und mir nachher die Hand geben? fragt sich Ilse. Nicht so wie Tante Sophie, die nur ausnahmsweise bei einer besonders gefährlichen Kreuzung nach ihrer Hand gegriffen, sie aber nach der Kreuzung gleich wieder losgelassen hat. Trotzdem wäre sie jetzt lieber in der Schweiz bei Tante Sophie, weil sie dann wenigstens wüsste, wie sie sich zu verhalten hat, um keinen Ärger zu verursachen. Aber wie soll ihr das in einem Land gelingen, dessen Sprache sie nicht beherrscht? Und wieder spürt Ilse, wie ihre Angst wächst. Mach jetzt ja kein Theater, würde Mutti sagen. Da verdrängt plötzlich Wut auf ihre Mutti ihre Angst. Gleich darauf schämt sie sich des Gefühls, denn es ist ja nicht Muttis Schuld, dass sie nicht zu Hause sein darf, sondern die der O.

„Zaandam!", schreit da die Betreuerin und schiebt die Zaandamer Gruppe zum Ausgang. Kaum ausgestiegen, nähern sich auch hier die zukünftigen Pflegeeltern. Ilses Kärtchen wird immer wieder genau angeschaut. Eine Frau schüttelt den Kopf und schenkt Ilse ein bedauerndes Lächeln. Der Bahnsteig leert sich rasch. Zuletzt scheinen alle Pflegeeltern ihr Kind gefunden zu haben und mit ihm heimgegangen zu sein.

Als Ilse mutterseelenallein am Bahnsteig zurückgeblieben ist, fragt sie sich plötzlich, ob die O, die in Wirklichkeit eine Hexe ist, ihren Pflegeeltern verraten hat, dass sie das Rotzmensch ist. Deshalb haben es sich ihre Pflegeeltern anders überlegt und wollen sie nicht haben. Ob man sie dann irgendwann wieder nach Wien schicken wird? Oder hier einsperren?

Ilse blickt auf die Uhr, die über dem Bahnsteig hängt. Der große Zeiger ist nur ein winziges Stück weitergerückt, und Hexen gibt es nur im Märchen. Daran glauben nur kleine Kinder, und sie ist doch schon längst ein großes Mädchen, das jetzt nicht heulen darf.

Noch immer schaut sie dorthin, wo die Pflegeeltern mit ihren Pflegekindern verschwunden sind. Vielleicht hat sich ihre Pflegemutter nur verspätet! Plötzlich spürt sie, wie müde sie ist. Zum Umfallen müde. Sie setzt sich auf eine der Bänke und legt ihren Rucksack neben sich und überlegt, wo sie in der Nacht schlafen soll. Sie besitzt keine Decke zum Zudecken, und es ist ihr doch jetzt schon schrecklich kalt. Mach jetzt nur ja kein Theater, hört sie Muttis Stimme schon wieder. Ich mach jetzt kein Theater, verteidigt sie sich. Du bist schuld, dass ich hier verhungern und erfrieren werde. Du hättest mich nicht in ein Land schicken dürfen, in dem mich keiner haben will, sondern der O wenigstens ein Mal sagen sollen, dass sie nicht so gemein zu mir sein darf. Warum hast du mich nie verteidigt, sondern mich bloß immer weggeschickt? Und plötzlich spürt sie, wie ihr Tränen über die Wangen rinnen. Mach nicht so ein Theater, wiederholt Muttis Stimme. Ich kann kein Theater machen, entgegnet Ilse wütend, weil hier überhaupt niemand da ist, der mir zuschaut. Gleich darauf sucht sie in ihrem Mantel nach dem Stofftaschentuch. Das ist schon längst nicht mehr frisch, aber sie findet dann doch noch eine halbwegs saubere Stelle, schnäuzt sich und schaut wieder auf die Uhr. Der große Zeiger ist um fünf Minuten weitergerückt. Mit dem Handrücken wischt sie ihre Tränen weg, und da bemerkt sie einen großen Mann mit einem offenen Mantel, der den Bahnsteig entlang in ihre Richtung läuft. Wie bei einem Gespenst flattert der Mantel um seinen Körper. Der Mann bleibt abrupt vor ihrer Bank stehen, beachtet ihr Kärtchen nicht, sondern fragt, ob sie die Ilse sei.

Ilse nickt. Sie ist durch das plötzliche Auftauchen des Mannes mehr erschrocken als erleichtert, da packt der Mann bereits den Rucksack mit der rechten, Ilse mit der linken Hand. Slagmoelen, sagt er, und rennt in die Richtung, aus der er gekommen ist, so rasch, dass Ilse ihre Beine kaum schnell genug bewegen kann. Der Mann spricht pausenlos, immer wieder von einem ziekenhuis und mijn vrouw. Meint er seine Frau?

Schon hasten sie eine Straße entlang, da bleibt der Mann abrupt neben einem grauen Auto stehen. Er sperrt auf, packt Ilse, trägt sie zur anderen Seite, setzt sie wie eine Puppe auf den Vordersitz und legt ihr den Rucksack auf den Schoß. Selbst als sie bereits fahren, hört er nicht auf zu reden.

Versucht er ihr etwas zu erklären? Gelegentlich versteht sie ein Wort. Frau, Kinder, Arbeit und wieder ziekenhuis. Vor einem niedergehenden Schranken bleiben sie abrupt stehen. Eine Brücke hebt sich hinter dem Schranken in die Höhe und klappt plötzlich in der Mitte auseinander. Hat die Brücke schon immer aus zwei zusammengefügten Teilen bestanden, überlegt Ilse, denn für den Mann scheint der Vorgang nichts Außergewöhnliches zu sein, weil er ihn gar nicht beachtet. Sie kann ihn jedoch nicht fragen, denn er spricht und spricht, ohne sie zu beachten. Jetzt passiert ein Schiff die Stelle, an der die Brücke hochgehoben worden ist, und gleich darauf senken sich die Brückenteile wieder. Der Schranken hebt sich und sie fahren ein wenig rumpelnd über die Brücke.

Erst als sie vor einem großen Haus mit drei Eingangstüren stehen bleiben, hört der Mann auf zu reden. Er schnappt sich abermals Ilses Rucksack und als sie ausgestiegen ist, geht er mit ihr zur mittleren Türe. Ilse versucht das Namensschild zu lesen, aber schon reißt der Mann die unversperrte Tür auf. Dahinter liegt kein Raum, sondern eine Holztreppe, auf deren unteren Stufen Kinderschuhe in allen Größen, zwei Paar Damenschuhe und mehrere Paar klobige Schuhe aus Holz stehen. Der Mann zieht seine Schuhe aus, Ilse ebenfalls. Er schlüpft in seine Hausschuhe, sie folgt ihm in Strümpfen die steile Treppe hinauf. Ein langer schmaler Gang mit vier Türen. Statt eine zu öffnen, geht der Mann zur Treppe in den zweiten Stock. Abermals ein Gang, der etwas breiter ist. In einer Ecke sitzt zwischen Unmengen an Spielzeug ein Mädchen mit blonden Locken, das sie neugierig anschaut. Der Mann beachtet das Mädchen jedoch nicht, sondern öffnet die erste Tür neben der Treppe und schiebt Ilse in ein schmales Zimmer. Eine Kommode an der geraden Seite, ein Bett an der schrägen Dachseite und an der Frontseite ein kleines Fenster.

– Dein Zimmer, sagt er auf Deutsch.

Ilse nickt.

Der Mann leert den Inhalt des Rucksacks auf dem Bett aus und reicht Ilse ihre Hausschuhe. Bevor sie sich in ihrem neuen Reich umsehen kann, wird sie von dem Mann mit einer Geste aufgefordert, ihm die Treppe hinunter in den ersten Stock zu folgen. Diesmal öffnet er eine der vier Türen und Ilse betritt hinter ihm eine Küche.

Eine Frau, eine ziemlich alte Frau, wäscht dort gerade das Geschirr ab. Ist das ihre Pflegemutter? fragt sich Ilse. Der Mann redet auf die Frau ein, Ilse versteht nur, dass ihr Name einige Male fällt. Während die Frau das Gas unter einem großen schwarzen Topf anzündet, füllt der Mann beim Wasserhahn ein wenig Wasser in ein Waschbecken und zeigt mit Gesten, dass sie sich Gesicht und Hände waschen soll. Ilse möchte aber zuerst aufs Klo. „WC" versteht der Mann endlich und deutet auf die Tür am anderen Ende des Ganges. Erst danach wäscht sie sich und trocknet sich in einem feuchten Handtuch ab. Inzwischen riecht es gut in der Küche. Auf einem Teller richtet die Frau zerstampfte Erdäpfel an, ein Schöpfer Soße wird darübergegossen, ein paar gekochte Karottenstücke dazugelegt und dann trägt der Mann den Teller und eine Gabel in einen Raum mit einem großen Tisch und vielen Sesseln. Er sagt etwas, das wie Arbeit klingt, und alleingelassen beginnt Ilse zu essen.

Da kommt ein Bub herein, dunkle Haare, rundes Gesicht, etwas älter als Ilse. Er setzt sich schräg vis-à-vis auf einen Sessel. Knut, sagt er und lächelt. Ilse, sagt Ilse, ohne zu lächeln. Kurz danach bleibt ein rothaariger Bub bei der Türe stehen und starrt sie unfreundlich an. Dann setzt er sich neben Knut ihr genau gegenüber.

– Piet, sagt Knut und zeigt auf ihn. Piet sagt gar nichts, aber versetzt Ilse mit seinen harten Hausschuhen unter dem Tisch einen festen Tritt gegen ihr Schienbein. Ilse ignoriert den Angriff und isst ruhig ihren Teller leer. Dann steht sie auf und trägt ihn in die Küche.

Das kleine Mädchen aus dem zweiten Stock steht jetzt in der Küche und redet auf die alte Frau ein. Die schüttelt mehrmals den Kopf, hebt aber dann mit einem resignierenden Gesichtsausdruck beide Hände hoch. Ilse glaubt zu verstehen, was die Frau damit sagen will: „Mach doch, was du willst". Madi, sagt das Kind jetzt zu Ilse, deutet auf sich, nimmt Ilse bei der Hand und geht mit ihr zur Garderobe am Gang. Die Kleine zieht ihren Mantel an und bedeutet Ilse, es ihr gleichzutun. Bei der Haustüre schlüpfen beide in ihre Schuhe und stellen die Hausschuhe auf die Treppe. Auf der Straße nimmt Madi Ilse wieder bei der Hand und sie marschieren los.

Die Kleine dürfte sich in Zaandam gut auskennen, weiß immer, welcher Weg eingeschlagen werden muss. Erstaunlich, wundert sich Ilse, denn das Kind kann höchstens fünf Jahre alt sein.

Bei einer Brücke, die sich gerade öffnet, erklärt Ilse der Kleinen mit Gesten, dass sie stehen bleiben und zusehen möchte. Madi bleibt geduldig stehen und drängt Ilse erst zum Weitergehen, als die Brücke wieder heruntergelassen worden ist.

Eine Weile gehen sie durch kleine Gassen mit zweistöckigen roten Ziegelhäusern, dann biegen sie in eine Gasse mit ebenerdigen Häusern ein. Madi bleibt vor einem der großen straßenseitigen Fenster stehen. Kein Vorhang verhindert den Blick in ein gemütliches Wohnzimmer mit zwei mit Samt überzogenen Lehnsesseln, einem Sofa, einem kleinen Tisch und zwei alten Frauen. Die im rechten Lehnsessel strickt, die im linken blättert in einer Zeitschrift. Beim Umblättern schaut sie kurz auf, entdeckt Madi und Ilse, Madi winkt ihr zu, worauf die Frau bedeutet, doch hereinzukommen. Im Vorraum ziehen die Mädchen Mäntel und Schuhe aus, gehen in ihren Baumwollstrümpfen ins Wohnzimmer und setzen sich auf die Bank. Madi scheint den Frauen von Ilse zu erzählen, denn Ilse versteht mehrmals ihren Namen und Wien. Danach gibt es eine Tasse mit gesüßtem Tee und ein Keks aus einer Keksdose. Es ist das beste Keks, das Ilse je gegessen hat, sie hätte gerne noch eines, aber die Keksdose bleibt verschlossen.

Weiß das Kind, dass nur das eine Keks angeboten wird? fragt sich Ilse, denn kaum haben sie den Tee ausgetrunken, drängt Madi zum Aufbruch. Abermals führt ihr Weg durch ähnliche kleine Gassen mit ähnlichen Häusern. Wie soll ich mich denn hier jemals allein zurechtfinden? fragt sich Ilse, da klopft Madi an eine Tür. Eine ältere Frau öffnet, offeriert den Kindern süßen Tee und ein Keks aus der Keksdose. Als sie sich verabschieden, fängt es bereits an, finster zu werden. Madi drängt zur Eile und sie kommen gerade zur rechten Zeit, um beim Abendessen das dritte Mal süßen Tee zu trinken und viereckiges Weißbrot mit geräuchertem Fisch zu essen. Während der Mahlzeit bekommt Ilse zwei gezielte Fußtritte von Piet. Weil sie spürt, dass Piet sie beobachtet, verzieht sie keine Miene.

Zähneputzen und Katzenwäsche in der Küche zusammen mit dem kleinen Mädchen und dann hinauf in den zweiten Stock. Im Schlafzimmer der Eltern steht ein großes Gitterbett, dessen Gitter auf einer Seite heruntergelassen ist. So wie bei ihrem Gitterbett in Zwettl, denkt Ilse wehmütig. Die alte Frau kommt herein, fängt an, Madi auszuziehen, und Ilse geht in ihr eigenes Zimmer. Rasch räumt sie ihre Sachen, die noch auf dem Bett liegen, in die Kommode, zieht sich aus, schlüpft in ihr Nachthemd, denkt an Mutti und Christoph, verrichtet ihr Nachtgebet und schläft ein.

WIEN, 2022

Mein Pflegevater, der Einzige, der mit mir Deutsch sprach, war wochentags als Vertreter unterwegs und kam immer nur am Sonntag nach Hause. Dadurch war ich mir selbst überlassen und gezwungen, schnell Holländisch zu lernen, um nicht hilflos der etwas tyrannischen Fünfjährigen ausgeliefert zu sein. Vielleicht war mein Wortschatz anfangs eher jener von Madi, meiner zumeist einzigen Gesprächspartnerin. Wer da wen beaufsichtigte, ich die Kleine oder sie mich, war anfangs nicht klar. Madi entpuppte sich als eine großartige Expertin dafür, ob und wann man ein Mitglied der umfangreichen Verwandtschaft besuchen durfte, um ein Keks zu erobern. Schmeckte uns das Keks durch die Beschränkung auf das eine so gut? Könnte so eine Beschränkung auch heute den Kindern von Nutzen sein, die zwar mit kindlicher Energie ihre Süßigkeiten fordern, diese aber durch die Leichtigkeit, sie zu bekommen, mit wenig Wertschätzung verzehren?

Das konfuse Benehmen meines sonst ruhigen Pflegevaters bei meiner Ankunft begriff ich erst nach längerer Zeit. Am Tag meiner Ankunft hatte seine Frau plötzlich ins Spital gebracht werden müssen, wo sie während meines mehrmonatigen Aufenthalts blieb. Woran sie erkrankt war, wurde mir nie erklärt. Auch nicht, warum ich keiner anderen Pflegefamilie zugewiesen wurde.

Ich durfte meine Pflegemutter nur ein Mal im Spital besuchen, sonst musste ich vor dem Spital warten, bis mein Pflegevater und die Pflegegeschwister ihren Krankenbesuch beendet hatten. Vermutlich war es meiner Pflegemutter schon länger gesundheitlich schlecht gegangen, denn die ältere Frau schien mit dem Haushalt vertraut und konnte ihn mit Einschränkungen problemlos weiterführen. Ich war für sie eine Entlastung, da ich mich außer am Sonntag ständig um die kleine Madi kümmerte. Deshalb wurde ich auch nicht wie vorgesehen in die Schule geschickt. Die Frau kochte gut, kümmerte sich aber weder darum, ob wir uns wuschen, noch ob wir saubere Sachen anhatten. Äußerst seltsam fand ich, dass es kein Badezimmer in dem sonst recht komfortablen Haus gab. Bloß die Waschschüssel in der Küche für alle und selten mehr als ein Handtuch. Notgedrungen lernte ich meine langen Haare selbst durchzukämmen und meine Zöpfe zu flechten. Soweit ich mich erinnern kann, wurden meine Haare während des ganzen Aufenthalts kein einziges Mal gewaschen, auch nicht die meiner Pflegegeschwister, aber vielleicht hatten die Buben in der Schule die Möglichkeit zu duschen.

Mit dem wenigen an Unterwäsche, Strümpfen und Kleidern aus meinem Rucksack hätte ich schon bald nichts Sauberes zum Anziehen gehabt, wenn nicht von der Verwandtschaft bereits ab der ersten Woche Unterwäsche, Strümpfe, Kleider, Röcke, Pullover, ja sogar ein Wintermantel und Schuhe in passender Größe für mich abgegeben worden wären. Die Sachen waren nicht neu, aber in einem guten Zustand.

Meinem Pflegevater dürfte irgendwann aufgefallen sein, dass seine Tochter und die Buben keine sauberen Sachen mehr in den Kästen hatten, denn ab dem Zeitpunkt wurde unsere Schmutzwäsche samt der Bettwäsche regelmäßig in eine Wäscherei gebracht. Ich gewöhnte mir an, meine und Madis Schmutzwäsche zum großen Wäschekorb in der Küche zu bringen, und lernte außerdem Madis und mein Bett frisch zu überziehen.

An unserem Essen war nichts auszusetzen. Dass wir tagaus, tagein das gleiche Gericht verzehrten, störte weder meine Pflegegeschwister noch mich. Zum Frühstück stand für die viereckigen Weißbrote außer Butter und den Streuseln auch noch ein gut riechendes weißes Pulver am Tisch, vermutlich ein Gemisch aus Anis und Staubzucker, das mir besonders gut schmeckte. Zu Mittag das Übliche: gestampfte Erdäpfel, Gemüse und die geschmackvolle Soße, in der am Sonntag Fleischbällchen schwammen. Abends aßen wir geräucherten Fisch, eingelegte Muscheln, roten Salzhering oder Käse zum Weißbrot. Stets stand dazu die große Teekanne mit dünnem schwarzen Tee am Tisch, aus der ich Madi und mir einschenkte. Das Verhältnis zu meinen Pflegebrüdern blieb unverändert. Knut himmelte mich an, was mir eher unangenehm war, und Piet hasste mich weiter zutiefst. Geschädigt durch die jahrelange verachtende Behandlung der O, verstärkte sich bei mir das Gefühl, es hafte tatsächlich etwas Ekelerregendes an mir.

Die Sonntage waren meiner religiösen Erziehung gewidmet. Madi, noch zu klein dafür, wurde vormittags und nachmittags einem Mitglied der Verwandtschaft anvertraut, damit ich bereits frühmorgens zur Andachtsstunde für deutschsprachige Kinder gebracht werden konnte. Danach Besuch des Gottesdienstes in der großen Kirche und am späten Nachmittag – meist in einer anderen Kirche – der Abendgottesdienst. Sanfte Gehirnwäsche?

Trotz meiner Kenntnis von den Mängeln jeder Glaubensrichtung und ihrer Tendenz zum Fanatismus verteidige ich noch immer Religionsgemeinschaften, weil ich den Menschen die Geborgenheit, die sie im Glauben finden, gönne, wenn ich mir auch mehr Toleranz für andere Glaubensrichtungen wünsche. Eine unrealistische Forderung? Weil es im Wesen jeder Religion liegt, dass sie meint, den einzigen richtigen Weg zum Seelenheil zu zeigen?

ZAANDAM, NOVEMBER 1948

Ilse betritt mit Tante Maria einen großen Saal voll Kinder, die vermutlich ebenfalls aus Österreich stammen. Ilse hat jedoch keine Gelegenheit, ein Kind zu fragen, denn sie ist von der Tante zu spät hergebracht worden. Ein leerer Platz ist rasch gefunden, die Tante redet ein paar Worte mit dem Mann am Podest, winkt und geht.

Der Mann, er spricht Deutsch, ermahnt gleich mehrmals alle Kinder, dankbar dafür zu sein, in den Nederlands sein zu dürfen. Deshalb sei es die Pflicht jedes Pflegekindes, den Pflegeeltern zu gehorchen.

Dann steigt ein anderer Mann aufs Podest, der wie ein Geistlicher aussieht. Nach der Predigt wird ein Lied gesungen, das keines der Kinder kennt, also singt der Mann allein, während Ilse überlegt, ob sie sich aus der Rolle mit Pfefferminzbonbons, die sie so wie ihre Pflegebrüder für den Kirchenbesuch bekommen hat, jetzt schon eines in den Mund stecken darf. Sie schaut sich ein wenig um, keines der Kinder scheint zu lutschen, also lässt sie es bleiben.

Nach der Andacht strömen die Kinder ins Freie, draußen warten ihre Pflegeeltern, auf Ilse wartet Knut, der sie bei der Hand nimmt, was Ilse unangenehm ist. So schnell wie möglich eilen sie zur großen Kirche. Die Orgel spielt bereits, aber in den Bänken sind noch Plätze frei. Knut zögert und wählt dann eine Bank aus, auf der Ilse neben einer beleibten älteren Frau zu sitzen kommt. Als Ilse sich jetzt endlich ihr erstes Pfefferminzbonbon nehmen möchte, schüttelt Knut, der sie beobachtet hat, energisch den Kopf. Ilse versteht das nicht, denn etliche Erwachsene lutschen doch offensichtlich bereits. Als wenig später die dicke Frau ihr und Knut ein Bonbon aufwartet, begreift Ilse die Strategie, so zu tun, als hätte man keine eigenen Bonbons. Von der Predigt versteht Ilse nur hie und da ein Wort, als aber die Orgel spielt und es auch hier bereitliegende Gesangsbücher sowie eine Tafel mit den Nummern der Lieder gibt, singt sie den holländischen Text mit.

Zu Hause versteckt sie die nicht geöffnete Pfefferminzrolle unter ihrem Polster und läuft ins Esszimmer. Der Pflegevater hat ein großes Buch vor sich liegen, aus dem er, sobald sie sich niedergesetzt hat, eine kurze Stelle vorliest. Dann teilt er das Essen aus. Diesmal gibt es für jedes Kind zur Soße drei kleine Fleischbällchen. Die Anwesenheit des Vaters hindert Piet nicht, ihr wie üblich zweimal kurz hintereinander kräftig gegen das Schienbein zu treten. Ilse merkt, wie er sie abermals beobachtet: Wird sie es wagen, sich bei seinem Vater zu beschweren? Sinnlos, überlegt Ilse. Der Vater wird auch in der nächsten Woche als Vertreter unterwegs sein, sodass es klüger ist, nichts zu sagen, um Piet nicht noch mehr zu reizen.

Nachdem der Tisch abgeräumt ist, bittet Ilse ihren Pflegevater, sich das Buch ansehen zu dürfen. Am Anfang jedes Kapitels gibt es eine kleine Zeichnung. Die ist hilfreich, findet Ilse, um zu ahnen, wovon der Text handelt.

Zur Jause gibt es Kakao und ein Stück Kuchen, danach nimmt Ilse eine andere Tante zum Abendgottesdienst mit. Sie nehmen am Balkon Platz, damit Ilse besser sehen kann. Bei einigen Liedern erkennt Ilse die Melodie, aber sie ist zu müde, um mitzusingen. Während der Predigt spürt sie, dass ihr die Augen zufallen. Sie zwickt sich immer wieder in den linken Arm und schläft trotzdem ein. Als sie aufwacht, sieht sie, dass Männer und Frauen an den in der Mitte der Kirche aufgestellten Tischen Platz genommen haben. Ein Teller mit kleinen Würfeln Weißbrot und ein Becher Wein werden reihum gereicht. Nach jedem Schluck eines Gläubigen wird so wie in Wien der Becher gedreht und nach jedem vierten Schluck der Becherrand vom Mesner, der alles überwacht, sorgfältig abgewischt. Kommunion, murmelt die Tante, und Ilse nickt.

Wenn sie auch erst nach ihrer Konfirmation daran teilnehmen darf, der Vorgang ist ihr vertraut.

Als Ilse nach Hause gebracht wird, hat das Abendessen bereits begonnen. Ilse ist so müde, dass sie wenig isst und nach dem Zähneputzen sofort schlafen geht. Abermals träumt sie vom Sinterklaas, von dem Madi dauernd spricht und der, so viel hat sie verstanden, mit dem Schiff kommt. Sie fürchtet sich vor ihm. Er hat einen großen Sack, da steckt er Kinder rein.

Von Tag zu Tag wird Madi aufgeregter. Redet auch von einem Zwarte Piet. Ist das ein holländischer Krampus? Vor dem fürchtet sich Ilse noch mehr, auch wenn sie von Mutti und Christoph deswegen stets als Angsthase verspottet worden ist.

Du Sinterklaas, sagt Madi immer wieder und gibt Ilse die Hand. Was will ihr Madi mit der Geste nur sagen? fragt sich Ilse.

Tante Maria geht mit den zwei Mädchen zur Schiffsanlegestelle, damit sie die Ankunft von Sinterklaas erleben können. Während sich die drei beeilen, zu dem Kai zu gelangen, an dem das Schiff anlegen wird, versucht die Tante Ilse ebenfalls etwas zu erklären, das mit ihr und dem Sinterklaas zu tun hat und Ilse genauso wenig versteht.

Auf dem Platz am Kai wartet eine größere Menschenmenge. Die Tante zeigt immer wieder auf Ilse und sagt ihren Namen, daraufhin machen ihnen seltsamerweise alle Wartenden bereitwillig Platz. Als sie neben der Anlegestelle zum Stehen kommen, nähert sich ein großes weißes Schiff. Es wird langsamer, und jetzt erkennt Ilse, dass am Bug ein großer Mann steht, der wie ein Nikolaus aussieht, und daneben ein Mann mit einem schwarzen Gesicht. Irgendwie schaut er anders aus als die farbigen Amis in Wien. Hat er sein Gesicht nur mit einer schwarzen Pasta bemalt?

Das Schiff legt an und wird mit Tauen fixiert, der Landesteg ausgefahren, und gleich darauf schreitet Sinterklaas gefolgt von seinem Zwarte Piet über den Steg, nähert sich der Tante und bleibt vor ihr stehen. Die Tante schiebt Ilse, die sich vor Schreck hinter ihr versteckt hat, an den Schultern nach vorne, sodass sie direkt vor dem Sinterklaas zu stehen kommt. Und da macht die verängstigte, schüchterne Ilse einen Knicks, ohne dass ihr das irgendjemand befohlen hätte. Warum klatschen denn die Leute, wundert sie sich, da wird sie behutsam aufgerichtet, eine große Hand mit weißen Handschuhen wird ihr gereicht, mit der anderen Hand greift Sinterklaas in seinen Sack – Ilse hält den Atem an – und holt kleine duftende Würfel Lebkuchen heraus. Er gibt einen davon Ilse und wirft die restlichen Stückchen in die Menge. Die Menschen jubeln, Sinterklaas streicht Ilse über die Haare und bahnt sich anschließend einen Weg durch die Menge. Der Zwarte Piet, der immer einen Schritt hinter Sinterklaas bleibt, schleppt ebenfalls einen Sack mit Lebkuchen mit, und während sie zur wartenden Kutsche gehen, werfen sie ununterbrochen Lebkuchen in die Menge. Alle Stücke werden rasch vom Boden aufgehoben und gegessen.

Ilse hat ihr Stückchen noch immer in der Hand, sie riecht noch einmal daran und schenkt es dann Madi. Tante Maria belohnt die Aktion mit einem Lächeln.

Wurde ich als Symbol für die Wohltätigkeit der Holländer benutzt? Nein, es war wohl eine freundliche Geste gegenüber uns Gastkindern, und ich wurde vermutlich als die Kleinste und damit Herzigste dafür ausgesucht.

Dass ich Sinterklaas begrüßen durfte, brachte mir bei der kleinen Madi ein wenig Respekt ein und sie fing an mich zu bitten, mit ihr zu spielen oder mit ihr wegzugehen, statt es mir zu befehlen.

Nach meinem Aufenthalt in der Schweiz, wo Tante Sophie kein Bedürfnis gespürt hatte, mir außer den Spyri-Büchern zusätzlich eine christliche Erziehung zu vermitteln, war der Aufenthalt in einer streng religiösen Pflegefamilie eine neue Erfahrung für mich. Nachdem ich längst gelernt hatte, keine Scherereien zu verursachen, sondern alles, was von mir gefordert wurde, hinzunehmen, wehrte ich mich nicht, fragte mich aber schon, warum nur ich es nötig hatte, drei Gottesdienste zu besuchen, während meine Pflegebrüder lediglich zum Hauptgottesdienst geschickt wurden. Meine Pflegeltern wussten von meiner deutschen Staatsbürgerschaft. Hing es damit zusammen? Erst sehr viel später begriff ich, was mir damals von Piet und unterschwellig auch von anderen als „Erbschuld“ angelastet wurde.

Es gab bei meiner Pflegefamilie keine Bücher außer der großen Familienbibel. Darin wurde in leicht verständlicher Sprache das Alte Testament wiedergegeben. Da ich sonst nichts zum Lesen fand, vertiefte ich mich in den wenigen Stunden, in denen Madi mich nicht um sich haben wollte, in die Familienbibel. Friedlich ging es in den einzelnen Abschnitten nicht zu, aber es war spannend, obwohl der strafende und tyrannisch agierende Gott mir Angst einflößte. Das war nicht mein Gott, zu dem ich abends betete, denn das war ein Gott der Liebe, der mich behütete und der stets Wege finden wird, die ich gehen kann. Ich bin nicht sicher, ob ich die Familienbibel ausgelesen habe, aber sie war hilfreich beim Erlernen der holländischen Sprache.

ZAANDAM, 5.12.1948

Noch schneller als sonst bringt Tante Maria Ilse nach dem abendlichen Kirchenbesuch nach Hause. Spricht von Geschenken. So wie Madi. Aber es sind doch noch mehr als zwei Wochen bis zum Heiligen Abend? Ilse versucht sich Klarheit zu verschaffen. – Vierentwintig geschenken? fragt sie nach einigem Nachdenken.

Die Tante schüttelt energisch den Kopf. Vandaag, sagt sie.

– Vierentwintig? wiederholt Ilse stur.

– Geen geschenken. Vandaag geschenken.

Da sind sie bei Ilses Zuhause angelangt. Die Tante streicht ihr zum Abschied wie immer über die Haare und läuft zu ihrer eigenen Wohnung. Wo das ist, weiß Ilse nicht, denn Tante Maria arbeitet in einem Büro und wird deshalb von Madi und ihr nie besucht.

Als Ilse ins Esszimmer kommt, liegen schon die Geschenke für die Kinder bereit. Drei dicke bunte Zuckerstangen zum Lutschen, ein Buch und ein großer Buchstabe aus dunkler Schokolade. Vor Madi liegt ein M, vor Piet ein P, vor Knut ein K und vor Ilse ein S.

Fragend schaut Ilse zu ihrem Pflegevater und zeigt auf das S.

– Bei einem I ist zu wenig Schokolade, erklärt er ihr lächelnd.

Gleich darauf müssen sie ihre Geschenke beiseiteschieben, denn es gibt Abendessen. Madi zeigt Ilse trotzdem noch rasch ihre neue kleine Puppe, denn sie hat als Einzige ein zusätzliches Geschenk erhalten.

So ist das also hier. Es gibt bloß Nikolaus, aber keine Weihnachten wie in Österreich, also keinen Christbaum, keine Kerzen, keine Lieder. Ilse ist maßlos enttäuscht. Am Christtag gehe man zur Kirche, erklärt ihr der Pflegevater, als sie ihn trotz des Sprechverbots während des Abendessens fragt.

Früh gehen alle zu Bett. Nach dem vielen Stillsitzen in der Kirche ist Ilse am Sonntag immer besonders müde. Sie legt die Zuckerstangen und das S aus Schokolade auf den Sessel, legt sich mit dem Buch ins Bett und beginnt zu lesen. Der Anfang von der Geschichte einer alten Windmühle langweilt sie. Sie legt das Buch weg, kraxelt nochmals aus dem Bett, knabbert an ihrem Schokoladen-S, obwohl sie das eigentlich nach dem Zähneputzen nicht tun sollte, schaut, ob ihre Hände sauber geblieben sind, dreht das Licht ab und kehrt ins Bett zurück.

Nach ein paar Tagen ist Madi schon wieder aufgeregt. Verjaardag, wiederholt sie und den Namen von einem Onkel. Schon am nächsten Samstag. Verjaardag könnte Geburtstag heißen, überlegt Ilse.

Und dann ist es so weit. Madi sucht lange in ihrem Kasten, was sie anziehen soll. So wie sich in ihrer Spielzeugecke die Sachen stapeln, so drängen sich in ihrem Kasten die aufgehängten Kleidchen aneinander. Ilse sucht den hübschesten Pullover zum blauen Rock heraus, und bevor sie ihre Mäntel anziehen, bewundern sie sich gegenseitig.

Am Hinweg denkt Ilse daran, wie sie in Wien trotz der O ihre Geburtstage gefeiert haben: ein weißes Tischtuch am Kindertisch, eine Kerze und ein paar Geschenke und in diesem Jahr das erste Mal eine selbst fabrizierte Torte aus Karlsbader Oblaten, weil es die bereits wieder zu kaufen gibt. Für Muttis Geburtstag im September hat sie sich mit Christophs Hilfe getraut, selber so eine Torte herzustellen. Abwechselnd haben sie die Creme aus Haselnüssen, Butter, Zucker und einem Ei so lange gerührt, bis sie sich gut hat streichen lassen. Dann eine bestrichene Oblate auf die vorige gesetzt, der Rest der Creme außen verteilt und fertig. Mutti hat sich gefreut und gesagt, sie habe noch nie so etwas Gutes gegessen.

Vor lauter Heimweh ist Ilse plötzlich zum Weinen zumute, aber da sind sie schon am Ziel. Madi öffnet eine Haustüre und sie steigen die Treppe hinauf. Ilse ist etwas irritiert, weil sie diesmal die Schuhe nicht ausziehen, versteht es aber, als sie den großen Raum mit den vielen Gästen betreten, die sich laut und fröhlich unterhalten. Die Mäntel werden ihnen abgenommen und auf ein an die Wand geschobenes Sofa gelegt, das bereits mit Mänteln und Jacken beladen ist. Madi erzählt allen, die es noch nicht wissen, und auch denen, die es vermutlich schon längst wissen, dass Sinterklaas Ilse die Hand gegeben hat, und Ilse ist froh, dass sie, wenn sie etwas gefragt wird, bereits antworten kann.

Wieder einmal wundert sie sich, dass alle Anwesenden sie zu kennen scheinen, während sie noch immer Schwierigkeiten hat, ihre Onkel und Tanten zu identifizieren. Es sind einfach zu viele. Eine Tante stellt für Madi und Ilse zwei Gläser mit einer orangefarbenen Flüssigkeit auf ein kleines Tischchen in der Ecke. Orangeade, sagt Madi und das Getränk riecht wirklich nach Orangen und schmeckt herrlich süß. Gleich darauf bekommen sie auf einem Papierteller eine Mehlspeise.

Ist das Pudding zwischen zwei Schnitten? fragt sich Ilse. Ja, stellt sie nach dem ersten Bissen fest. Aber der beste Pudding, den sie je gegessen hat. Beide kratzen mit den kleinen Löffeln noch lange ihren Papierteller sauber, bis eine lachende Tante die zwei Pappteller und die leeren Gläser wegträgt. Da sie wissen, dass weder ein zweites Getränk noch eine zweite Mehlspeise verteilt wird, suchen sie ihre Mäntel, ziehen sie an und gehen nach Hause.

Eine Cremeschnitte und ein Glas Orangeade, die vermutlich aus einem Dicksaft und Wasser bestand, waren damals nicht nur für Kinder ein Luxus. Jedenfalls verstanden die eher puritanischen Protestanten meiner Pflegefamilie Feste zu feiern. Ohne Alkohol, denn daran erinnere ich mich: Alle, selbst die Männer, tranken mit Genuss bloß ihre Orangeade.

Der Vorteil so vieler Tanten und Onkel für Madi und mich war, dass es immer wieder Geburtstagsfeste gab. Und selbstverständlich setzten wir die Besuche bei den vielen alten Tanten fort, bei denen jede von uns beiden das eine Keks eroberte.

Weihnachten war längst vorbei und noch immer gab es in Zaandam weder Schnee noch Eis. Für meine Lungen war das Klima in Holland eine Wohltat, denn es war der erste Winter, in dem ich nur selten hustete.

Mein Lesehunger wurde im Jänner endlich gestillt, ich durfte mir in einer Leihbibliothek Bücher ausborgen. An einige fantasievolle und lustige Doktor-Dolittle-Bücher, die ich auf Holländisch las, kann ich mich noch gut erinnern. Was für ein Gegensatz zu den braven, liebevoll geschriebenen Spyri-Büchern. Als Kindermädchen von Madi blieb mir allerdings nicht so viel Zeit zum Lesen wie in der Schweiz.

Nachmittags beobachtete ich gelegentlich meine Pflegebrüder, die im Esszimmer ihre Aufgaben erledigten. Knut zeigte mir immer bereitwillig seine Hefte. Manchmal bedauerte ich, keine Gelegenheit zu haben, die Schule zu besuchen, meist war ich aber mit dem Leben zufrieden, in dem keine größeren Ansprüche an mich gestellt wurden. Zwei meiner Briefe aus Zaandam habe ich nach dem Tod meiner Mutter beim

Ausräumen der Wohnung gefunden. Unbekümmert mischte ich darin holländische und deutsche Wörter. Gelegentlich dachte ich daran, dass Anfang Juni die Aufnahmeprüfung fürs Gymnasium stattfinden und ich erst Ende März wieder in Wien sein würde. Sorgen machte ich mir indes keine. Die Überzeugung meiner Mutter, dass ich in der Schule nie Schwierigkeiten haben würde, hatte sich wohl auf mich übertragen.

Täglich außer sonntags streiften Madi und ich durch die Stadt, gingen zum Hafen, um den Schiffen beim Anlegen oder beim Ausladen der Waren zuzusehen, und statteten den Tanten Besuche ab. Allerdings nie einem alten Onkel. Waren alle Ehemänner früher als ihre Frauen verstorben, oder war es Madi verboten, sie zu besuchen? Stellte selbst in einer so christlichen Großfamilie ein älterer alleinstehender Mann eine potenzielle Gefahr für kleine Mädchen dar?

Die traditionelle Wohnungsform, in welcher Vorhänge verpönt waren und man fast alles, was man im Haus tat, von der Straße aus beobachten konnte, wurde mir, weil es mir seltsam vorkam, von meinem Pflegevater folgendermaßen erklärt: Ein rechtschaffener Mensch habe nichts zu verbergen.

Führten die Leute damals tatsächlich ein Leben, das jederzeit auf seine Rechtschaffenheit überprüft werden konnte? Bei meiner letzten Reise nach Holland vor zwölf Jahren habe ich erleichtert festgestellt, dass die Tradition der Vorhanglosigkeit beinahe in Vergessenheit geraten ist.

Es war an einem Samstag, da ging ich nach dem Mittagessen mit einem Buch zurück ins Esszimmer, weil das Lesen dort viel angenehmer war als in meinem ungeheizten Zimmer. Madi war bei einem gleichaltrigen Mädchen eingeladen und würde erst in ein paar Stunden zurückkommen. Mein Pflegevater hatte seine Zeitung am Esstisch liegen gelassen und da ich allein war, blätterte ich sie rasch durch. An einem

Bild blieb mein Blick hängen: Zu sehen waren abgemagerte Männer mit eingefallenen Gesichtern, die aussahen, als wären sie sterbenskrank. Als Text stand etwas von einem KZ, von duitser und von misdaad. Da hörte ich die Schritte meines Pflegevaters, faltete die Zeitung rasch zusammen und schlug mein Buch auf irgendeiner Seite auf. Mein Pflegevater kam herein, schaute, was ich gerade las, lächelte, holte seine Zeitung und ging damit in den Salon hinter der Schiebetür, wo einige Lehnstühle standen. Ein Bereich, den wir Kinder nur selten betreten durften.

Es gibt Bilder, die sich im Gedächtnis einprägen, Bilder, die eine Neunjährige nicht sehen sollte und die sie in Österreich auch nicht zu sehen bekam. Seit diesem Samstagnachmittag versuchte ich, wo immer ich mit Madi unterwegs war, in jeder herumliegenden Zeitung oder Zeitschrift zu blättern. Misdaad und duitser, Verbrechen und Deutscher, waren die Schlüsselwörter, nach denen ich Ausschau hielt, denn ich wollte unbedingt mehr wissen. Was war den Menschen geschehen, dass sie so elend waren? Welcher Verbrechen wurden die Deutschen angeklagt?

Madi schaute mich bei meiner Suche nach Aufklärung jedes Mal böse an, aber sie verriet mich nie. Ich fand ein ähnlich erschreckendes Bild. Das Wort KZ und ein Ortsname standen darunter. Nie hatte ich genug Zeit, mehr zu lesen, aber ich begriff, dass mir etwas verschwiegen wurde, etwas Grauenhaftes.

Vom Krieg und den Opfern, den Bombenangriffen und den Entbehrungen hatte ich gehört und in der Arbeiterzeitung der O gelesen. Ich wusste, dass wir so wie Deutschland von den Alliierten besetzt waren, und mir war das mühsame Bestreben der österreichischen Politiker bekannt, von den Alliierten die Zustimmung für die Unabhängigkeit – den Staatsvertrag – zu erlangen, mehr nicht, denn in Österreich hatten die Politiker im Gegensatz zu Deutschland einen dicht gewebten Vorhang heruntergelassen, der die Bevölkerung vor einem schonungslosen Rückblick auf die Jahre des Nationalsozialismus schützte. Im Krieg geborene Kinder erfuhren vielleicht irgendwann davon, dass Österreich das erste Opfer der Nationalsozialisten geworden war, von einer Beteiligung an den Verbrechen im „Dritten Reich" erfuhren sie von offizieller Seite nichts.

ZAANDAM, MÄRZ 1949

Die Heimfahrt rückt näher. Madi lässt den Kopf hängen, und Ilse tröstet sie damit, dass ihre Mama bald aus dem Spital entlassen wird. Die Freude darüber wird für Madi jedoch dadurch getrübt, dass es mit den Besuchen ihrer Tanten vorbei ist, weil sie bestimmt wieder in den Kindergarten gehen muss. Ilse versteht ihren Kummer. Sie selber denkt jetzt oft daran, dass sie in der Schule ordentlich wird aufpassen müssen, um nachzuholen, was sie versäumt hat.

Zwischen ihren Besuchsrunden wird jetzt auch der tägliche Besuch des Kaufhauses am Kai eingeplant. Ilse hat von den Tanten gelegentlich ein paar Münzen zugesteckt bekommen, sie alle gesammelt, und möchte für Mutti und Christoph kleine Geschenke kaufen. Madi liebt vor allem die winzigen weißen Elefanten. Ivoor, behauptet sie, und Ilse glaubt ihr, dass sie aus Elfenbein gefertigt sind. Sie nimmt sich vor, für ihre Pflegeschwester ebenfalls einen kleinen Elefanten zu kaufen, wenn sich das mit dem Geld ausgehen wird, und beginnt schon wieder zu rechnen.

Kurz vor der Abreise fragt sich Ilse, wie sie die unzähligen Kleidchen, Pullover, Jacken und Schuhe, die man ihr geschenkt hat, in ihrem kleinen Rucksack nach Wien bringen soll. Die alte Frau kümmert sich nach wie vor nur ums Essen; die Frau, die zweimal in der Woche kommt, um sauber zu machen, kann ihr auch nicht helfen. Also fasst sie sich ein Herz und bittet am Sonntag nach dem Essen ihren Pflegevater um Hilfe. Ein kleiner alter Koffer und eine feste Schachtel werden am Dachboden gefunden. Schuhe und Kleidungsstücke, die ihr jetzt schon zu klein sind, werden gemeinsam aussortiert, denn Ilse ist ordentlich gewachsen. Die Sachen sollen an bedürftige Kinder verschenkt werden, erklärt der Pflegevater.

Da muss Ilse an die kleine Ruth denken, ein Arbeiterkind, das sie mit ihrem Pflegevater und Madi schon zweimal am Sonntag vor dem Abendgottesdienst besucht hat. Ruth ist das jüngste Kind einer großen Familie, die vom Pflegevater regelmäßig mit Lebensmitteln und Kleidung beschenkt wird. Der Pflegevater hat Ilse erklärt, der Alkohol sei schuld daran, dass der Vater immer wieder seine Arbeit verliere. Madi mag die kleine Ruth nicht. Een lelijk kind, sagt sie immer. Sie hat recht, findet Ilse, die kleine Ruth ist ein hässliches Kind. Aber dann muss Ilse daran denken, dass sie selbst für die O ebenfalls een lelijk kind ist, und plötzlich schämt sie sich, dass sie die kleine Ruth nicht mag.

Der Pflegevater hilft Ilse beim Packen. Schokoladenstreusel, Aniszucker, Kakao und ein paar Zuckerstangen werden mit eingepackt und die Schachtel und der kleine Koffer gut zugeschnürt. Ihr Name und die Wiener Adresse werden darauf geschrieben, damit kein Gepäckstück verloren geht. Hausschuhe, Waschzeug, Unterwäsche und Nachthemd wird Ilse zuletzt in ihren Rucksack packen.

Die Namenskarte wird ihr wieder um den Hals gehängt, und der Pflegevater bringt sie zum Bahnhof, wartet auf den Zug, verstaut ihr Gepäck im Gepäcknetz und verspricht ihr, sie für den übernächsten Sommer wieder einzuladen. Keine Umarmung zum Abschied, nur ein flüchtiges Streichen über ihre Haare.

WIEN, 2022

Meine Mutter hatte mir bereits in einem Brief mitgeteilt, dass wir drei endlich Österreicher geworden waren. Gleich nach meiner Ankunft zeigte sie mir meine neu ausgestellte Staatsbürgerschaftsurkunde. Seit dem 11. Februar 1949 war ich endlich eine Österreicherin.

Verschwand dadurch das Gefühl, anders als andere Mädchen in meinem Alter zu sein? Aber es war nicht nur mein dunkler Teint, es waren auch die gar nicht bürgerliche Lebensweise und die Verachtung durch die Großmutter, die mich zur Außenseiterin werden ließen. Ohne Scham zu erzählen, dass ich jahrelang das Rotzmensch war, gelingt mir erst, seitdem ich eine alte Frau bin.

Was hat mir der Aufenthalt in Holland gebracht? Mich noch besser in jeder Situation zurechtzufinden und sie, ohne ein Theater zu machen, hinzunehmen? Zu begreifen, dass die Lebensweise in anderen Ländern sich von der in Österreich unterscheidet? Im Nu eine andere Sprache gelernt und genauso schnell Deutsch beinahe verlernt. Es war mir bei meiner Rückkehr nicht bewusst, wie viele holländische Ausdrücke ich gebrauchte, wenn ich meinte, deutsch zu sprechen. Ja, und eine ziemliche Verwahrlosung meiner Haare. Mutti musste zur Schere greifen, um einige verfilzte Haarsträhnen herauszuschneiden, bevor sie mir beim nächsten Besuch im Schwimmbad die Haare gründlich unter der Dusche wusch. Eine Menge Kleidungsstücke, aus denen ich leider schnell wieder herauswuchs. Aber was vielleicht für mein weiteres Leben einschneidend war: eine Ahnung, dass man mir etwas verschwieg, denn ich konnte die Bilder aus den Konzentrationslagern nicht vergessen.

Ich scheute davor zurück, meine Mutter zu befragen. Ich erinnerte mich noch genau daran, dass wir kurz nach dem Krieg als Nazifamilie geächtet waren, und auch daran, dass irgendwann ein Entnazifizierungsbescheid gekommen war. Seither galt meine Mutter – wie die meisten Österreicher mit Nazivergangenheit – als nicht mehr belastet.

Hatte ich während der Monate in der Schweiz Disziplin beinahe verinnerlicht, sodass mir Pflichten – wie zur Schule zu gehen und Aufgaben zu erledigen – als etwas Selbstverständliches erschienen waren, hatte ich in Holland plötzlich gelernt, wie angenehm es sich leben lässt, wenn man auf Disziplin verzichtet. Der fehlende Schulbesuch hatte ja auch zu keinerlei negativen Konsequenzen geführt, denn ich gliederte mich ohne Schwierigkeiten sofort wieder in den Schulbetrieb ein.

Nur ein einziges Mädchen aus meiner Klasse wollte ebenfalls in ein Gymnasium gehen. Wir zwei bekamen deshalb von unserer Lehrerin zusätzliche Aufgaben, die wir gemeinsam erledigten. Eine nette kurze Zweckgemeinschaft, die nur ein paar Wochen dauerte.

Anfang Juni kam dann der gefürchtete Tag der Aufnahmeprüfung: Textrechnungen, Divisionen mit Kommastellen, ein Aufsatz und eine Bildbeschreibung, daran kann ich mich noch erinnern. Erschreckt von der schier unüberschaubaren Menge an Mädchen, die zur Prüfung antraten, wurde ich beinahe mutlos. Es ging aber alles glatt, mein Name stand nach einer Woche auf der Liste der Mädchen, die die Prüfung bestanden hatten.

Wie mir meine Mutter später erzählte, war sie bei meiner Rückkehr aus Holland doch etwas besorgt gewesen, weil man mich nicht in die Schule geschickt hatte und ich erst wieder korrektes Deutsch lernen musste. Wenigstens einmal eine Stunde mit mir zu lernen wie mit meinem Bruder fand sie trotzdem unnötig.

Damals gab es in Wien nur wenige Gymnasien für Mädchen. In den Bundesländern schien die Lage noch schwieriger zu sein, darum war für die Nicht-Wienerinnen ein Internat angeschlossen. Externe und interne Schülerinnen wurden im Herbst auf vier Parallelklassen mit je mehr als fünfzig Schülerinnen aufgeteilt. Vielleicht waren für die große Anzahl nicht nur die hohen Geburtenziffern im Dritten Reich verantwortlich, sondern auch die Erfahrungen der Mütter aus der Kriegs- und Nachkriegszeit: Sollte es abermals zu der Situation kommen, dass die Frau ihre Familie erhalten muss, wäre eine gute Ausbildung von Vorteil.

Durch die Rückkehr der Männer aus der Gefangenschaft hatte die Emanzipation der Frauen einen Dämpfer bekommen. Der Beruf Hausfrau und Mutter wurde wieder aufgewertet. Ich kann mich noch gut an die regelmäßige Radiosendung für die Hausfrau erinnern, mit allerlei nützlichen Tipps für die Haushaltsführung.

Nach dem damals gültigen Familienrecht war der Mann als Familienoberhaupt dazu berechtigt, seiner Frau die Berufstätigkeit zu erlauben oder zu verbieten und den Wohnort zu bestimmen. Kam es zu einer Scheidung, blieb der Mann der alleinige Erziehungsberechtigte der gemeinsamen Kinder. In den Nachkriegsjahren war es jedoch in vielen Familien notwendig, dass die Frauen auch weiterhin arbeiten gingen. Kriegerwitwen und Frauen von Kriegsinvaliden blieb ohnehin nichts anderes übrig.

Die Ferien begannen und weitere Wochen in der Lobau folgten. Ohne Zelt, denn es gab jetzt eine Vereinshütte mit einem Matratzenlager. Wir hatten eine Ecke erobert und den Luxus von immer gleichen Decken, die wir täglich ausschüttelten und gelegentlich in die Sonne legten.

Mein Bruder und ich schwammen gerne, wir besaßen bereits Flossen, mit denen wir im Nu das Hagel durchquerten. Nur mehr selten gab es einen Streit zwischen uns. Spaßeshalber bewarfen wir uns öfter gegenseitig mit Schlamm und ließen ihn in der Sonne auf der Haut trocknen, bevor wir ihn abwuschen.

In diesem Sommer durfte ich – zwar in Begleitung meiner Mutter und eines Bekannten – das erste Mal ein Stück die Donau hinunterschwimmen. Das Ufer so rasch vorbeiziehen zu sehen war phänomenal. Es gab auf der Strecke allerdings einen gefährlichen Strudel, dem man ausweichen oder ihn flach auf dem Wasser liegend passieren musste. Vor allem die Füße sollte man unbedingt in einer Ebene zum Körper halten, um nicht vom Strudel hinabgezogen zu werden, schärfte man mir ein. Wurde man dennoch vom Strudel erfasst, müsse man sich am Grund fest zur Seite abstoßen, um ihm zu entkommen. Angeblich war an dieser Stelle erst kürzlich jemand ertrunken. Machte man mir Angst, weil ich mich im Wasser so sicher fühlte?

Erst zwei Jahre später – ich durfte schon längst allein in der Donau schwimmen – wurde das Gefühl der Sicherheit überschattet, als in der Mitte des Hagels plötzlich etwas Schwarzes vor mir aus dem Wasser ragte. Hastiges Zurückschwimmen rettete mich davor, mit dem Körper einer Ertrunkenen in Berührung zu kommen. Ich meldete den Fund, sah zu, wie die Wasserleiche geborgen wurde, und nahm mir vor, wenn ich schon einmal nicht mehr leben wollte, aus ästhetischen Gründen nicht den Tod durch Ertrinken zu wählen, denn der schwarze, aufgedunsene Körper der toten Frau blieb mir für immer im Gedächtnis.

ZWETTL, AUGUST 1949

Die Züge sind noch immer voll, aber Ilse erobert einen Sitzplatz und steht auch nicht auf, als eine Frau sie strafend mustert. Im Zug brauchst du deinen Sitzplatz nicht so wie in der Straßenbahn einem Erwachsenen überlassen, hat ihr Mutti eingeschärft. Ilse ist es trotzdem unangenehm, deshalb holt sie ihr Buch aus dem Rucksack, um zu lesen. Bald bessert sich die Situation, bei den Haltestellen steigen mehr Fahrgäste aus statt ein, und alle Zugestiegenen finden einen Sitzplatz.

In Zwettl ist alles so, als wäre die Zeit stehen geblieben. Ilse wird vom Bahnhof abgeholt und übergibt Frau Fauk Christophs Hemden und Hosen, die sich diesmal kaum dafür bedankt. Ihr Mann ist jetzt Polier und Frau Fauk putzt ganztägig im Spital und redet davon, dass ihr Mann bald anfangen wird, für seine Familie ein Haus zu bauen.

Im Grunde wird sie zur Aufsicht vom Horsti nicht wirklich gebraucht, weil der schon ganz gut allein im Hof spielen kann, und Ilse begreift, dass es wohl ihr letzter Besuch in Zwettl sein wird. Lange kann sie nicht einschlafen, denn alles, was sie mit ihrem Vati erlebt hat, hat sich hier abgespielt. Aber in der Wohnung, in der sie damals gelebt haben, wohnen längst fremde Menschen, und ihr Vati wird vielleicht doch nie mehr mit ihr weit hinein ins breite Kamptal gehen und die großen Glockenblumen mit ihr bewundern, weil er tot ist.

Auch das wunderbare Frühstück, Kakao und ein Buttersemmerl mit Marillenmarmelade, kann Ilse nicht aus ihrer düsteren Stimmung reißen. Erst als Horsti spazieren gehen möchte und erzählt, dass Manfred die Erlaubnis bekommen hat mitzugehen und Linde ausgerichtet hat, dass sie gleich nach dem Frühstück in den Hof kommen wird, und als dann auch noch Frau Fauk freundlich fragt, ob es ihr schmecke, und Ilse bemerkt, wie schön draußen die Sonne scheint, ist dann endlich alles wieder fast so schön wie bei ihrem letzten Besuch.

Heiß ist es, als sie auch diesmal mit Linde Eier holen gehen. Trotzdem genießt es Ilse, beide Buben an der Hand zu führen, obwohl das ja gar nicht mehr nötig wäre.

– Kommst du mich morgen besuchen? fragt Linde. Dann führ ich dir unser Grammofon vor.

– Muss zuerst Frau Fauk fragen. Horsti darf ich ja bestimmt nicht mitnehmen?

– Leider.

Ilse hat längst begriffen, dass Horsti nur deshalb nicht mitgenommen werden darf, weil Frau Fauk als Bedienerin und Herr Fauk am Bau arbeitet. Kein standesgemäßer Umgang für Linde, die Tochter eines Beamten, während Ilse als Tochter von Akademikern, die zwar Nazi gewesen sind, jetzt als standesgemäß gilt.

– Wohin gehen wir am Nachmittag? unterbricht Manfred Ilses Gedanken.

– Hab ich mir noch nicht überlegt, antwortet Ilse.

– Kennst du den Kreuzweg? fragt da Linde.

Ilse schüttelt den Kopf.

– Aber die Kirche am Berg, genau oberhalb der Stelle, an der die Zwettl in den Kamp mündet, die kennst du doch bestimmt?

– Doch. Aber ich glaube, ich war noch nie dort oben.

– Dann lass uns dort hinaufgehen. Zuerst zeig ich dir den Kreuzweg. Bei der Kirche hat man unter den großen Kastanienbäumen ein paar Bänke aufgestellt. Im Schatten ist es sicher angenehmer, als in der Hitze irgendwohin zu marschieren, und wir können tratschen.

– Ilse muss uns aber zuerst eine Geschichte erzählen, fordern beide Buben.

– Da schau an! Unsere zwei Streithanseln sind sich einig. Sag, warum kennst du eigentlich so viele Geschichten? will Linde wissen.

– Weil ich viel lese und mir außerdem gerne Geschichten ausmale.

Wegen der Hitze brechen sie nicht gleich nach dem Mittagessen auf, sondern bleiben eine Weile im schattigen Hof. Bei der Scheune hat Manfred aus Holzbrettern ein Schiff gebaut. Ilse muss sofort an die vielen Schiffe denken, die in Zaandam Lasten transportiert und einmal den Sinterklaas mit seinem Zwarte Piet nach Zaandam geführt haben. Davon erzählt sie, und alle hören andächtig zu.

– Die Leute haben wirklich den Lebkuchen vom Boden aufgehoben und gegessen? empört sich Linde.

– Ich hab meinen Lebkuchen in die Hand gedrückt bekommen, verteidigt sich Ilse. Aber, denkt sie, ich hätte auch den vom Boden aufgehobenen ohne Zögern gegessen.

Als sie den Kreuzweg hinaufgehen, bleibt Linde bei jeder Station stehen, macht das Kreuzzeichen und murmelt ein Gebet. So bleibt Ilse Zeit, die Bilder genauer zu betrachten. Dass Menschen einen unschuldigen Menschen quälen, ist schlimm genug, aber es auch noch in Bildern festzuhalten empört sie.

– Damit wir Menschen immer daran denken, was er für uns erlitten hat, erklärt ihr Linde.

Trotzdem ist Ilse froh, dass in ihrer Kirche kein einziges Bild hängt.

– Hängen in der katholischen Pfarrkirche auch Bilder?

– Ja, jede Menge.

– Nimmst du mich einmal zu einem Gottesdienst mit?

– Es gibt keine Gottesdienste, belehrt sie Linde. Nur Messen und Andachten. Und eine Ungläubige mitzunehmen ist bestimmt eine Todsünde.

– Ich bin keine Ungläubige.

– Streitet nicht, greift Manfred ein.

– Wann gehst du denn wieder in die Kirche? fragt Ilse.

– Heute Abend.

– Nimmst du mich mit?

– Gut, sagt Linde nach einer Weile. Du sagst es aber nicht meinen Eltern.

– Einverstanden.

Und dann erzählt Ilse den Buben, die schon ungeduldig darauf warten, die Geschichte von einem kleinen Mädchen, das Heidi heißt.

Während sie nach Hause gehen, fallen Ilse die abgebildeten Holzschnitte in einem von Vatis Büchern ein. Da waren doch auch die sieben Todsünden dargestellt: Geiz, Neid, Hochmut, Völlerei, Habgier, Wollust und Zorn. Als Evangelische in eine katholische Kirche zu gehen kann also gar keine Todsünde sein. Das muss sie Linde, sobald sie allein sind, unbedingt sagen.

Am Abend betreten die zwei Mädchen die Pfarrkirche. Ilse fühlt sich unbehaglich und ist froh, dass sie in der vorletzten Reihe Platz nehmen. Sie passt gut auf, versteht aber kein Wort von dem, was der Geistliche vorne beim Altar sagt. Auf ihre Frage flüstert ihr Linde zu, dass alle katholischen Pfarrer die Messe in Latein halten. Auf die Frage, ob sie Latein verstehe, schüttelt Linde nur den Kopf.

Schön ist das Innere der Kirche. Am besten gefallen Ilse die Glasfenster und der Altar. Auch die vielen Bilder stören sie jetzt nicht. Wenn man schon nichts davon versteht, was der Pfarrer redet, kann man wenigstens die Bilder betrachten.

WIEN, 2022

Ein neuer Schulweg und eine neue Schule. Ich besuchte die 4d, war eine von 52 Schülerinnen. Engagierte Professorinnen und ein Professor versuchten uns ihr Wissen zu vermitteln, was wegen der viel zu großen Schülerzahl einige restlos überforderte. Die Menge an Gegenständen mit ihren unterschiedlichen Anforderungen verwirrte mich. Dazu kam der nüchterne Frontalunterricht der Lehrkräfte, die nur mit Strenge die Schülerinnen im Zaum halten konnten. Statt zuzuhören, tauchte ich in meine Fantasiewelt ab oder nahm mir ein Buch von zu Hause mit, um darin unter der Bank zu lesen. Ich begann Hefte mehr als nachlässig zu führen und erledigte höchst selten Aufgaben. Deshalb häuften sich die Rügen im Mitteilungsheft, die unterschrieben werden mussten. Meine Mutter, die sich bis jetzt völlig darauf verlassen hatte, dass ich keine Probleme in der Schule machte, fing nicht an, sich wenigstens ein bisschen um mich zu kümmern, sondern begann mich nach jeder Mitteilung zu schlagen. Zuerst gab es nur Ohrfeigen ins Gesicht, dann griff sie zum Teppichpracker. Das tat weh. Hinterließ Spuren. Da der Turnsaal in der Schule aber noch voll Schutt war und es deshalb kein Turnen gab und ich auch strafweise nicht mit zum Schwimmen gehen durfte, fiel es niemandem auf. Zweimal ließ ich es mir gefallen, weinte nicht, zeigte aber auch keine Reue. Das dritte Mal entriss ich meiner Mutter den Pracker und brachte es in meinem Zorn fertig, ihn zu ruinieren. Gleich darauf brach alles, was ich als Unrecht empfunden hatte, aus mir heraus: Nie habe sie mich gegenüber der O verteidigt, nie habe ich nach der Schule zu Hause sein dürfen, dauernd wurde ich verschickt, stets habe sie sich bloß um meinen Bruder, nie jedoch um mich gekümmert.

Sie sagte nichts, aber es wurde kein neuer Teppichpracker angeschafft und ich wurde nie wieder geschlagen. Um nicht länger Ermahnungen zu bekommen, arrangierte ich mich mit den Anforderungen: Statt ein Heft nachzuschreiben, begann ich mit einem neuen. Aufgaben erledigte ich wenigstens gelegentlich. Nach einem „Nicht genügend" bei einer Schularbeit oder Prüfung vertiefte ich mich kurzzeitig in den Stoff und erhielt danach einige „Sehr gut". Jetzt lautete meine Einstufung nicht mehr „gehört wegen mangelnder Reife nicht ins Gymnasium", sondern „sie kann ja, wenn sie will", also undiszipliniert, aber sehr intelligent. Mit diesem Ruf schaffte ich mit wechselndem Erfolg die nächsten Schuljahre, las mich unter der Bank durch die Weltliteratur, aber fing gelegentlich doch bei manchen meiner Professorinnen an, mich für das zu interessieren, was sie uns vermitteln wollten.

Weihnachten verbrachten wir diesmal in der Schutzhütte am Stuhleck, die auf 1782 Metern Höhe ungeschützt am Gipfel steht. Der Sturm blies in der Nacht Schnee durch die Ritzen ins ungeheizte Matratzenlager. Wir drei lagen dicht aneinandergedrängt, um nicht zu frieren. Tagsüber fuhren wir immer zuerst ein gutes Stück talwärts, um dem Sturm zu entgehen. Wenn wir dann am späten Nachmittag mit den Skiern hinauf zur Hütte stapften, kamen wir verschwitzt an. Die Skier in den Abstellraum, den Schnee gründlich abkehren und rein in die warme Gaststube. Noch immer galt es zu sparen, also gab es höchstens eine Suppe. Dazu aßen wir Brote aus unserem eigenen Proviant, was damals in Hütten erlaubt war. Der Wohlstand hatte noch nicht um sich gegriffen, umso mehr genossen wir es, wenn uns von unserer Mutter gelegentlich Kaiserschmarren mit Kompott spendiert wurde.

Vermutlich waren wir immer nur zwischen Heiligabend und Neujahr Ski fahren. Zwar hatte unsere Mutter jetzt schon Anspruch auf 12 Werktage Urlaub, einen Teil davon wollte sie aber jedes Mal im Sommer verbrauchen. Die Wochenarbeitszeit betrug noch immer 48 Stunden, wobei der gesetzliche Anspruch auf einen freien Samstag in jeder zweiten Woche erst 1959 in Kraft trat. Es war wohl durch eine innerbetriebliche Vereinbarung meiner Mutter möglich, bereits ab 1950 diesen Luxus zu genießen. Zwar hatten wir Samstag immer Schule, aber danach brachen wir oft zu einem längeren Ausflug auf, um in Schutzhütten oder in der warmen Jahreszeit bei Bauern im Heu zu übernachten. Um meine Rolle als Außenseiterin nicht noch mehr einzuzementieren, erzählte ich klugerweise meinen Mitschülerinnen nie etwas von unserer wenig bürgerlichen Lebensweise.

Kurz nach Weihnachten kam ein Brief aus Holland mit einer Einladung, den nächsten Sommer mit meiner Pflegefamilie am Meer zu verbringen. Abermals schaffte es meine Mutter, dass ich mit einem Kindertransport kostenlos mitfahren durfte. Zwar würde ich sowohl die letzte als auch die erste Woche in der Schule versäumen, was mich selbstverständlich nicht im Geringsten störte. Ich bekam sogar vorzeitig mein Zeugnis ausgestellt. Es war positiv, aber absolut nicht schön. Erst viele, viele Jahre später durchblätterte ich lächelnd die schlechten Zeugnisse meiner Eltern, die sie fein säuberlich aufbewahrt hatten. Der Apfel fällt nicht weit vom Stamm, musste ich denken, und dass es mir – im Gegensatz zu meinem späteren Leben – nur in den paar Jahren meiner Gymnasialzeit vergönnt gewesen war, ein wenig undiszipliniert zu sein.

Meine Mutter sahen wir jetzt unter der Woche oft nur kurz oder gar nicht. 48 Stunden Arbeitszeit, fast zwei Stunden täglich auf dem Fahrrad zur Arbeit und zurück, die Sprachkurse – zu ihren Russischkursen gesellte sich einer in Italienisch –, dazu kamen Turnen, Schwimmen, Sauna. Wer Einblick in das Leben meiner Mutter gewann, schätzte ihre Energie und bewunderte sie auch dafür, dass sie ihre Kinder so selbständig und tüchtig erzogen hatte.

Das Nicht-zu-Hause-sein-Dürfen hatte jetzt ein Ende. Der Besuch des Realgymnasiums gab mir das Recht, daheimzubleiben, um meine Aufgaben zu erledigen und zu lernen. So war auch der folgende Sommer der letzte, in dem ich weggeschickt worden bin.

HOLLAND, SOMMER 1950

Fast alle Kinder im Transport sind schon einmal in Holland gewesen, haben noch Reste der Sprache im Kopf, werden sie wie Ilse nach ein paar Tagen wieder sprechen können.

Der Pflegevater holt Ilse ab, die Pflegemutter, die bei ihrer Ankunft in der Küche arbeitet, begrüßt sie lächelnd. Eine hübsche Frau, ein wenig rundlich, von einer ruhigen Freundlichkeit mit einer gewissen Distanz zu ihren Kindern und natürlich auch zu Ilse. Madi freut sich am meisten über das Wiedersehen.

Ilse ist jetzt elf, ein Alter zwischen Kindheit und Jugend. Knut ist mehr denn je an seiner Pflegeschwester interessiert, während Piet als Jugendlicher kein Vergnügen mehr daran findet, Ilse unterm Tisch gegen das Schienbein zu treten. Madi wird im Herbst in die Schule gehen. Sie zeigt Ilse stolz ihre neue Schultasche und erzählt ihr ganz aufgeregt, dass sie am kommenden Sonntag einen Ausflug nach Amsterdam machen werden.

– Du musst wenigstens Amsterdam kennenlernen, bevor wir ans Meer fahren, ergänzt der Pflegevater das Geplapper seiner Tochter.

Es geht jetzt beim Essen weniger steif zu, findet Ilse. Wenn die Gespräche zu laut werden, denn jetzt dürfen die größer gewordenen Kinder bei Tisch reden, genügt ein Blick ihrer Mutter und die Unterhaltung wird leiser fortgeführt.

Amsterdam! Alle vier Kinder am Rücksitz. Wie immer erobert Ilse keinen Eckplatz, sie sitzt zwischen Knut und Madi. Nicht so schlimm, denn sie ist im letzten Jahr um mindestens 10 cm größer geworden, während Madi kaum gewachsen ist. Die Entfernung von Zaandam nach Amsterdam ist nicht groß, sie sind im Nu dort. Der Pflegevater weist bei einer ausgiebigen Rundfahrt auf jedes wichtige Gebäude und die vielen Kanäle und Brücken hin. Der Höhepunkt für die Pflegegeschwister und Ilse stellt aber danach der Besuch eines Lokals dar, in dem eine kleine Kapelle Musik macht. Fremdartige, nie gehörte Musik. Ilse kann den Blick von den Männern nicht abwenden, hört voll Staunen zu, und da wendet sich Piet das erste Mal an Ilse und erklärt ihr auf Deutsch: Das ist Jazz.

Erwachsene und Kinder trinken Coca Cola und essen dazu ein durchgeschnittenes weiches Laibchen. Ilse klappt es neugierig auf: Flachgedrücktes Faschiertes und Zwiebelringe liegen im Inneren.

Als Ilse so wie die anderen alles bis auf die letzten Brösel aufgegessen hat und sie sich richtig wohl fühlt, entdeckt sie neben sich auf der roten Lederbank eine Illustrierte. Sie wischt sich sorgfältig mit der Papierserviette Mund und Hände ab und schlägt die Zeitschrift in der Mitte auf: eine Doppelseite mit genauso entsetzlichen Bildern wie jenen, die sie bei ihrem ersten Besuch in Holland so erschreckt haben. Menschen liegen dicht nebeneinander am Boden. Sind sie tot? Ilse fährt sich vor Schreck mit der Hand zum Mund und hört, wie Piet ihr zuflüstert: Deutsche.

– Tot? fragt sie ihn und er nickt.

– Warum?

Bevor Piet antworten kann, wird der Pflegevater auf ihn und Ilse aufmerksam. Er klappt die Illustrierte zu und streicht über Piets rote Haare. Ilse sitzt noch immer wie erstarrt da, bis Madi etwas von ihr will und sie sich ihr zuwendet.

Während der Heimfahrt erfahren die Kinder von ihrer Mutter, dass diesmal Ruth, das Kind aus der Arbeiterfamilie, ebenfalls mit ihnen ans Meer fährt. Sofort protestieren ihre drei Kinder. Ruhig erklärt ihnen die Mutter, dass Ruth noch nie am Meer gewesen sei und dass sie deshalb erwarte, dass ihre Kinder besonders nett zu der Kleinen seien. Der Protest verstummt, aber an den Gesichtern der Pflegegeschwister kann Ilse ablesen, dass sie Ruth nicht mögen. Haben sie auch so ein Gesicht gemacht, als sie erfahren haben, dass sie eingeladen worden ist?

In den nächsten Tagen wird gepackt, auch Ilse soll alles mitnehmen, denn sie wird nach den Wochen am Meer zum Bruder ihres Pflegevaters gebracht, der in der Nähe von Utrecht wohnt. Madi protestiert nicht lange, denn sie hat jetzt schon zwei Freundinnen und ihre Mama.

Die Übersiedlung mit zwei Erwachsenen und fünf Kindern samt dem umfangreichen Gepäck und Proviant wird vom Pflegevater genauestens geplant. Zuerst wird er seine Frau und die zwei Buben samt so viel an Lebensmitteln und Gepäck, wie im Auto Platz hat, ins Ferienhaus bringen. Am nächsten Tag wird er die Mädchen und das restliche Gepäck holen.

– Kannst du allein für dich und Madi Abendessen und Frühstück richten? fragt der Pflegevater Ilse, die nickt bloß. Du brauchst nicht abzuwaschen, das besorgt die Frau, die nächste Woche kommt, um alles sauber zu machen.

Diesmal dauert die Fahrt länger. Madi weigert sich, neben Ruth zu sitzen, sodass Ilse wiederum den Platz in der Mitte einnimmt. Es gibt aber ohnehin nur die gewohnte Landschaft zu sehen. Felder, Kanäle und gelegentlich eine riesige Windmühle, deren Flügel sich bedächtig drehen.

– Wann kommen wir endlich zum Meer? fragt Ilse.

– Zuerst fahren wir zum Haus, dann wird gegessen und nachher fahre ich mit euch Kindern mit dem Auto zum Strand.

– Liegt das Haus nicht am Meer? fragt Ilse.

– In den Dünen. Es gibt aber von dort einen Fußweg zum Meer.

– Wenn wir zum Meer fahren, bekommen wir dann Pommes frites? bettelt Madi.

Was möchte Madi unbedingt haben? wundert sich Ilse, denn sie hat das Wort noch nie gehört. Ilse sieht im Rückspiegel, wie ihr Pflegevater lächelt, aber er sagt nichts.

Sandhügel tauchen auf, und sie biegen von der asphaltierten Straße ab und folgen einem holprigen Weg hügelauf und hügelab. Viel wächst hier nicht: ein paar Disteln und hin und wieder ein kleiner Strauch. Kleine Häuser liegen entlang des Wegs und wenig später bleiben sie vor einem weiß gestrichenen Holzhaus stehen.

Die Pflegemutter nimmt Madi zur Begrüßung kurz hoch, lächelt Ilse an und gibt Ruth die Hand. Der Pflegevater hat inzwischen bereits mit dem Ausladen begonnen. Ilse schnappt ihren Koffer, die Pflegemutter den Stoffsack von Ruth und gemeinsam gehen sie ins Haus, durchqueren eine Küche mit einem großen Essplatz und betreten einen Schlafraum, in dem drei Stockbetten stehen.

– Oben schlafen die Buben, unten die Mädchen, erklärt die Pflegemutter.

Ilse wählt das mittlere Stockbett, schiebt ihren Koffer unter das Bett und geht zurück in die Küche, wo ihr die Pflegemutter die ersten Anweisungen gibt: Wir essen draußen. Der Essplatz ist hinter dem Haus. Kannst du das Tablett mit den Bechern und Tellern und dem Besteck hinaustragen und den Tisch decken?

– Gerne, sagt Ilse und ist froh, dass sie bereits wieder jedes holländische Wort versteht und halbwegs auf Holländisch antworten kann.

Nach dem Essen, Nudeln mit einer roten Sauce, möchte Ruth bei der Pflegemutter bleiben, während der Pflegevater seine drei Kinder und Ilse im Auto verstaut. Zurück geht es zur asphaltierten Straße. Nach wenigen Minuten passieren sie eine schmale Durchfahrt zwischen den Dünen, fahren an ein paar Gebäuden vorbei, und dann liegt der breite Sandstrand vor ihnen und dahinter eine riesige Wasserfläche, mehr grau als blau, aber die Sonne hat sich gerade hinter den Wolken versteckt.

Sie steigen aus, stapfen ein Stück den Sandstrand entlang und beobachten die sich überschlagenden, schäumenden Wellen. Piet zeigt Ilse eine Qualle, die am Strand liegt, und erklärt ihr, dass man aufpassen müsse, weil man von einer bestimmten Art einen Ausschlag bekommt. Weil Madi nicht aufhört, wegen der Pommes frites zu betteln, kehren sie nach einer Weile um und steuern zielstrebig eines der niederen Gebäude an, in dem in einem großen Behälter mit Öl Pommes frites knusprig gebacken werden. Der Pflegevater bestellt, und zwei Männer füllen in fünf kleine Papiertüten längliche Kartoffelstücke und bestreuen sie zuletzt mit Salz. Madis Flehen um eine zweite Tüte wird vom Pflegevater mit einer Handbewegung gestoppt, bevor er zahlt und seine eigene Tüte nimmt.

Ilse kostet das erste Stück: Pfui, ist das salzig. Knut nimmt ihr die Tüte ab und zeigt ihr, wie man sie schüttelt, damit sich das Salz verteilt.

– Gut? fragt er, als Ilse das nächste Stück in den Mund steckt. Ilse nickt und schenkt ihm ein Lächeln.

Obwohl sie sich bemüht, langsam zu essen, um den Genuss zu verlängern, ist die Tüte genauso wie bei ihren Pflegegeschwistern im Nu leer.

WIEN, 2022

Die Faszination, die ich beim ersten Anblick des Meeres empfand, wiederholte sich bei jedem meiner Aufenthalte am Meer. Ob Atlantik, Mittelmeer oder Ostsee, jeder Aufenthalt tat nicht nur meinen geschädigten Lungen gut, er machte mich auch physisch und psychisch fit. Anders als die geliebten Berge, deren Schönheit ich immer genoss, aber deren Bezwingung oftmals eine Herausforderung für meine Kräfte darstellte.

Der Wunsch, nach zwei Covid-19-Jahren nochmals ans Meer zu fahren, ließ sich in letzter Zeit kaum mehr unterdrücken, und prompt stellte sich der seit meiner Kindheit wiederkehrende Traum ein: Hand in Hand gehe ich am Strand der Brandung entlang. Lange Zeit war es die Hand meines Vaters, dann die eines Geliebten. Welche nicht erfüllte Sehnsucht manifestierte den Traum? Die nach einer absoluten Liebe, die es im Leben nicht gibt, oder die, noch einmal jung zu sein und das Gefühl so intensiv wie damals zu empfinden? Gelenke nützen sich ab, selbst der Verstand scheint es gelegentlich zu tun, wenn einem ein Wort partout nicht einfallen will. Wenigstens meine Sehnsüchte sind mir geblieben.

Als ich träumte, dass wir
Hand in Hand am Strand
der stürmisch grauen
Nordsee entlanggingen,
wollte mir mein Herz
vor Glück zerspringen.

Als wir jedoch stehen blieben,
um einander anzusehen,

versagte mein erschrockenes
Herz mir beinahe seinen Dienst,
denn plötzlich warst du
so jung wie einst.

Als sich die Tränen
ihren Weg über
meine schlaffen
Wangen bahnten,
löste ich taumelnd
meine Hand aus der
deinen und lief und lief
und lief den endlosen
Sandstrand entlang,
bis sich der anbrechende
Morgen meiner erbarmte.

Der zweite Aufenthalt in Holland verlief problemlos. Kein Sturzflug eines verängstigten Kindes ins Unbekannte. Alles bis auf das Meer bereits vertraut, alles entspannt. Selbst die Beziehung zu Piet hatte sich eingerenkt. Beide waren wir älter geworden, und vielleicht hatte Piet begriffen, dass ein zu Kriegsbeginn geborenes Mädchen nicht haftbar gemacht werden darf für die Verbrechen der Nationalsozialisten. Dass es keine Erbschuld gibt, weil jedes Kind durch die Taufe von seiner Erbschuld befreit wird? Nicht die Taten anderer Menschen sind ab der Taufe der Maßstab, sondern die Lehre Christi, las ich irgendwo. Eine moderne Auslegung? Und wie steht es mit der Erbsünde, die uns eine von uns Frauen eingebrockt hat, damit alle Frauen von da an nur mehr sündige Kinder gebären können? Schluss mit solchen Gedanken, sage ich mir, sei froh, dass es keine Scheiterhaufen für Ketzerinnen gibt.

Selten brachen wir mit unserer Pflegemutter zum Meer auf, zu heiß und zu lang war der Weg vor allem für die kleine Ruth. Mir wurde während der wenigen Badetage beigebracht, dass dem Meer nicht zu trauen ist und es Strömungen gibt, die Menschen hinaus ins Meer tragen. Meine Pflegemutter überwachte uns, ging aber selber nie ins Wasser. Piet konnte schwimmen, Knut ein wenig. Die Wellen machten es ihm nicht leicht, besser schwimmen zu lernen, denn das Salzwasser schmeckte ekelhaft. Madi spielte nach wenigen Tagen bereits recht gern mit Ruth, die ihr devot aufs Wort folgte. Die innige Bindung zwischen mir und ihr, die beim vorigen Aufenthalt entstanden war, setzte sich nicht fort.

Deshalb war ich an den Tagen, an denen wir nicht am Meer waren, oft mit den Buben unterwegs. Wir erklommen die höchsten Dünen, rutschten an den steilsten Stellen hinunter. Gelegentlich gab es Motocross-Rennen, die wir gebannt beobachteten. Piet war unser Anführer, dem Knut und ich folgten. Wobei er seine Befehle meist nur an Knut richtete statt an uns beide. Aber immerhin, ich wurde geduldet.

Zwei Wochen vor meiner Rückkehr nach Wien brachte mich mein Pflegevater wie versprochen zu einem Bruder in der Nähe von Utrecht. Eine Reihenhaussiedlung, in der ebenfalls einige Familien aus den früheren niederländischen Kolonien lebten.

Als mich mein Pflegevater bei meiner neuen Pflegemutter ablieferte, schaute sie mich entsetzt an, worauf mein Pflegevater lachend etwas von Sonne und Meer sagte. Braungebrannt, wie ich war, kam ich offensichtlich in den Verdacht, ein Mischlingskind oder gar ein Kind aus den Kolonien zu sein. Für die Frau anscheinend das Schlimmste, was es gibt. Ihre drei Kinder, alle jünger als ich, durften nur im Haus und im kleinen schmalen Garten spielen, keineswegs auf der Gasse, denn dort spielten die fröhlichen Kinder mit ihrer dunklen Hautfarbe. Offensichtlich war den drei Kindern verboten worden, mit mir zu reden, denn sie gaben mir nie eine Antwort, wenn ich sie etwas fragte. Vor jeder Mahlzeit, auch vor dem Frühstück und der Jause, wurde nach den Gebeten eine längere Stelle aus dem Alten Testament vorgelesen.

Die Bücher von Johanna Spyri hatten mir eine andere Haltung gezeigt, wie Christen leben sollten, deshalb war ich über die Vorurteile meiner Pflegeeltern empört, für die ihre dunkelhäutigen Nachbarfamilien Menschen zweiter Klasse waren. Aber selbstverständlich machte ich kein Theater. Meiner Bewegungsfreiheit beraubt und ohne Lesestoff der Langweile ausgeliefert, war ich froh, als mich mein Pflegevater endlich abholte. Wir fuhren mit dem Zug nach Zaandam – die Familie war noch immer am Meer – und ich fuhr zurück nach Wien, ohne sie noch einmal wiederzusehen. Meine späteren Briefe wurden nicht mehr beantwortet.

WIEN, 2022

Mich in die Zeit meiner Kindheit zurückzuversetzen lenkt von gesundheitlichen Problemen ab. Aber wer hat die nicht mit bald 84 Jahren. Und mach nicht so ein Theater. Noch immer klingt die verinnerlichte Ermahnung meiner Mutter in mir nach. Mit der Wirkung, zu streng mit mir, zu streng mit anderen zu sein?

So wie die meisten Menschen empfinde ich das anbrechende dritte Jahr der Pandemie als beschwerlich. Sorgen bereitet mir, dass immer mehr Impfgegner gewalttätig werden und sich mit Opfern des Holocaust gleichsetzen. Was für eine Verunglimpfung der Menschen, die vom Naziregime verfolgt, gequält und ermordet wurden!

Liegt eine der Ursachen dafür, gegen Ratschläge von Ärzten und Wissenschaftlern zu opponieren, darin, dass immer schon ein unterschwelliges Misstrauen bei Teilen der Bevölkerung gegenüber den „Großkopferten" geherrscht hat? Aber es sind ja nicht nur weniger Gebildete, die gegen notwendige Maßnahmen demonstrieren, sondern viele andere, die glauben, ihre Freiheit werde beschnitten. Der Gedanke, dass es eine uneingeschränkte persönliche Freiheit in einer Gesellschaft nicht geben kann, weil sie sonst die Freiheit anderer Menschen einschränkt, dürfte ihnen fremd sein.

Erschreckend finde ich, dass nach beinahe 77 Jahren Demokratie Kräfte aufflackern, die von einer 3. Republik träumen, in der unter dem Deckmantel, eine direkte Demokratie installieren zu wollen, das Parlament entmachtet und durch populistisch initiierte Volksabstimmungen ersetzt werden soll. Werden wieder Menschen denen folgen, die am eloquentesten sind oder zumindest am lautesten schreien und sich in den Medien am besten darstellen? Das Radio wurde bei den Nationalsozialisten zur Indoktrinierung der Massen erfolgreich eingesetzt. Jetzt sind die Möglichkeiten der Manipulation durch die sozialen Medien noch weit effizienter geworden.

Wie leicht haben sich Menschen in der Zwischenkriegszeit verführen lassen, wie leicht könnte es wieder passieren. Aber es gibt doch soziale Netze, die das Schlimmste verhindern und die es damals nur in einem viel geringeren Ausmaß oder gar nicht gegeben hat. Werden trotzdem abermals die Schafe den Wölfen folgen?

Das Leben in der westlichen Wohlstandsgesellschaft auf Kosten der Bevölkerung in der Dritten Welt und auf Kosten der Natur ist seit der Nachkriegszeit nicht gerade optimal gelaufen, weshalb sich eine Menschheit, die überzeugt war, alles im Griff zu haben, mit der Tatsache konfrontiert sieht, wie stümperhafte Zauberlehrlinge agiert zu haben, die sich gleich mehrere Bedrohungsszenarien eingehandelt haben, die durch den Krieg in der Ukraine, die Inflation und die Energiekrise noch verstärkt werden.

Anfang der 50er Jahre war, wie von den westlichen Alliierten schon länger befürchtet, in Europa der Eiserne Vorhang errichtet worden. Österreich hatte noch immer keinen Staatsvertrag und war weiterhin von den Alliierten besetzt. Die Bedrohung durch den Kalten Krieg und die Machtübernahme der Kommunisten in den russisch besetzten Gebieten dämpfte den aufkeimenden Optimismus.

Trotzdem wurde es im dunklen Nachkriegswien allmählich heller. Erste Reklametafeln wurden montiert und aus den Glasvitrinen der unzähligen kleinen und größeren Kinos blickten die Stars von damals die Kinobesucher an: Rudolf Prack, Sonja Ziemann, Karlheinz Böhm, Adrian Hoven, O.W. Fischer, die junge Romy Schneider und viele, viele andere. In den Auslagen verschwanden die Attrappen aus Pappe und machten realen Warenangeboten Platz. In den Geschäften gab es bereits eine kleine Auswahl an Süßigkeiten, an Bekleidung und Schuhen, die jede Frau und jeder Mann ohne Marken oder Vormerkschein kaufen konnte, wenn er oder sie nur genug Geld hatte, was freilich bei den meisten noch immer nicht der Fall war. Die Not der Kriegs- und Nachkriegszeit hatte die Menschen für eine Weile gleicher gemacht. Jetzt wurden die Unterschiede wieder deutlicher, denn schon verfügten einige wenige über mehr Geld. Es gab in meiner Klasse bereits ein paar Mädchen, die sich besser und hübscher kleideten als die anderen.

In Amerika gesammelte Kleiderspenden landeten zur Verteilung in den amerikanisch besetzten Zonen von Wien. Meine Mutter bekam mehrmals die Erlaubnis, Kleidung für mich auszusuchen, denn ich war gewachsen und nichts passte mir mehr. Zu zweit durchwühlten wir den am Fußboden liegenden Kleiderberg. Es war mühsam, denn offensichtlich hatten die Amerikanerinnen hauptsächlich Ballkleider in ihren Kästen ausgemustert und gespendet. Oft lohnte sich die Mühe dann aber doch: Ein geblümtes Sommerkleidchen hat mich lange begleitet.

Der Lohn, der meiner Mutter als Facharbeiterin ausbezahlt wurde, war bescheiden. Lohn und nicht Gehalt, denn es gab in einer Zeit, in der die Anzahl der Arbeiter höher als die der Angestellten war, noch eine deutliche Schlechterstellung der Arbeiter im Ansehen, in der Entlohnung und in den Rahmenbedingungen ihrer Kollektivverträge. Ich war es gewohnt, dass wir sparen mussten, und tröstete mich mit der aus Büchern übernommenen Überzeugung, dass es ein Zeichen niedriger Gesinnung sei, Geld und Besitz hoch zu schätzen. Bestärkt darin wurde ich im Laufe des Winters durch den Besuch zahlreicher Theaterstücke im Burgtheater.

Ich kann mich noch gut daran erinnern, wie ich mich mit meiner Mutter das erste Mal für Stehplatzkarten anstellte. Da das Gebäude am Ring noch zerstört war, mussten wir bis zum weiter entfernten Ronacher gehen, dem Ausweichquartier des Burgtheaters, einem ehemaligen Varietétheater. Schillers „Räuber“ wurden gespielt und ich war begeistert. Der von Burgschauspielern gesprochene Text klang noch Stunden später mit seiner wunderbaren Sprachmelodie in mir nach. Selbstverständlich vermeinte ich auch in den Stücken, die ich später sah – neben den deutschen Klassikern wurde hauptsächlich Shakespeare gespielt –, dieselbe Botschaft herauszuhören: Es kam auf die inneren Werte, den edlen Charakter an. Die Aussage veränderte sich ein wenig, je mehr Stücke ich kennenlernte, wurden doch Männer, die den Reichtum und die Macht ihrer Vorfahren zu vermehren wussten, durchaus als klug und verantwortungsvoll hingestellt. Aber das waren Männer. Mädchen dagegen stand es an, sich bescheiden zu zeigen und nicht an ihren eigenen Vorteil zu denken. Wenn die Freude am Besitz doch einmal durchbrach und ein Gretchen nach dem Schmuckkästchen greifen ließ, wurden die negativen Folgen drastisch geschildert. Aber Gretchen war dumm, an ihr durfte sich kein vernünftiges Mädchen der Nachkriegszeit ein Beispiel nehmen. Es müsste andere Möglichkeiten geben, überlegte ich, als ich wieder einmal mit sehnsüchtigem Blick vor einer Auslage stehen blieb, nicht dauernd nach Geld und Besitz zu gieren, aber im Leben doch eine ausreichende Menge davon zur Verfügung zu haben.

WIEN, OKTOBER 1950

– Du fährst mit dem J-Wagen bis zum Ring, steigst dort in einen Ringwagen Richtung Schottenring ein, wechselst dort in eine der Straßenbahnen, die nach Stammersdorf oder Strebersdorf fahren, steigst aber bereits am Floridsdorfer Spitz aus. Dort befindet sich die Haltestelle des Autobusses nach Korneuburg. Verstanden?

Ilse sitzt bereits im Ringwagen. Es ist Sonntag, und sie wiederholt Muttis Anweisungen im Kopf. Da gibt es so viele Ungewissheiten. Von wo genau fährt die Straßenbahn nach Stammersdorf oder Strebersdorf weg und wo muss sie die Fahrkarte für den Autobus lösen?

Christoph hat ihr befohlen, sich zu beeilen, weil sie mit dem Fahrrad viel schneller in Korneuburg sein werden als sie mit der Straßenbahn und dem Bus. Fast wie neu schaut Christophs Fahrrad aus. Der Mechaniker, der sich um Muttis Fahrrad kümmert, hat ein altes Fahrrad frisch lackiert und überholt. Sie wird auch ein Fahrrad bekommen, wurde ihr versprochen, aber erst an ihrem zwölften Geburtstag im April, weil sie im darauffolgenden Juli mit den Fahrrädern ans Meer fahren. Christoph wird ihr das Radfahren beibringen. Es sei nicht schwer, hat er gesagt, trotzdem plagt sie seit damals die Furcht, es womöglich nicht zu schaffen. Sie ist doch so patschert, wie alle sagen.

„Floridsdorfer Spitz“ schreit da der Schaffner, und sie steigt rasch aus und macht sich auf die Suche nach der Autobushaltestelle. Ein paar Leute stehen in der Nähe einer Tafel mit einem H. Ilse schaut sich zögernd um, holt tief Luft und formuliert dann die umständlich höfliche Frage: Bitte, können Sie mir sagen, ob das die Haltestelle für den Autobus nach Korneuburg ist?

– Ja, mein Kind, das ist richtig, antwortet eine Frau.

Dass der Autobus nur bis Korneuburg fährt, beruhigt Ilse, denn dann muss sie nicht nochmals fragen, sondern kann dann aussteigen, sobald alle Fahrgäste aussteigen.

Mutti und Christoph warten tatsächlich bereits auf Ilse. Sie schieben die Fahrräder bis zum Ortsende, denn eigentlich ist es verboten, ein so großes Kind am Gepäckträger des Fahrrads mitfahren zu lassen. Auf der kleinen Nebenstraße nach Loosdorf werde aber bestimmt kein Gendarm stehen, meint Mutti. Ilse setzt sich aufs Rad, hält sich bei Mutti an und spreizt die Beine weit weg. Schon nach ein paar Minuten tut ihr der Popo vom harten Gepäcksträger weh. Aber angeblich ist es nicht weit bis nach Loosdorf. Dort kennt Mutti eine Bäuerin, die ihnen erlaubt, die Fahrräder im Hof einzustellen, damit sie nicht gestohlen werden. Absperren helfe nicht, auch abgesperrte Fahrräder würden gestohlen. In der letzten Zeit kämen öfters Diebe mit einem Pritschenwagen, würden die abgesperrten Räder aufladen und davonfahren, hat Christoph seiner Schwester erklärt.

Durch Weingärten führt der Weg stetig bergauf. Die Weinlese ist längst vorbei. Vergebens schauen die drei, ob wenigstens ein paar Trauben vergessen worden sind. Bei einem großen Nussbaum wird Halt gemacht, getrunken, ein Schmalzbrot gegessen, Nüsse werden aufgelesen und im Rucksack verwahrt. Jetzt muss Mutti auch noch die Nüsse schleppen, aber die Angst, dass die Nüsse am Rückweg von jemand anderem bereits eingesammelt sein könnten, macht vorsichtig. Was ma ham, des ham ma, ist die Devise.

Danach wandern sie am Kamm zur Burg Kreuzenstein, umrunden die abgesperrte Burg und drehen dann um. Mutti möchte noch Fallobst von den Apfelbäumen neben der Straße aufklauben, und Ilse darf ihren Autobus nicht versäumen.

Als Ilse nach Hause kommt, sind der Kaiserschmarrn und das Apfelkompott schon fertig. Muttis Fahrrad steht im abgesperrten Hof, sie hat dafür eine Erlaubnis bekommen, Christoph hat sein Fahrrad jedoch bis auf den Dachboden schleppen müssen.

Ausnahmsweise können sie in Ruhe im Wohnzimmer essen, denn die O ist von ihrem Spaziergang noch nicht zurück.

Nach dem Essen waschen die Kinder ihre Socken vom Ausflug und die schmutzige Unterwäsche von der vorigen Woche, während Mutti das Geschirr abwäscht. Die fest ausgewrungene Wäsche wird in der Küche auf einer Schnur aufgehängt, dann darf Ilse, nach der verneinten Frage, ob sie noch lernen müsse, endlich lesen.

Wie immer entspricht Ilses Antwort nicht der Wahrheit. Das Buch ist jedoch spannender, und vielleicht kann sie das Kapitel über die Phönizier ja noch schnell vor dem Läuten durchlesen, beschwichtigt sie ihr schlechtes Gewissen.

WIEN, 2022

Im Oktober 1950 kommt es zu einer kommunistischen Streikbewegung gegen das vierte Lohn- und Preisabkommen. In Wien nimmt es die Form eines erfolglos gebliebenen Putschversuchs an. Noch immer bemühen sich die Politiker, ein gutes Klima zwischen den vier Alliierten aufrechtzuerhalten, damit nicht wie in Deutschland die Gespräche abgebrochen werden.

In der strengen Schule, die im Geist ihrer Gründung – einer weiterbildenden Schule für Töchter höherer Beamter – geführt wird, fühlte ich mich auch im zweiten Schuljahr unbehaglich und blieb eine Schülerin mit stark schwankenden Leistungen, die selten dem Unterricht aufmerksam folgte. Obwohl ich glaubte, in meiner Klasse eine Außenseiterin zu sein, kam es doch hin und wieder zu kurzen Freundschaften. Nie wurde daraus eine längere Verbindung, für keines der Mädchen wurde ich zur besten Freundin.

Eine zweite Ilse besuchte damals meine Klasse. Mit blonden Zöpfen und einer hellen, rosigen Haut war sie im Aussehen der Prototyp eines deutschen Mädchens der Nazizeit und ein Kontrast zu mir mit meiner dunklen Haut und meinen schwarzen Zöpfen. Als eine Professorin im Unterricht nach dem Beruf unserer Eltern fragte, stellte sich heraus, dass der Vater der blonden Ilse ebenfalls Jurist wie meine Mutter war. Der gleiche Vorname, das gleiche abgeschlossene Studium eines Elternteils, das machte uns aufeinander aufmerksam. Die Verhältnisse kamen uns ähnlich vor, obwohl sie es, wie ich bald begriff, keineswegs waren, denn der Vater der blonden Ilse war dabei, sich bürgerlich zu etablieren – er baute sich gerade eine eigene Rechtsanwaltskanzlei auf – während meine Mutter noch immer in der Fabrik arbeitete, denn sie rechnete sich keine Chance aus, als Frau in Wien einen guten Posten zu bekommen. Nochmals in der Provinz leben wollte sie aber auf gar keinen Fall. Höchst unterschiedlich gingen meine Mutter und Ilses Vater zudem mit ihrer politischen Vergangenheit um. Während meine Mutter nie über ihre Parteizugehörigkeit sprach, brüstete sich ihr Vater ständig damit, wie mir meine Klassenkameradin anvertraute.

Ich begegnete dem Vater der blonden Ilse nur ein einziges Mal: ein großer, beinahe glatzköpfiger Mann, der mich mit durchdringendem Blick musterte.

WIEN, NOVEMBER 1950

Wieder laufen Christoph und Ilse durch die Hofburg zur Dorotheergasse. Zu keinem Kirchenbesuch, sondern zur ersten Vorbereitungsstunde für ihre Konfirmation. Zwar ist Ilse in der letzten Zeit stark gewachsen, aber mit dem Bruder und seinen viel längeren Beinen kann sie kaum Schritt halten. Sie sind schon spät dran, deshalb steigen sie hastig die Treppen des Pfarrhauses bis zum letzten Stock hinauf. In dem kleinen Raum sitzen ein Dutzend Mädchen und Burschen, alle älter als Ilse, viel älter. Ein betagter Geistlicher begrüßt sie freundlich.

– Du bist der Christoph und du die kleine Ilse, unsere Jüngste, aber wie mir deine Mutter versichert hat, durchaus bereits geeignet, um nächstes Jahr zu Christi Himmelfahrt konfirmiert zu werden. Wir werden uns an den Samstagen bis dahin mit dem Heidelberger Katechismus beschäftigen. Ihr alle dürft mir dazu Fragen stellen. Das gilt besonders für dich, Ilse.

Ilse nickt. Es ist ihr unangenehm, so lange direkt angesprochen und von allen Anwesenden neugierig gemustert zu werden. Rasch sucht sie sich einen Platz zwischen den fast erwachsen wirkenden Mädchen. Typisch Mutti, ärgert sie sich , mich zugleich mit Christoph zur Konfirmation anzumelden, nur damit es in einem Aufwaschen geht, wie Mutti gemeint hat.

Gleich darauf versucht Ilse jedoch aufzupassen. Der ältere Mann, der sich als Doktor Egli vorstellt, ist Landessuperintendent, ein Titel, der im Informationsblatt für die Konfirmanden gestanden ist und unter dem sich Ilse nichts vorstellen kann. Weil er so geduldig auf alles eingeht, was von den skeptischen Jugendlichen vorgebracht wird, findet Ilse ihn nett.

Nach eineinhalb Stunden werden sie mit der Aufforderung entlassen, die ersten paar Fragen und Antworten des Heidelberger Katechismus auswendig zu lernen.

– Was der von uns will! Auswendig lernen! empört sich Christoph am Heimweg.

– Ist doch nicht so schwer. Lies dir die Fragen und Antworten zweimal aufmerksam durch und wiederhole sie dir dann im Kopf, nachher kannst du sie garantiert auswendig.

– Bei mir funktioniert das nicht so einfach wie bei dir, sagt Christoph verdrossen. Glaubst du, es stimmt, dass wir vor der Gemeinde in der Kirche geprüft werden?

– Hat mir Mutti auch erzählt. Ich kann dir ja einsagen.

– Du wirst bei den Mädchen sitzen. Komm, fang mich!

Ilse hätte keine Chance, den Bruder im Volksgarten mit seinen vielen sich verzweigenden Wegen einzuholen, wenn er sich nicht nach einer Weile absichtlich hätte fangen lassen.

Atemlos, aber gut gelaunt setzen sie ihren Heimweg fort.

WIEN, 2022

Abermals verbrachten wir 1950 den Heiligen Abend nicht zu Hause, sondern in einer Schutzhütte in den Wölzer Tauern.

Es war schon finster, als wir drei, jeder mit Skiern und Rucksack, vom Zug in einen Autobus umstiegen, der uns tief hinein in ein Tal der Niederen Tauern brachte. Auf einen längeren Anstieg mit Fellen auf den Skiern waren wir von unserer Mutter vorbereitet worden. Meine neuen „Bretteln" waren länger und besaßen bereits eine Sicherheitsbindung. In der Adventzeit war im Wienerwald zu wenig Schnee gelegen, sodass ich Ski und Felle nicht hatte ausprobieren können. Aber das wäre kein Problem, so unsere Mutter. Damit wir uns in der Finsternis nicht verirren könnten, würde uns der Hüttenwirt vom Bahnhof abholen und zur Hütte bringen.

Es war die Nacht des Heiligen Abends. Es hatte aufgeklart und schneite nicht, aber der eiskalte kräftige Wind riss den Pulverschnee vom Boden hoch und blies ihn uns ins Gesicht. Steil ging es den Berg hinauf. Erst als der Hüttenwirt meine Felle besser befestigt hatte, blieben sie auf den Skiern und ich verhedderte mich nicht mehr dauernd. Dass es einem gleichzeitig heiß von der Anstrengung und eiskalt vom Wind sein kann, war eine neue Erfahrung. Nach einer Weile war ich so erschöpft, dass ich dachte, ich könne mit den schweren Skiern an den Füßen nicht mehr weiter.

Ich weiß nicht mehr, wie lange wir damals unterwegs waren. Eine Stunde oder zwei? Als wir die Baumgrenze hinter uns gelassen hatten, wurde der Anstieg flacher, der Wind jedoch stärker. Trotzdem kamen wir jetzt schneller voran. Und dann, als ich dachte, ich würde vor Erschöpfung umfallen, bemerkte ich ein schwaches Licht, dann ein zweites. Waren das die Fenster der Schutzhütte oder Irrlichter, die uns ins Verderben führten, wie es in einer Geschichte stand?

„Jetzt hamas glei gschofft“, sagte unser Hüttenwirt, sichtlich froh, uns heil zur Schutzhütte gebracht zu haben.

Als wir beim Licht einer Petroleumlampe im gut geheizten Gastraum unsere heiße Suppe löffelten, bekamen wir Kinder nicht nur vom Hüttenwirt und seiner Frau, sondern auch von den wenigen Gästen zu hören, wie tüchtig und tapfer wir seien. Meine Mutter, die den schweren Rucksack voll Proviant geschleppt hatte, war wahrscheinlich genauso am Ende ihrer Kräfte wie wir. Dass wir so viel Lob bekamen, tat ihr bestimmt gut. Wir hatten wieder einmal kein Theater gemacht und die Zähne zusammengebissen.

Nach einer solchen Kindheit hat man allerdings wenig Mitleid mit verhätschelten und hypochondrischen Menschen. Was man ertragen hat, wird gewissermaßen zur Norm, und wie oft hätte ich am liebsten zu einem meiner Kinder und Enkelkinder gesagt: Macht nicht so ein Theater. Gelegentlich bemerke ich in einem öffentlichen Verkehrsmittel die Missgunst Älterer: Hätten sie den Krieg und die Nachkriegszeit mitgemacht, würden sie sich nicht dauernd beklagen und ein wenig vernünftiger sein.

Ein ungerechter Vorwurf? Wofür man im Grunde kein Kind haftbar machen sollte, ist der Zeitpunkt seiner Geburt, genauso wie der Status seiner Eltern. Gewollt, ungewollt, egal, voilà, da ist man nun einmal für eine unbestimmte Zeit.

WEIHNACHTEN 1950

Am nächsten Tag scheint die Sonne, der Wind ist abgeflaut, der Schnee glitzert und Mutti bittet den Hüttenwirt, Ilse ein bisschen Skiunterricht zu geben. Hier gibt es keine präparierten Pisten wie in Mönichkirchen, sondern unberührten Schnee auf dem sonnigen Hang.

– Abbretteln, sagt er. Und sofort beginnt er im Treppenschritt den Hang hinaufzusteigen. Ilse folgt seinem Beispiel.

Dreimal wird im Schneepflug hinuntergefahren und im Treppenschritt wieder hinaufgestiegen. Längst haben sie Mützen und Jacken auf einer vom Schnee befreiten kleinen Fichte aufgehängt. Der Hang ist steil und sie kommen ins Schwitzen.

– Schneepflug und Stemmbogen müssen verlässlich sitzen, wenn wir dort und dort mit deiner Mutter und deinem Bruder hinaufgehen.

Ilse folgt mit ihrem Blick der Richtung, die ihr der Hüttenwirt zeigt. Drei schneebedeckte Gipfel, und zwei davon werden sie auf den Skiern besteigen. Ilse kann es nicht glauben.

– Magst nicht?

– Doch.

– Da oben kannst einen Gipfel neben dem andern sehen. So, und jetzt zeig halt, was d' kannst.

– Ich war vorigen Winter in Holland. Ich glaub, ich beherrsch nicht einmal mehr einen Stemmbogen.

– Skifahren verlernt man nicht. Also los, Ilse. Und zu mir darfst Toni sagen. Wir sind am Berg, da sind alle per Du.

– Ja, Toni.

Zwei Bogen gelingen, aber dann passiert, was nicht passieren sollte, die Skier sind nicht mehr parallel, jeder will in eine andere Richtung und Ilse landet im Schnee.

– Gar nicht so schlecht, lobt der Toni.

Immer wieder muss Ilse den Hang hinauf und allein hinunterfahren, während Toni seine Anweisungen gibt.

Nach einer halben Stunde bekommt Ilse die letzten: Jetzt üb mindestens eine Stunde und am Nachmittag noch einmal so lang, bis alles ganz automatisch geht. Mindestens dreimal den Hang hinunter im Schneepflug fahren. Du brauchst mehr Kraft in den Beinen. Und jetzt zeig ich dir noch, wie man seitlich abrutscht. Das tust auch üben.

Allein wird es Ilse bald fad, immerzu den Hang hinaufzusteigen, in hübschen Bogen hinunterzufahren, den Schneepflug zu üben und seitlich abzurutschen. Sie würde gerne einen Schneemann bauen. Aber mit dem losen Pulverschnee kann sie nicht einmal einen Schneeball formen.

– Du übst ja gar nicht, sagt plötzlich Christoph vorwurfsvoll.

– Habe ich doch schon, verteidigt sich Ilse. Wo wart ihr denn?

– Sind die Rennstrecke dreimal abgefahren. Ist mehr ein Slalom. Gar nicht schwer. Am Nachmittag können wir hier auf dem Hang Slalom üben. Wir nehmen halt Fichtenzweige statt Stecken. Jetzt komm aber mit. Mutti hat für uns Suppe und ein Skiwasser bestellt.

Nach dem gemeinsamen Üben am Nachmittag kehren sie, obwohl die Sonne noch scheint, müde zurück in die Hütte, um Mühle zu spielen. Wie gewöhnlich gewinnt Christoph.

– Du wirst morgen beim Rennen auch gewinnen. Du kannst alles viel besser als ich.

– Ich bin ja auch älter. Noch ein Spiel?

– Von mir aus, seufzt Ilse.

Und dann geschieht das Wunder, Ilse besiegt ihren Bruder.

– Hast du mich gewinnen lassen? fragt Ilse misstrauisch.

– Ich doch nicht, lacht Christoph.

Zwei Tage später geht es mit Fellen auf den Skiern steil bergauf. Diesmal scheint die Sonne und sie sind nicht müde von der Fahrt, sondern ausgeschlafen. Trotzdem ist es anstrengend, und auf Ilse müssen die drei anderen immer wieder warten.

Da greift Toni ein: Jetzt gehst hinter mir und nicht als Letzte. Genau in meiner Spur, dann ist es nicht so anstrengend.

Langsamer als zuerst, aber ohne stehen zu bleiben, geht es weiter bergauf. Immer öfter kommen sie an Felsen vorbei. Ilse wundert sich, dass Toni ohne Markierung den Weg findet.– Bin halt schon mindestens hundert Mal da raufmarschiert, erklärt er ihr.

Einen Steilhang müssen sie wegen der Gefahr, ein Schneebrett auszulösen, einzeln queren. Sogar Redeverbot bekommen sie, denn oft würden bereits die Schallwellen genügen, um den Schnee ins Rutschen zu bringen. Ilse darf gleich nach Toni den Hang queren, ihr folgt Christoph, dann Mutti.

Am Gipfel gibt es eine Stärkung aus Muttis Rucksack, während sich Toni einen Schluck Kräuterschnaps gönnt. Und dann fahren Mutti und Christoph mit einem Juchzer den steilen Hang hinunter. Ilse folgt ohne Juchzer brav ihrem Toni und darf erst, als das Gelände flacher wird, so fahren, wie sie möchte. Im wunderbaren Pulverschnee legt sie stolz eine eigene Spur.

WIEN, 2022

Trotz prekärer Verhältnisse sommers und winters Ausflüge und kurze Urlaube zu machen, öfter Theater, Konzerte und Museen zu besuchen als besser situierte Schülerinnen hatten wir der Fähigkeit meiner Mutter zu verdanken, alles, was ihr wichtig war, trotz ständiger Geldknappheit zu verwirklichen. Wie selbstverständlich nahmen mein Bruder und ich in unserem späteren Leben gewisse Einschränkungen in Kauf, um so viel wie möglich an Schönem und Interessantem zu erleben.

Längst verheiratet mit drei kleinen Kindern und knapp bei Kassa, da wir gerade einen eigenen Betrieb aufgebaut hatten, fand ich, dass es höchste Zeit sei, dass unsere Kinder ans Meer kommen. Wie ich mir das denn vorstelle, fragte mich mein Mann, der in soliden bürgerlichen Verhältnissen aufgewachsen war, und machte mir klar, dass wir uns einen Urlaub mit drei Kindern am Meer absolut nicht leisten konnten. Doch widersprach ich, borgte mir ein Zelt vom Campingclub aus, einen Benzinkocher von meiner Mutter, ergänzte die Ausstattung mit einem billigen Campingtisch und fünf wackeligen Hockern ohne Lehne und nähte aus einem karierten Baumwollstoff ein Dutzend Badehosen für die Kinder, damit es immer eine trockene Badehose für sie gab. In der Nähe von Jesolo überredeten wir eine Baronessa, uns auf ihrem Grund in den Dünen kostenlos zelten zu lassen. Ich kochte für uns fünf einfache Mahlzeiten auf dem Benzinkocher und wir verbrachten wunderbare Wochen am Meer. Das Budget reichte sogar noch für einen Ausflug nach Venedig.

WIEN, JÄNNER 1951

Schon am ersten Schultag nach den Weihnachtsferien wird Ilse abermals von der blonden Ilse in der Pause gefragt, ob sie nicht wieder am Nachmittag zu ihr kommen wolle, um die Aufgaben zu erledigen.

Deshalb macht sich Ilse mit ihrer Schultasche nach dem Mittagessen auf den Weg in den benachbarten siebenten Bezirk, froh darüber, nicht allein die lästigen Aufgaben erledigen zu müssen und zudem für Stunden der O zu entkommen.

Sie legt Mantel, Mütze und Fäustlinge im Vorzimmer ab, schlüpft aus den Schuhen und begrüßt die Mutter, die wie immer um diese Zeit in ihrer kleinen Küche herumwerkt. Ilse fragt sich auch diesmal, was die Mutter dort eigentlich tut. Das Chaos, das in der Küche herrscht, vergrößern? Jede Ablagefläche ist so voll geräumt, dass Ilse, die gewohnt ist, nach dem Kochen alles wegzuräumen, sich fragt, wie die Mutter ohne einen Zentimeter freier Arbeitsfläche überhaupt kochen kann. Es dürfte ihr jedoch tagtäglich gelingen, denn auch diesmal steht bald darauf ein Topf mit dicker, nahrhafter Suppe am Gasherd.

Die Mathematikaufgabe wird von den beiden Mädchen aus strategischen Gründen zuletzt in Angriff genommen, weil die ältere Schwester, die erst nach Büroschluss der Bank nach Hause kommt, stets von ihrem Verlobten, einem Werkzeugmacher, begleitet wird, der ihnen jedes Mal bereitwillig beim Lösen der Aufgaben hilft. Der Verlobte hat die Lehre schon vor Jahren abgeschlossen und verdient als Geselle wesentlich mehr als die Schwester. Trotzdem sind beide Ilsen der Meinung, die hübsche Schwester habe mit ihrer Matura etwas Besseres verdient.

Zur Jause gibt es Tee und ein Briochekipferl, einen Luxus, den Ilse erst bei ihrer Freundin kennengelernt hat. Nach der Jause verabschiedet sich die Mutter, um ihrem Mann in der Kanzlei zu helfen. Jetzt wird das Radio aufgedreht und so wie immer, wenn sie allein sind, hören sie Rot-Weiß-Rot, den Sender der Amerikaner, während sie ihre Mathematikaufgaben lösen.

Für eine davon müssten sie sich ein wenig den Kopf zerbrechen, deshalb sind sie froh, als die Schwester mit ihrem Verlobten eintrifft.

– Mutter? fragt die Schwester kurz angebunden.

– In der Kanzlei, kommt nicht vor neun, antwortet die blonde Ilse.

– Dann aber schnell! Ich wärme in der Küche die Suppe auf und richte die Wurstbrote her. Du erklärst ihnen die Matheaufgabe, wendet sie sich an ihren Verlobten, und studierst dann in der Zeitung, in welches Kino wir die zwei schicken können. Dalli, dalli.

Der Rechenvorgang wird skizziert, Mathe ist erst übermorgen, also können die Mädchen die Rechnungen am nächsten Tag vom Schmierzettel ins Heft übertragen. Dann helfen die zwei Ilsen der Schwester, decken den Tisch und beeilen sich mit dem Essen.

– Wir räumen nachher den Tisch ab, und vergiss nicht wieder deine Schultasche, wendet sich die Schwester an die dunkle Ilse, denn es gilt sich jetzt rasch anzuziehen und zum ausgesuchten Kino zu rennen. Es gibt noch Karten. Zwar ist die Wochenschau schon vorbei, aber der Kinobesuch der Mädchen und das ersehnte Schäferstündchen der Verlobten sind gerettet.

Die Schwester drückt den Mädchen die Karten in die Hand. Inzwischen hat die blonde Ilse eine Packung Zuckerln vom Verlobten erpresst. Als Gegenleistung wird sie der Mutter am nächsten Morgen mit keinem Wort verraten, dass die Verlobten zwei Stunden allein in der Wohnung gewesen sind.

Der Billetteur führt die Mädchen durch den schmalen dunklen Kinosaal, leuchtet mit seiner Taschenlampe vor ihnen auf den Boden. Wie immer sitzen sie weit vorne auf den billigen Plätzen. Der Weg dorthin ist lang und erregt den Unwillen einiger Besucher. Müssen die Menscher immer zu spät kommen?! Die Menscher regen sich darüber nicht auf, sie sind es gewohnt, ausgezankt zu werden. Noch einmal verursachen sie ein unwilliges Murren, als ein paar Kinobesucher aufstehen müssen, damit sie in der engen Reihe zu ihren Plätzen gelangen können. Aber schon zieht die Leinwand mit den flimmernden Bildern ihre Aufmerksamkeit auf sich und lässt sie nicht mehr los, bis sie knapp zwei Stunden später mit verklärtem Blick und unsicherem Gang das Kino verlassen. Die Mädchen haben nicht registriert, dass sie während des Films die kostbaren Zuckerln weggelutscht haben und der Billetteur gegen Ende des Films immer öfter den Latschenduft versprüht hat, der die Besucher nicht spüren lässt, wie verbraucht die Luft ist.

Nach dem Kino ist es für Ilse höchste Zeit, durch die fast menschenleeren Gassen nach Hause zu laufen. Noch eingesponnen ins Filmgeschehen, versetzt sie sich in die Rolle der weiblichen Hauptdarstellerin, die sich – ihrer Schönheit und ihrer Reize nicht bewusst – nicht erklären kann, warum Männer ihr den Hof machen. Vor allem der attraktive junge Mann, der keine Mühe scheut, ihre Liebe zu gewinnen. Aber auch sie ist seinetwegen bereit, Opfer auf sich zu nehmen. Ihm zuliebe wird sie auf ihr Erbe verzichten und den Antrag des vermögenden, aber unsympathischen Mannes, den ihr ihre Eltern zugedacht haben, ablehnen. Sie wird zu dem jungen Mann stehen, der sich zuletzt doch als durchaus gut situiert entpuppen wird, denn das Problem, dass es einem Mädchen nicht ziemt, nach Geld und Besitz zu streben, es aber reich werden darf, ist im Film wieder einmal elegant gelöst worden.

– Wo warst denn nur so lange? wird Ilse von Mutti empfangen, die leider früher als Ilse nach Hause gekommen ist.

– Bei der Ilse. Aufgaben machen.

– Bis jetzt? Sicher bist du wieder im Kino gewesen! Schämst du dich nicht, dir die Kinokarten zahlen zu lassen?

Ilse schämt sich keineswegs, ist es doch die einzige Möglichkeit, zum Genuss eines Kinobesuchs zu gelangen, weil ihr Taschengeld nicht einmal für alle Schulausgaben reicht. Sie sagt aber nichts.

– Was für einen Schmarren hast du dir diesmal angeschaut? Sind dir diese Filme nicht zu blöd?

Nein, würde Ilse sich gerne verteidigen. Aber schon fängt sie an, die Filmhandlung mit den Augen der Mutter zu sehen. Was für eine banale Geschichte, deren Ausgang voraussehbar ist und deren einfältige Dialoge dem Vergleich mit Stücken von Shakespeare und Schiller, von Lessing und Gerhart Hauptmann in keiner Weise standhalten. Ilse weiß das ja alles selbst. Trotzdem gefallen ihr die Filme, weil sie samt ihren Ungereimtheiten ihren kindischen Träumen entsprechen und weil es doch so schön ist, wenn alles gut ausgeht. Und hat ihr die Mutter nicht früher Märchen vorgelesen? überlegt sie, als sie sich die Decke über den Kopf zieht. Auch Märchen gehen gut aus, aus dem Frosch wird ein Prinz und aus dem Aschenputtel eine Prinzessin. Und wenn im Märchen einer auszog, um in der Welt sein Glück zu versuchen, tat er das doch nur, um reich und angesehen heimzukehren. Was macht es für einen Unterschied, ob die Sekretärin ihren reichen Chef heiratet oder das Aschenputtel seinen Prinzen? Was macht es für einen Unterschied, wenn den Bösen im Film wie im Märchen ein schreckliches Ende beschieden ist und nur die Guten ihren gerechten Lohn bekommen? Warum missgönnt ihr die Mutter solche harmlosen Filme?

Als Ilse ins Bett schlüpft, versetzt sie sich abermals in die Rolle der Filmheldin und schläft wenig später glücklich lächelnd ein.

WIEN, 2022

Meine Freundin und ich profitierten einen Winter lang von der misslichen Lage der erwachsenen Schwester und ihres Verlobten in Gestalt ungezählter Kinobesuche. Nicht nur dass es für die beiden bei der herrschenden Wohnungsnot fast aussichtslos war, zu einer eigenen Wohnung zu kommen. Da war noch der Sittenkodex: Eine Tochter aus gutem Haus hatte jungfräulich vor den Traualtar zu treten, selbst wenn sie bereits 21 Jahre alt und großjährig war. Hielt sie sich nicht daran, musste voreheliche Sex wenigstens vor den Eltern verheimlicht werden.

Im Frühjahr übersiedelte die blonde Ilse mit Eltern und Schwester in eine größere Wohnung in einem anderen Bezirk. Bücher und Theater wurden mir wieder wichtiger, erste Gedichtzeilen heimlich niedergeschrieben.

WIEN, CHRISTI HIMMELFAHRT 1951

Endlich ist es so weit. Ilse schlüpft in das weiße Kleid mit den vielen Rüschen, denn die Schneiderin hat trotz ihres Protests auf Rüschen bestanden, weil sie an eine Erstkommunion gedacht hat und nicht an eine so ernste Angelegenheit wie die Konfirmation. Mutti ist es wieder einmal egal gewesen und sie hat keinen Einspruch erhoben. Unwürdig für eine Konfirmation, werden sich die Gemeindemitglieder denken, weil sie mit dem Kleid noch jünger aussehen wird, als sie ohnehin ist.

– Und wenn er mir nicht eine der zwei Fragen stellt, von denen ich mir die Antworten gemerkt habe? fragt Christoph am Weg in die Dorotheergasse.

– Bestimmt hat unser Doktor Egli nicht vergessen, welche Antworten du auswendig kannst. Du weißt doch, wie nett er ist.

– Ja, schon.

Aber auch Ilse hat Angst, denn sie soll so wie alle anderen langsam und deutlich sprechen. Wenn ihr aber vor lauter Aufregung die Stimme versagt?

Nicht einmal bei der Auslage in der Hofburg bleiben sie stehen, um die frisch ausgestellten exotischen Schmetterlinge zu bewundern. Nur nicht zu spät kommen, und hoffentlich ist die Prüfung bald überstanden.

Aber dann klappt alles reibungslos, Christoph bekommt eine der zwei Fragen, Ilse darf auf zwei Fragen antworten und schafft es, nicht zu schludern, wie Mutti das nennt, sondern langsam und deutlich zu sprechen.

Nach der Prüfung erklärt Dr. Egli alle Konfirmanden für würdig, bereits am nächsten Sonntag mit einer Kommunion in die Gemeinschaft der Gläubigen aufgenommen zu werden.

Am Heimweg gibt Christoph seinen Kommentar dazu ab: Dann werden wir es endlich überstanden haben. Was weder von Mutti noch von Ilse kommentiert wird.

Noch einmal ins ungeliebte weiße Kleid geschlüpft, noch einmal wird von Mutti eine weiße Masche in die Zöpfe eingeflochten.

Ein normal ablaufender Gottesdienst, nur dass die Konfirmanden nach ihrem Einzug wieder vorne sitzen. Noch vor der Gemeinde dürfen sie nach der allgemein gehaltenen Beichte und den Schweigeminuten, in denen jeder Gelegenheit hat, sein Gewissen zu erforschen, ihre Kommunion empfangen. Danach wird ihnen feierlich ihr Konfirmationsspruch überreicht. Es soll ein Spruch sein, der jede und jeden von ihnen ein Leben lang begleiten und trösten soll.

Ilse ist so ungeduldig, dass sie, sobald sie wieder in ihrer Bank sitzt, den gerollten, mit einem Band zusammengehaltenen Spruch aufbindet und, nachdem sie ihn gelesen hat, ein paar Tränen vergießt, denn sie hat den Spruch, den sie sich so sehr gewünscht hat, bekommen.

WIEN, 2022

Aus der Dokumentenmappe hole ich meinen Konfirmationsspruch hervor. Hat sich der Spruch bewahrheitet? frage ich mich. War die Liebe tatsächlich das Wichtigste in meinem Leben? Ich habe es als eine Gnade empfunden, meinen Mann bis zuletzt gernhaben zu können. Eine Gnade? Oder bloß eine vererbte Fähigkeit und keine eigene Leistung, weil es mir so leichtgefallen ist? Ich meine jetzt nicht das Gefühl des Verliebtseins, die sexuelle Anziehung, diese Gefühle stellen sich eigenmächtig, gelegentlich sogar entgegen dem eigenen Willen ein. Und ich meine auch nicht die Sehnsucht nach der Liebe eines gütigen, alles verzeihenden Gottes, von dem wir hoffen, völlig verstanden zu werden. Ich meine eine Liebe, die uns fähig macht zu einem zärtlichen und geduldigen Umgang mit anderen Menschen.

Also nochmals die Frage: Wie steht es um meine Fähigkeit zu lieben? „Du bist ein genauso sentimentaler Narr wie dein Vater." Den Vorwurf bekam ich in den Jahren meines Heranwachsens immer öfter zu hören. Kam meine Mutter nicht damit zurecht, dass ihre Tochter dem sentimentalen Vater nachgeriet? Oder war es ihr unangenehm, durch mich ständig daran erinnert zu werden, dass ihr Mann lieber hatte sterben wollen, als ohne sie zu leben, weil ein solches Übermaß an Liebe unvernünftig war?

Nicht nur meinen Konfirmationsspruch, sondern auch den Heidelberger Katechismus habe ich aufbewahrt. Ich vertiefe mich in die ersten Fragen und ihre Antworten und lege das schmale Bändchen enttäuscht weg. Die Gabe, ohne Zweifel zu glauben, ist mir längst verloren gegangen. Geblieben ist mir bloß mein Konfirmationsspruch, den ich abermals lese, obwohl er sich doch längst in mein Gedächtnis eingeprägt hat: 1 Kor 13,13: Nun aber bleiben Glaube, Hoffnung, Liebe, diese drei, die Liebe aber ist die Größte unter ihnen.

WIEN, 1951

– Und wo steht mein Fahrrad? fragt Ilse an ihrem Geburtstag.

– Noch nicht fertig, erklärt ihr Christoph, und Mutti bestätigt es mit einem Nicken.

Ein allererster Gedichtband und Sandalen liegen am Geburtstagstisch. Seither schmökert Ilse immer wieder in dem Sammelband mit Gedichten aus zwei Jahrhunderten. Manche Gedichte versteht sie sofort, manche erst nach mehrmaligem Lesen, manche gar nicht. Wenn sie allein ist, liest sie sich hin und wieder ein Gedicht laut vor.

Vati hat auch Gedichte geschrieben, erfährt Ilse von Mutti. Sie nimmt sich vor, ebenfalls ihr Leben lang Gedichte zu schreiben, denn sie sind nicht nur schön und klug, sondern jedes hat seine eigene Sprachmelodie, seinen eigenen Rhythmus. Aber dazu wird später Zeit sein, jetzt wartet Ilse ungeduldig darauf, dass der Mechaniker endlich ihr Rad fertigstellt.

Er komme eben mit der Arbeit nicht nach. Zu viele Kunden können sich bereits ein gebrauchtes Fahrrad leisten, und zu wenige Mechaniker sind aus dem Krieg zurückgekehrt, wird ihr von Mutti erklärt.

Wie soll sie denn in so kurzer Zeit Radfahren lernen? fragt sich Ilse. Und sie fängt an, sich auszumalen, was passieren wird, wenn sie es nicht schafft. Wird Mutti sie dann abermals irgendwo unterbringen und allein mit Christoph nach Italien radeln?

Das Schuljahr neigt sich dem Ende zu. Die letzten Schularbeiten sind vorbei, keine davon negativ. Kein schönes Zeugnis wird es sein, aber ein positives. Mutti wird einmal mehr sagen: Wenn du dich nur ein bisschen mehr anstrengen würdest! Und danach das Zeugnis in einer Mappe verwahren.

Mitte Juni, zwei Wochen vor Schulschluss und zwei Wochen vor der Fahrt nach Italien, ist Ilses Rad fertig. Zum Radfahrenlernen ist der Asphalt in der Zeltgasse ideal. Außerdem verirrt sich selten ein Pferdefuhrwerk oder ein Auto in die Gasse. Das Rad ist zu groß, also wird der Sattel so weit wie möglich heruntergesetzt. Trotzdem erreichen ihre Füße kaum die Pedale, was Ilse zusätzlich irritiert.

Und dann geht es los. Christoph hält sie am Sattel fest und Ilse soll treten.

– Verlier nicht schon wieder die Pedale! Bist du patschert! Aufpassen! Rücktritt und stehen bleiben! Die Litanei wiederholt sich. Der Bruder ist genervt, Ilse mutlos, denn es sind nur mehr zehn Tage, bis sie mit dem Fahrrad zum Südbahnhof fahren werden, um die Räder aufzugeben und mit dem Zug nach Villach zu fahren. Also vormittags Schule, nachmittags Radfahren.

Es sind nur mehr sieben Tage bis zur Abfahrt, da wird der erste Ausflug gewagt. Nach der Brücke über den Donaukanal brüllt Christoph vor der Kreuzung: Stehen bleiben!

Ilse kann nicht stehen bleiben. Ihre Füße haben wieder einmal die Pedale verloren, und sie fährt ohne bremsen zu können über die Kreuzung. Das herannahende Auto bleibt stehen. Aber Ilse muss sich vom Bruder gehörig ausschimpfen lassen. Ich werde es nie lernen, denkt Ilse verzweifelt.

Es sind nur mehr vier Tage bis zur Abfahrt, da übt Ilse allein in der Zeltgasse Bogenfahren. Geht schon besser. Kein einziges Mal haben die Füße die Pedale verloren.

Einen Tag vor der Abfahrt wird nicht mehr geübt, sondern gepackt. Das Zelt ohne Boden, Zeltstangen und Haken. Trainingsanzüge, Spirituskocher, Badehose und Badeanzüge, weil die Italiener prüde sind, wie Mutti sagt. Lebensmittel und vieles mehr und vor allem jede Menge

Feuersteine. Die werden in Italien sehr hoch besteuert, sind aber in Österreich spottbillig. Zwei kleinere Packtaschen für Muttis Rad werden gefüllt, zwei große Packtaschen, je eine, für die Räder der Kinder. Decken werden zusammengerollt und oben auf dem Gepäckträger der Kinder befestigt, der kleinere Rucksack für Proviant und Feldflaschen mit Wasser wird gepackt und kommt dann auch noch auf Muttis Rad. Abfahrt spätabends, Ankunft in Villach morgens. Geschlafen wird im Zug.

Entgegen Muttis Hoffnung ist der Zug durchaus nicht halbleer. Sie können froh sein, Sitzplätze auf den Holzbänken zu erobern. Trotzdem nicken sie kurz ein. In Villach heißt es dann aufsitzen.

– Mach keine Spompanadeln! wird Ilse von Christoph, ihrem Fahrlehrer, ermahnt. Bleib hinter Mutti, aber nicht zu knapp.

Raus geht es aus Villach zur Straße nach Italien. Mutti voran, Christoph bildet die Nachhut, um auf Ilse in der Mitte aufzupassen. Langsam wird es warm, bald heiß.

– Wann sind wir denn endlich in Italien? fragt Ilse und wischt sich den Schweiß mit dem Handrücken von der Stirn, weil Mutti ihr erklärt hat, dass es durch das Kanaltal nur mehr bergab gehen wird.

Sie bekommt keine Antwort, und weiter geht es ständig leicht bergauf. Das Rad ist schwer, die Packtasche ist schwer, wodurch es in den Kurven schwierig sein wird, nicht mit dem Rad umzufallen. Davor hat Christoph sie gewarnt. Seine schwere Satteltasche hängt rechts, deshalb muss er bei den Rechtskurven besonders gut aufpassen, Ilse bei den Linkskurven. Aber noch ist das Tempo so langsam, dass es keine Rolle spielt.

Endlich die Grenze. Es wird genau kontrolliert, und dann bekommen Christoph und Ilse einen Stempel in ihre neuen Pässe. Ilse freut sich aufs Bergabfahren, da muss Mutti zugeben, dass es bis zur Passhöhe, kurz nach Tarvis, noch weitere zehn Kilometer bergauf geht. Ilse ist verzweifelt, denn sie ist bereits schrecklich müde. Außerdem tut ihr der Popo vom Sitzen auf dem Sattel weh.

Dann ist endlich das letzte Stück bergauf geschafft, und es geht abwärts. Auf der kurvigen, asphaltierten Straße gibt es kaum Verkehr. Nach jeder Kurve fühlt sich Ilse sicherer und folgt fast ausgelassen ihrem Bruder. Beide überhören geflissentlich Muttis Warnung: Fahrt langsamer!

Erst nach einer Weile findet Christoph, dass sie jetzt doch auf Mutti warten sollten. Darüber ist Ilse froh, denn so wie ihr Bruder ist sie nicht nur durstig, sondern hungrig. Zwar haben sie noch in Österreich in einem Molkereigeschäft Milch getrunken und die letzten Brote verspeist, aber das ist lange her. Deshalb halten sie, sobald Mutti da ist, Ausschau nach einem Zeltplatz. Aussichtslos! Ständig säumen Steilhänge die Straße. Schließlich entdecken sie ein kleines, ebenes, grasbewachsenes Plateau etwas oberhalb der Straße.

Zuerst werden die Fahrräder gut versteckt, dann wird das Gepäck hinaufgeschleppt. Christoph und Ilse stellen das Zelt auf. Christoph kraxelt nochmals zur Straße und überprüft, ob man das Zelt von der Straße aus nicht sehen kann. Ilse breitet die lose Zeltplane am Boden aus und legt die Decken ins Zelt. Sie packt die Trainingsanzüge aus, in die sie bald hineinschlüpfen, denn es wird jäh kalt. Mutti hat inzwischen Nudeln mit Ei und einen Tee mit dem Wasser gekocht, das in einem winzigen Wasserfall vom Berg herunterrieselt. Bevor es völlig finster wird, kriechen alle drei ins Zelt und schlafen sofort ein.

Wie schön es hier ist, staunt Ilse, als sie in der Früh aus dem Zelt kriecht. Mutti kocht bereits Tee, und Ilse kraxelt zum kleinen Wasserfall, um die Feldflaschen anzufüllen.

– Wenn wir in der Ebene sind, trinkt ihr nur noch das Wasser aus den Feldflaschen, mahnt Mutti.

– Und wie wird das sein, wenn wir am Meer sind? fragt Christoph.

– Da müssen wir das Wasser abkochen. Angeblich gibt es dort, wo wir zelten, einen freundlichen Bauern mit einem Brunnen, von dem wir auch frische Milch kaufen können. Außerdem können wir in Caorle bestimmt Wassermelonen am Markt kaufen, die sind gut gegen den Durst.

Bald liegen die Berge hinter ihnen. Die Straßen sind asphaltiert, auf denen lässt es sich gut radeln. Von Udine geht es Richtung Portogruaro. Heiß wird es, und Mutti kauft Limonade, um die halbleeren Wasserflaschen aufzufüllen. Danach fährt man auf schmalen, sandigen Straßen Richtung Caorle, einem kleinen Fischerdorf am Meer. Plötzlich liegt ein mit grobem Schotter bedecktes Straßenstück vor ihnen. Unmöglich, darauf mit dem Rad zu fahren. Mutti und Christoph prüfen die Situation. Zwischen dem Schotter und dem parallel zur Straße verlaufenden Kanal gibt es einen schmalen Grasstreifen, auf dem man vielleicht fahren kann.

Ilse fürchtet sich. Davor, nach links auf den Schotter zu stürzen, oder nach rechts in den stinkenden Kanal zu fallen. Es wird ihr deshalb erlaubt, als Letzte zu fahren und zu schieben, wenn ihr der Streifen zu schmal vorkommt. Das verlangsamt das Tempo.

– Sei nicht so feig, schilt sie der Bruder. Mutti sagt nichts und verteilt Traubenzucker. Dann geht es weiter, Kilometer um Kilometer. Erst nach einer Stunde ist das geschotterte Stück geschafft und sie kommen auf der sandigen Straße wieder schneller voran.

– Das muss bereits die Livenza sein, stellt Mutti fest. Bei der nächsten Brücke überqueren wir den Fluss, um zu unserem Zeltplatz zu kommen.

Das hat ihnen Mutti schon früher erklärt, dass sie dort zelten werden, wo das Meer weder durch das Abwasser des Fischerdorfs noch durch die Livenza verunreinigt ist. Den Platz hat ein befreundetes Ehepaar im vorigen Sommer entdeckt.

Bei der nächsten Trinkpause tröstet Christoph Ilse: Jetzt sind wir bestimmt bald da.

– Ihr könnt das Meer schon schmecken. Fahrt mit der Zunge über die Lippen, schlägt Mutti vor.

– Schmeckt wirklich salzig, bestätigen die Geschwister.

Kurz darauf liegt das Meer endlich vor ihnen.

– Es schaut anders aus als in Holland, erklärt Ilse großspurig, denn ihr Bruder ist nur als Kleinkind mit Mutti und Vati an der Ostsee gewesen und kann sich nicht daran erinnern.

Die beiden lassen ihre Räder dort liegen, wo sie das Zelt aufstellen werden, und rennen bloßfüßig zum Strand.

– Wärmer als die Nordsee, viel wärmer und viel kleinere Wellen, stellt Ilse fest, als sie bis zu den Knien im Wasser steht.

Dann beginnen beide voll Begeisterung Muscheln zu sammeln. Mutti muss zweimal rufen, damit sie zuerst das Zelt aufstellen.

– Sind wir hier wirklich völlig allein? fragt Christoph Mutti.

– Angeblich. Aber ihr rennt bitte trotzdem hier nicht nackt herum. Fischer oder Leute vom Bauernhof könnten euch beobachten. Die Strafen für Nacktbaden sind saftig. Und wenn wir ins Dorf gehen, ziehen wir uns ordentlich an. Verstanden?

Auf ein Ja verzichten die Kinder, fangen aber an, inmitten der kleinen sandigen Dünen zwischen den Disteln das Zelt aufzustellen. Die drei Fahrräder werden mit einer Kette zusammengebunden, um einen Diebstahl zu erschweren.

– Morgen gehen wir ins Dorf einkaufen. Wir haben fast kein Brot mehr und auch keine Butter.

– Aber vorher dürfen wir baden, bettelt Ilse.

– Nachher, sonst wird es zu heiß. Christoph, du kommst jetzt mit zum Bauernhof, denn du wirst dort jeden Morgen die Milch fürs Frühstück holen. Ilse, du räumst das Zelt ein. Das Kochgeschirr bitte gleich neben dem Eingang. Das G'wand schlichtest du ordentlich hinter unsere Kopfpolster.

WIEN, 2022

Meine Mutter, der Feldwebel. Ich fürchte, da habe ich einiges von ihr übernommen. Vier Kinder und viele lange Reisen. In einer halben Stunde soll unser Ferienplatz geräumt und alles sicher im Auto und Wohnwagen verstaut sein. Die Kinder plus zwei Erwachsene, das bedeutete eine Unmenge an Zeug. Einer der Buben überprüfte jedes Mal den Zeitaufwand und teilte ihn uns mit, sobald wir den Campingplatz verließen. 30 Minuten, 27 Minuten ... Dressur? Ja, vielleicht. Aber waren die Kinder nicht jedes Mal stolz auf unsere gemeinsame Leistung? Und ist so etwas nicht ungeheuer wichtig, um es später voll Selbstvertrauen mit den Unbilden des Lebens aufnehmen zu können?

So gemütlich wie damals, als wir Kinder mit Mutti im Sand saßen und unsere erste köstliche Wassermelone verzehrten, war es später mit Auto und Wohnwagen aber dann doch nicht, oder? Eine verklärte Rückschau auf die wenigen völlig glücklichen Momente einer Kindheit? Oder bewirkten die Jahre der Einschränkungen und Entbehrungen, dass wir den ersten Urlaub am Meer so genossen?

Sand war bald überall: im Zelt, in den Decken, in jedem Kleidungsstück und selbst beim Verzehren des salzlosen Weißbrots konnte es ein klein wenig knirschen. Es störte uns nicht im Geringsten. Auf Lesestoff mussten wir verzichten, da in den Packtaschen kein Platz dafür gewesen war. Es ging uns Kindern diesmal nicht ab. Wir nützten die sanfte Brandung, um Kanäle zu bauen, die bei Flut wieder versandeten. Badehose und Badeanzug waren ständig voll Sand, ein Grund mehr, uns wieder ins Wasser zu stürzen.

Da wir nur wenig Süßwasser hatten, wuschen wir das Geschirr im Meer ab. Zum Desinfizieren stellten wir es nachher in die Sonne. Unsere Haut schützten wir vor dem Salz, indem wir uns mit Olivenöl einschmierten.

Das befreundete Ehepaar, Herbert und Mimi, stieß wie ausgemacht nach ein paar Tagen mit ihren neuen Fahrrädern zu uns. Diese wurden vor allem von meinem Bruder bewundert: Gangschaltung und keine Rücktrittbremse. Herbert fotografierte gerne, sodass ich von diesem Urlaub sogar ein paar Fotos besitze.

Meine Mutter, die während des Krieges pausenlos an ihrem freien Sonntag von uns Kindern Fotos schoss, tat es seit dem Kriegsende höchst selten. Aus Sparsamkeitsgründen, aus Desinteresse oder weil es nach dem Tod unseres Vaters niemanden gab, der sich dafür interessierte? In Deutschland lebten jedoch unsere ostpreußischen Verwandten, unser Omchen und die zwei Schwestern meines Vaters, die bestimmt Freude an Fotos von uns Kindern gehabt hätten. Aus Geldmangel gab es lange nur brieflichen Kontakt mit ihnen, aber während meiner beiden Aufenthalte in Holland hatten Mutti und Christoph sowohl Tante Hilde, ihren Mann und ihre drei Buben in Hamburg als auch Omchen und Tante Nore mit ihren vier Kindern im Schwarzwald besucht. Per Autostopp, weil Zugfahren zu teuer war.

Einkaufen gingen wir jetzt zu fünft. Dazu mussten wir die Livenza bei der Mündung durchwaten, meist in dem Bereich, wo sich das Flusswasser mit dem Meerwasser durchmischte und nicht gar so schmutzig war. In Caorle gab es vormittags zwei oder drei Gemüsestände, ein kleines Lebensmittelgeschäft und eine Bäckerei. Direkt am Kai verkauften Fischer, solange es noch kühl war, ihre frisch gefangenen Fische, die unsere Freunde oft kauften. Meiner Mutter waren die Fische zu teuer; dazu kam die aufwendige Zubereitung. Da uns Kindern bis dahin nie Fisch aufgetischt worden war und wir den Geruch ekelhaft fanden, machte es uns nichts aus.

Einmal wurde ich frühmorgens, als es noch finster war, von Stimmen geweckt und kroch aus dem Zelt. Eine Gruppe von Männern machte auf Zuruf immer einen Schritt rückwärts. Das sah seltsam aus. Ich weckte Christoph, und gemeinsam gingen wir zum Strand. Es waren Fischer, die ein mit Fischen beladenes riesiges Netz aus dem Wasser an den Strand zogen.

Als sie in der beginnenden Morgendämmerung anfingen, die Fische auszusortieren, traten wir näher. Zu kleine Fische wurden im weiten Bogen zurück ins Meer geworfen. Es waren auch ziemlich große Fische dabei, die einen kurzen Balken oberhalb ihres Mauls mit spitzen Zähnen hatten. Es waren Hammerhaie, wie uns unsere Mutter belehrte, die vom Lärm geweckt ebenfalls herbeigeeilt war. Viele Hammerhaie.

Als ein Fischer meinen ängstlichen Gesichtsausdruck bemerkte, zeigte er weit hinaus ins offene Meer.

Nach knappen zwei Wochen hieß es Zelt abbauen, denn vor der Rückfahrt nach Österreich wollten wir noch mit dem Schiff nach Venedig fahren.

Ob die Stadt wirklich so schön ist wie in dem Bildband? fragte ich mich. Schon als Kleinkind hatte ich die Erlaubnis bekommen, mir alle vorhandenen Bildbände anzusehen. Die niederländischen Maler und das Buch über Venedig liebte ich besonders. Dadurch war ich bereits von der Stadt fasziniert, bevor ich sie das erste Mal betreten hatte.

Bis zur Anlegestelle des Schiffs war es noch weit, größtenteils auf asphaltierten Straßen. Die Freunde kamen mit ihren leichten Rädern schneller voran als wir, die wir uns mit den alten Puch-Waffenrädern abplagen mussten: robuste Räder, unverwüstlich, aber bestimmt doppelt so schwer wie die Räder der Freunde. Auch das Gepäck unserer Freunde war um einiges leichter. Ein modernes Zelt, das sicher nur halb so viel wog wie das schwere amerikanische Militärzelt, leichte Schlafsäcke statt unserer schweren Decken. Mutti und ich konnten ihr Tempo nicht halten. Christoph, der Ehrgeizige, schon. Gemeinsamer Treffpunkt: die Schiffsanlegestelle.

VENEDIG, SOMMER 1951

– Da seid ihr ja endlich! sagt Christoph. Herbert hat bereits die Fahrkarten besorgt. Jetzt aber schnell, bevor sie ohne uns ablegen.

Mutti ist die Erste, die das Fahrrad über den Landungssteg schiebt. Ein mit den Händen herumfuchtelnder und lautstark schreiender Matrose hält sie auf und stoppt die Kolonne der fünf fahrradschiebenden zukünftigen Passagiere.

Mutti bleibt zuerst ruhig, fällt dem Matrosen aber bald ins Wort. Wie gut, überlegt Ilse, dass sie Italienisch gelernt hat, und wie gut, dass sie so souverän und unerschrocken ist. Leider scheint sie den Mann trotzdem nicht dazu zu bringen, dass er zur Seite tritt.

Da mischt sich ein Mann in schmucker dunkelblauer Uniform ein.

– Das ist bestimmt der Kapitän, sagt Christoph, der als Dritter in der Kolonne steht.

Dieser betrachtet lange, fast nachdenklich die Kolonne, stoppt mit einer Handbewegung den Redefluss von Mutti und scheint zu überlegen. Mutti bleibt nicht stumm, sondern wiederholt etwas, von dem Ilse nur „Touristen" und „Wien" versteht. Plötzlich – nach ein paar kurzen Befehlen des Kapitäns – löst Bewegung den Stillstand ab, und mit einem mehrmaligen „Avanti" werden die fünf Fahrräder samt dem Gepäck auf das überfüllte kleine Schiff geschlichtet. Der Kapitän schenkt den Kindern sogar ein Lächeln, bevor er zu seinem Kommandostand schreitet.

– Das wäre geschafft, sagt Christoph, als er mit Ilse die Prozedur des Ablegens beobachtet. Sie bleiben am Deck, viel zu aufregend ist ihre erste Schifffahrt.

– Glaubst du, Venedig ist so schön, wie alle sagen? fragt Ilse ihren Bruder.

– Bestimmt.

Und schöner als alles, was Ilse bis jetzt gesehen hat, schöner als Amsterdam; so schön, als wäre sie ein Ort aus „Tausendundeine Nacht", ist die Stadt, der sie sich von der Lagune aus nähern.

Mutti, die einen Sitzplatz gefunden hat, steht jetzt ebenfalls an der Reling und erklärt ihnen die Gebäude, die immer deutlicher zu erkennen sind.

– Das ist die Kirche Maria della Salute. Sie begrüßt die heimkehrenden Matrosen, die früher mit den Segelschiffen oft monatelang unterwegs gewesen sind. Das sind Campanile und Dogenpalast, dahinter liegt die wunderschöne Markuskirche und davor der große Markusplatz.

Wenig später legen sie gleich neben dem Markusplatz an. Erst müssen sie alle anderen Passagiere aussteigen lassen, dann erst dürfen sie ihre Räder über den Landungssteg schieben. Danach gilt es nur mehr die Fahrräder über die Stufen einer kleinen Brücke zu schleppen, und schon stehen sie auf dem Markusplatz.

– Das ist der neue Campanile. Der erste ist umgefallen, erklärt Christoph Ilse, die begreift, dass ihr Bruder ebenfalls das Buch über Venedig gelesen hat.

– Ganz richtig, bestätigt jetzt auch Mutti.

Dann verabschieden sich Mimi und Herbert, um ein billiges Hotel zu suchen, während Mutti eine preiswertere Schlafgelegenheit finden möchte.

– Morgen um 10 Uhr auf der Straße nach Mestre, schlägt Herbert als nächsten Treffpunkt vor, und Mutti nickt.

Es gibt keine offene Rebellion von Christoph und Ilse, als sie ihr Nachtquartier betreten. Eine kleine leere Garage mit Betonboden ohne

Fenster gleich neben dem Markusplatz. Schweigend stellen sie die drei Räder ab, aber diesmal sind Christoph und Ilse nach kurzem Blickkontakt wirklich völlig einer Meinung, dass das Quartier eine Zumutung ist. Wären die beiden damals von einem wohlhabenden Ehepaar gefragt worden, ob sie adoptiert werden möchten, wenn ihnen dafür ein feudales weiches Bett in einem der Luxushotels angeboten wird, sie hätten vermutlich zugestimmt.

Als sie wenig später zu dritt die Stadt durchstreifen, legt sich jedoch rasch ihr Unmut. Die engen winkeligen Gassen, die Kanäle mit ihren Brücken, die vielen Kirchen, die Dachgärten, die hinter hohen Mauern verborgenen Gärten, von denen nur die Baumkronen zu sehen sind, alles nehmen sie bewundernd auf. Mutti kauft Gebäck und Mineralwasser, das sie beim Herumstreifen trinken und verzehren.

Irgendwann sind sie so müde, dass sie froh sind, ihr Quartier aufzusuchen. Zeltplanen und Decken werden übereinandergelegt, um darauf zu schlafen, aber nichts scheint die Härte des Bodens zu mildern. Zum Zudecken benötigen sie nichts, denn die Mauern der kleinen Garage haben die Hitze des Tages gespeichert, die sie dem fensterlosen Raum jetzt abgeben. Irgendwann schlafen alle drei trotz alledem ein.

– Jeder einzelne Knochen tut mir weh, mault Christoph, und Ilse untersucht ihren Körper nach blauen Flecken.

Auch ein Croissant und eine Flasche Limonade von Mutti stimmen die Kinder nicht versöhnlicher.

– Seid nicht so wehleidig, sagt Mutti.

Aber das sind wir doch nicht, möchte Ilse widersprechen. Wir haben uns nie beklagt über eine Nacht im Heu oder im Matratzenlager oder auf einer Wiese. Ilse bleibt jedoch stumm, denn es gilt wieder einmal, sich zu beeilen, um rechtzeitig zum Treffpunkt zu gelangen.

Der Weg ist mühsamer, als sie es sich vorgestellt haben. Selten besteht die Möglichkeit in den engen Gassen aufs Rad aufzusitzen, meist müssen sie das Rad durch die Menschenmenge schieben und es bei jeder Brücke samt dem Gepäck über die Stufen hinauf- und danach hinunterschleppen. Menschen bleiben immer wieder stehen und schütteln den Kopf über die drei Verrückten, die Venedig unbedingt mit dem Rad besichtigen müssen.

– War es anstrengend? fragt Mimi die Kinder mitleidig, als sie endlich den Treffpunkt erreichen.

– Und wie, sagt Christoph. Mindestens hundert Brücken.

Da müssen alle fünf lachen und los geht es, um einiges an Sehenswertem in Treviso heute noch zu besichtigen.

WIEN, 2022

Nur mehr an Gemona, an seinen Dom Santa Maria Assunta und an andere kleinere Kirchen kann ich mich gut erinnern. Wahrscheinlich deshalb, weil die Stadt 1976 von einem schweren Erdbeben fast völlig zerstört wurde. Als ich Gemona mit meiner Familie in den 90er Jahren besuchte, gab es keine Ähnlichkeit mehr mit der hübschen Stadt meiner Erinnerung.

Aus Zeitmangel blieb es uns Kindern erspart, durchs Kanaltal nach Tarvis zu radeln oder vielmehr zu schieben. Der Urlaub meiner Mutter ging zu Ende, deshalb fuhren wir von Gemona bis Tarvis mit dem Zug, dann ging es wieder mit dem Rad hinunter nach Villach und danach mit dem Zug zurück nach Wien.

Dem ersten Besuch von Venedig folgten später unzählige Besuche. Meine Begeisterung für die Stadt übertrug sich auf meinen Mann und auf unsere Kinder. Jahrelang fuhren wir zu Allerheiligen nach Mestre, wo wir den Wohnwagen auf einem Campingplatz deponierten. Stets brachen wir bereits am letzten Arbeitstag abends auf, schliefen irgendwo unterwegs auf einem Parkplatz, um bereits den nächsten Tag in Venedig verbringen zu können. Zwei Tage dort, ein Tag im hübschen Padua, um das Schöne mit dem Nützlichen zu verbinden und die Garderobe unserer Kinder zu ergänzen. Unseren Lebensstil hielten einige, die uns kannten, für verrückt. Was trieb uns an? Die Sucht, dem etwas beschwerlichen eintönigen Alltag zu entkommen, und das Bedürfnis, Schönes zu erleben? Ich erinnere mich an das Glücksgefühl, sobald wir die Grenze nach Italien passiert hatten und ich im Radio den ersten italienischen Sender eingestellt hatte. Ich liebte die Italiener, die nicht die Hände vor Entsetzen über unsere vier Kinder zusammenschlugen, wie wir es anderswo erlebt hatten, sondern mit strahlendem Lächeln unsere vier hübschen Bambini bewunderten.

WIEN, HERBST 1951

Zugleich mit Mutti kommt Ilse nach Hause. Sie ist bei Tante Kadi gewesen, vielmehr bei Kadis Mutter, weil Kadi, die Freundin ihrer Mutter, am Nachmittag noch im Büro arbeitet. Ilse hat dort die Aufgaben erledigt, ist mit Kakao und einem Kipferl verwöhnt worden und hat den restlichen Nachmittag im Türkenschanzpark auf einer sonnigen Parkbank lesend verbracht.

– Alles in Ordnung in der Schule?

Ilse nickt.

– Stell dir vor, da hat mich ein Doktor Kümmel im Betrieb angerufen. Es gibt jetzt eine neu gegründete Wandervogel-Mädchengruppe. Treffpunkt für den nächsten Ausflug bei der Endstation vom 43er in Neuwaldegg am Sonntag um neun Uhr dreißig. Ich habe fix zugesagt, dass du kommen wirst.

Mutti hätte mich wenigstens fragen können, ob ich da überhaupt mitmachen möchte, ärgert sich Ilse. Bestimmt sind das lauter Mädchen, zu denen ich wieder einmal nicht passen werde. So wie in der Schule, so wie überall.

– Also, ich weiß nicht …

– Triff dich wenigstens einmal mit ihnen. Ein Ausflug in den Wienerwald kann doch nicht so schlimm sein, redet ihr Mutti zu.

Der Satz klingt noch in Ilses Ohren, als sie um neun Uhr zwanzig bei der Endstation aussteigt und sich umsieht.

– Bist du die Ilse?

Ilse nickt.

– Fein, dass du gekommen bist.

Ein rundes freundliches Gesicht. Die Zöpfe zu einer Gretelfrisur aufgesteckt. Viel älter. Fast schon erwachsen.

Ilse sieht sich um, fragt sich, wo die anderen Mädchen sind.

– Ich bin die Irmtraud. Wir sind gerade erst dabei, die Mädchengruppe aufzubauen. Die anderen zwei haben heute leider keine Zeit.

– Wie alt sind … bist du?– Siebzehn. Und du bist zwölf?

– Ilse nickt. Und die anderen drei, wie alt sind die?

– Eine so alt wie ich und die Zwillinge sind 15. Komm, lass uns losmarschieren, sonst wird uns kalt.

Ein nebliger Novembertag. Sie gehen von Neuwaldegg Richtung Klosterneuburg-Kierling. Dort wohnt Irmtraud, dort werden sie heißen Tee trinken.

Nicht einmal zu einer kurzen Rast können sie sich auf einen Baumstrunk setzen, weil sie sonst auch noch ein nasses Hinterteil bekämen, wie Irmtraud lachend sagt.

Sie marschieren nicht, wie Irmtraud gesagt hat, sie gehen auch nicht zielstrebig im raschen Tempo wie Mutti, sondern schlendern eher, denn das Gespräch reißt nicht ab. Sie reden über Bücher, über Kunst, über Musik und zuletzt über ihren Glauben. Irmtraud, eine gläubige Katholikin, respektiert es, dass Ilse evangelisch, noch dazu eine Reformierte ist. Dann berichten sie von ihren Familien. Ilse vergisst, dass sie fünf Jahre jünger ist, weil sie von Irmtraud so behandelt wird, als wären sie gleich alt. Deshalb traut sie sich, die Frage zu stellen, die sie bis jetzt noch nie gewagt hat zu stellen: Was weißt du von den Verbrechen, die in der Zeit des Nationalsozialismus verübt wurden?

Irmtraud ist stehen geblieben. Schaut zu Boden. Sagt nach einer Weile: Darüber kann ich nicht sprechen.

– Ich habe in Holland Bilder gesehen, grauenhafte Bilder aus den KZ. Aber niemand hat mir eine Erklärung gegeben. Die Bilder verfolgen mich. Sag mir doch bitte, was damals geschehen ist.

– Tut mir leid Ilse. Ich kann über die Verbrechen der Nazi nicht reden. Nur so viel: Unschuldige Menschen wurden umgebracht. Sehr viele unschuldige Menschen. Aber ich darf nicht einmal daran denken. Ich verliere sonst den Boden unter den Füßen. Sag, war deine Mutter bei der Partei?

Ilse nickt.

Irmtraud nimmt Ilses Hand: Schau, wie schön es selbst um diese Jahreszeit im Wald ist. Er schläft, aber im Frühling werden alle Buchen wieder grüne Blätter haben und der Wald wird duften.

– Ja, aber ...

– Komm, wir gehen jetzt ein bisschen schneller, dann kriegen wir früher unseren heißen Tee. Du sollst doch nicht krank werden.

Am frühen Nachmittag sind sie in Klosterneuburg-Kierling und gehen durch einen großen Garten zu einem einstöckigen dunklen Holzhaus. Ilse wird so freundlich begrüßt, als würde sie schon lange zur Familie gehören.

Tee und Apfelkuchen werden von Irmtrauds Mutter aufgetischt. Kein Tischgebet vor der Jause, aber ein Kruzifix im Winkel oberhalb der Eckbank. Gemütlich ist es hier, überlegt Ilse, gemütlich auf eine etwas ländliche Art. Wird bei uns anders ausschauen, wenn wir einmal eine eigene Wohnung haben werden, in der wir alle Möbel vom Dachboden aufstellen können, vor allem die Bücherkästen.

Der ältere Bruder von Irmtraud erkundigt sich, wie groß die Gruppe seiner Schwester schon ist.

– Mit Ilse und mir sind wir jetzt fünf. Einstweilen keine Heimabende, aber gelegentliche Ausflüge und zu Pfingsten die erste große Fahrt. Drei bis vier Tage. Wandern im Höllengebirge. Wenn es deine Mutter erlaubt, wirst du doch mitmachen, Ilse?

– Ach, die ist froh, wenn ich nicht daheim bin.

Da schauen sie plötzlich alle erschrocken an.

Statt eine Erklärung abzugeben, fügt Ilse noch schnell hinzu: Ich mache bestimmt mit.

Sie blickt abermals zur Kuckucksuhr. Schon nach drei Uhr. Spätestens in einer Stunde bricht die Dämmerung herein. Wie soll sie denn im Finstern nach Neuwaldegg zurückfinden?

– Ich bring dich zum Autobus, unterbricht Irmtraud Ilses Gedanken. Komm, zieh dich schnell an.

– Ich habe nur das Geld für einen Straßenbahnfahrschein mit. Ich habe ja nicht gewusst …

– Klar hast du nicht wissen können, dass ich dich hierher verschleppe. Der Autobus fährt bis Nussdorf zur Haltestelle vom D-Wagen. Kennst du dich dort aus?

Ilse nickt. Eine Geldnote wird ihr in die Hand gedrückt, und dann rennen sie zur Autobushaltestelle, an der der Bus gerade stehen bleibt.

Ein rasches Winken, und Ilse steigt ein.

– Eine Halbe nach Wien.

Es gibt sogar noch einen freien Fensterplatz. Ilse kuschelt sich ins Eck. Wie erschrocken Irmtraud reagiert hat, als sie ihr von den Bildern aus den Konzentrationslagern erzählt hat. Unschuldige Menschen wurden umgebracht. Aber warum?

WIEN, 2022

Schon zu Schulbeginn wurde mir von Mutti ein kleines weiches Päckchen in die Hand gedrückt. „Du wirst das bald brauchen!“ ihr einziger Kommentar. „Damenbinden“ stand auf der Verpackung. Ich verstaute das Päckchen in meinem Abteil des Wäschekastens und vergaß die Angelegenheit, denn Anfang Jänner überstürzten sich die Ereignisse.

Auf den Skiurlaub war verzichtet worden, denn Mutti hatte Aussicht auf eine Wohnung wegen persönlicher Beziehungen zu der Familie, denen das Zinshaus in der Lederergasse gehörte. Anders ging es nicht. Der Wiederaufbau steckte in den Kinderschuhen, zu viele Häuser waren im Krieg zerstört worden, zu viele Flüchtlinge, vor allem aus dem Sudetenland und Mähren, waren nach Wien gekommen. Die Schweizer Verwandten würden ihr helfen, für die Ablöse aufzukommen, aber es musste jetzt trotzdem eisern gespart werden. Eine dringend benötigte Garnitur Unterwäsche für Christoph und Ilse und einen winzigen Christbaum mit ein paar eingewickelten Milchkaramellen gab es, denn der Weihnachtsschmuck lagerte noch immer am Dachboden. Die paar Kerzen bliesen wir schnell aus und liefen zum Spätgottesdienst in der Dorotheergasse, weil Mutti und ich wenigstens ein paar Weihnachtslieder singen wollten.

WIEN, JÄNNER 1952

Mitten in der Nacht wird Ilse munter, weil ihr Bruder laut stöhnt. Mutti ist dabei, den Mantel anzuziehen: Ich laufe schnell zum Doktor. Bin gleich wieder da.

Ilse steht auf der Leiter vom Stockbett und wischt, wie von Mutti befohlen, ihrem Bruder mit dem kalten Waschlappen den Schweiß von der Stirne, dann kraxelt sie wieder runter, hält den Waschlappen unter rinnendes kaltes Wasser, windet ihn fest aus und klettert wieder auf die Leiter.

– Was ist los? Was machst du für einen Lärm? dringt die Stimme der O aus ihrem Bett.

Ilse reagiert nicht. Hofft, dass die O gleich wieder einschläft. Hat Angst, schreckliche Angst.

Endlich kommt Mutti zurück.

– Der Doktor hat empfohlen, sofort die Rettung im Wachzimmer anzufordern. Wird der Blinddarm sein, war seine Meinung; und wir sollen bloß keine Zeit verlieren.

– Fährst du mit ins Spital? fragt Ilse.

Mutti nickt. Geh wieder ins Bett und versuch zu schlafen.

Zwei Rettungsmänner bemühen sich, Christoph, der vor lauter Schmerzen nicht mehr fähig ist zu reagieren, aus dem Stockbett zu heben und auf die mitgebrachte Bahre zu legen. Dann wird das Licht abgedreht. Ilse hört, wie Mutti die Wohnungstür zusperrt, bittet Gott ein weiteres Mal darum, dass er ihren Bruder beschützt, und versucht danach vergebens einzuschlafen. Sie muss daran denken, dass Christoph schon einmal fast gestorben wäre, damals in Zwettl während des Krieges. Aber er hat überlebt, der Arm ist bloß ein wenig steif geblieben. Er wird auch diesmal überleben, und hoffentlich helfen sie ihm im Spital, dass er nicht länger solche Schmerzen ertragen muss.

Ilse ist noch immer munter, als Mutti heimkommt. Mit der ersten Straßenbahn kurz nach vier Uhr, wie sie erzählt, und dass Christoph ins Wilheminenspital gebracht und dort sofort operiert worden ist.

– Bringst du es fertig, dir das Frühstück zu richten und die Zöpfe zu flechten? fragt sie Ilse. Ich stell dir den Wecker. Am Vormittag kann ich mit dem Arzt sprechen, aber vorher muss ich ein paar Stunden schlafen.

– Ja, Mutti, natürlich kann ich das, flüstert Ilse.

Erst als sie merkt, dass Mutti eingeschlafen ist, schläft sie selbst ein.

WIEN, 2022

Die Operation kam zu spät, der eitrige Blinddarm war bereits durchgebrochen. Die sofortige Gabe von Penicillin konnte die Bauchfellentzündung nicht verhindern. Christophs Zustand wurde kritisch, sodass man sich entschloss, ihm das gerade erst entwickelte, kaum erprobte Streptomycin zu verabreichen. Das Fieber sank, Christophs Zustand verbesserte sich.

Die damals verbindlich einzuhaltenden Besuchszeiten am Nachmittag konnte meine Mutter nur am Wochenende wahrnehmen. Länger unbezahlten Urlaub zu nehmen war ihr nicht möglich, sie musste wieder täglich zur Arbeit fahren. Deshalb besuchte ich meinen Bruder regelmäßig und berichtete Mutti abends, wie es ihm ging.

Ich erinnere mich genau, es war an einem Donnerstagnachmittag, als ich wie jedes Mal einen Sessel neben sein Bett stellte und Christoph mir das Buch zeigte, in dem er gerade las. Es war ein Roman aus dem Mittelalter, in dem sehr oft mit Schwertern gekämpft wurde. Plötzlich hob Christoph die Decke und zeigte auf seine Füße, die vom Desinfektionsmittel orange gefärbt waren, denn er hatte bis vor kurzem abwechselnd durch die Venen des linken und rechten Fußes Infusionen bekommen.

– Schau, wie sie mich mit ihren Schwertern verletzt haben! Alles voll Blut. Und sie werden wiederkommen!

Vergebens versuchte ich meinen Bruder zu beruhigen. Er glaubte mir nicht, er konnte mir nicht glauben. Schon am nächsten Tag wurde er nach einem Nervenzusammenbruch vom Wilheminenspital in die Klinik Hoff verlegt, die Nervenanstalt oder, wie man sie damals nannte, die Irrenanstalt. Nach zwei ohne Narkose verabreichten Elektroschocks – die Patienten wurden lediglich fixiert und eine Spachtel in den Mund gelegt, damit sie sich nicht die Zunge abbissen – war mein Bruder am Weg der Besserung.

Da er feste Nahrung nicht essen konnte, kochte meine Mutter vor ihrer Arbeit jeden Tag einen dünnflüssigen Vanillepudding aus einem Gemisch aus Milch und Schlagobers. Sie setzte durch, dass ich die Erlaubnis bekam, ihn täglich zu besuchen, um ihn zu füttern. So marschierte ich nach der Schule mit dem Pudding zur Klinik Hoff.

WIEN, 1952

Viel weiß Ilse nicht von Steinhof und der Klinik Hoff, bloß dass man dort gefährliche Irre einsperrt, damit normale Menschen vor ihnen geschützt sind. Das Gebäude im Neuen Allgemeinen Krankenhauses schaut von außen jedoch nicht anders aus als die anderen Gebäude, bloß die Fenster sind vergittert. Wie von Mutti befohlen, nennt sie beim Schalter am Eingang zuerst ihren Namen und erklärt dem Mann, dass sie ihrem Bruder Essen bringe.

Sie müsse warten. Ein Wärter müsse sie begleiten.

Also bleibt Ilse in dem Vorraum stehen und wartet. Es gibt keine Bank, um sich niederzusetzen, und keine Uhr, auf der sie feststellen könnte, wie lange sie da steht.

– Komm mit, sagt plötzlich ein Mann, der einen großen Schlüsselbund in der Hand hat.

Schon nach wenigen Metern bleibt er vor einer Absperrung aus massiven Eisenstäben stehen, in die eine Tür eingelassen ist, die der Wärter aufsperrt und sofort, nachdem beide die Tür passiert haben, zusperrt. Der Vorgang wiederholt sich noch zweimal, bis der Wärter eine Tür zu einem Zimmer aufsperrt. Ein kleines Zimmer mit einem vergitterten Fenster und einem Bett, in dem ihr Bruder unbeweglich liegt. Sie tritt näher, möchte ihm die Hand geben, aber die Hände sind wie sein ganzer Körper am Bett festgezurrt.

– Warum ist mein Bruder denn ans Bett gefesselt? fragt Ilse empört den Wärter.

– Er steckt noch in der Zwangsjacke, damit er sich nicht verletzt.

– Warum soll er sich denn verletzen?

– Passiert gelegentlich nach einem Elektroschock. Da sind die Patienten noch nicht ganz beisammen.

Ilse braucht eine Weile, um das zu akzeptieren, denn sie ist noch immer empört. Und wie soll sie denn Christoph jetzt füttern?

– Sollen wir die Kopflehne höher stellen, damit du ihn füttern kannst?

Ilse nickt dankbar und zu zweit bringen sie Christoph in eine sitzende Position. Wie eine Puppe lässt er alles mit sich geschehen.

– Siehst du die Glocke? erklärt ihr der Wärter. Läute, wenn du fertig bist. Ich muss dich einsperren. Ist zu deiner Sicherheit.

– Ja. Danke.

Ilse setzt sich mit dem Pudding auf die Bettkante und erklärt ihrem Bruder, dass Mutti einen guten Pudding gekocht hat und sie ihn jetzt füttern werde. Nichts deutet darauf, dass er sie verstanden hat, noch immer sind seine Augen geschlossen. Als sie aber mit dem Löffel seine Lippen berührt, öffnet er den Mund und schluckt bereitwillig den Pudding, Löffel um Löffel. Als er mehr als die Hälfte vom Pudding gegessen hat, presst er die Lippen zusammen und öffnet nicht mehr den Mund.

– Genug? fragt Ilse. Die Bestätigung ist bloß eine kaum merkbare Bewegung des Kopfes.

Ilse packt den Pudding in die Tasche und setzt sich wieder auf die Bettkante. Sie legt ihre Hand dorthin, wo sie seine vermutet. Erst nach einer Weile betätigt sie die Glocke, um den Wärter zu rufen. Sobald er da ist, betten sie Christoph gemeinsam wieder um.

– Morgen komme ich wieder, sagt sie zum Abschied.

Erst als sie die Klinik Hoff verlassen hat und auf der Spitalgasse nach Hause trottet, erlaubt sie sich zu weinen.

WIEN, 2022

Nicht weinen dürfen. Immer Ruhe und Zuversicht bewahren. Weil mein kranker Bruder, meine Kinder, mein kranker Partner eine Person gebraucht haben, auf die sie sich verlassen können. Wann wurde das feige, patscherte Kind eine so starke Frau wie meine Mutter, die damals nicht zusammenbrach, als die Serie von Katastrophen nicht enden wollte?

Von der Klinik Hoff wurde Christoph nach zehn Tagen in die Chirurgie verlegt, denn es hatte sich als Folge der Bauchfellentzündung ein Darmverschluss gebildet, der sofort operiert werden musste. Mehr Haut als Knochen war mein großer Bruder, als er endlich wieder nach Hause kommen durfte.

Noch immer wohnten wir bei der O, aber es wurde bereits von einem Übersiedlungstermin gesprochen, und allein der Gedanke, dass ich für immer den Anfeindungen der O entkommen würde, half mir, ihre Beleidigungen nicht mehr ernst zu nehmen. Die Unterminierung meines Selbstwertgefühls, die Furcht, dass der Ekel, den die O vor mir empfunden hatte, berechtigt war, habe ich das je völlig überwunden? Mit Sicherheit wenigstens meinen kindlichen Hass auf sie.

Als Erwachsene habe ich meine Mutter mehrmals nach dem Grund ihrer Ablehnung mir gegenüber gefragt. Jedes Mal bekam ich bloß zur Antwort: Meine Mutter war halt so. Nur ein Mal ergänzte sie die Aussage: Sie hatte halt die fixe Idee, dass du mir schaden wirst. Schaden, weil ich ein Mädchen war, das Schande über die Familie bringen wird, weil es ein uneheliches Kind zur Welt bringen könnte? So wie die O? So wie die Mutter der O? War das der Grund für die Ablehnung eines Mädchens? Die Antwort, dass ihre Mutter psychisch labil war, bekam ich nie. Weil man sich damals und vielleicht sogar jetzt noch immer schämt, psychisch nicht der Norm zu entsprechen?

Irgendwann im Winter 1951/52 entdeckte ich, nachdem ich einige Tage von Bauchkrämpfen geplagt worden war, in meiner Unterhose ein wenig Blut. Hatte auch ich jetzt die Regel, so wie jene Mädchen, die alle paar Wochen beim Turnen nicht mitmachten? Irgendetwas sollte ich tun, bevor nicht nur meine Unterhose schmutzig wird. Da fiel mir das Päckchen ein, das mir Mutti mit der Erklärung überreicht hatte, ich würde es irgendwann brauchen. Nachdem ich das Höschen ausgewaschen hatte, machte ich mich mit frischer Unterhose und der ersten Damenbinde darin auf die Suche nach Information. Im zweibändigen Brockhaus fand ich unter „Regel" keine nur irgendwie passende Erklärung. Gab es noch eine andere Bezeichnung für das Phänomen, das offenbar alle Mädchen früher oder später heimsuchte? Beim nochmaligen gründlichen Durchstöbern der vorhandenen Bücher bemerkte ich, dass im obersten Fach zwei Bücher hinter den anderen Büchern versteckt waren. Ein Buch hatte den Titel *Mein Kampf* und war von Adolf Hitler, von dem jetzt niemand mehr sprach, das zweite Buch, von einem Arzt geschrieben, war ein Ratgeber *für das gesunde Eheleben der deutschen Frau*. Ich versteckte beide Bücher im Kasten unter meiner Unterwäsche. Dort waren sie sicher, da Mutti das Waschen der Unterwäsche, Socken und Strümpfe längst an uns Kinder delegiert hatte. Sobald ich ungestört war, vertiefte ich mich in die zwei Bücher.

Zuerst las ich Hitlers obskure Behauptungen, die ich genauso dumm und absurd fand wie die dauernd wiederholte Behauptung der O, Juden und Jesuiten seien die Ursache von allem Übel dieser Welt. Durch meine Lesewut und die ständigen Besuche im Burgtheater hatte sich nicht nur mein Sprachgefühl stärker entwickelt, sondern auch meine Moralvorstellungen. Den Zusammenhang zwischen den antisemitischen Behauptungen und den Bildern aus den KZ, die mich in Holland so erschreckt hatten, konnte ich nicht herstellen. Mehr Wissen als Irmtrauds paar Sätze hatte ich ja noch immer nicht: Unschuldige Menschen wurden umgebracht. Sehr viele unschuldige Menschen.

Das „gesunde Eheleben" verschaffte mir wenigstens eine bessere Erklärung dafür, aus welchem Grund Männer und Frauen so verschieden ausgestattet sind. Empörend fand ich den Rat an die Frauen, sich als frisch gebadetes appetitliches und unterwürfiges Wesen ihren Ehemännern jederzeit zur Verfügung zu stellen. Aber es waren, wie ich erst später begriff, für die Zeit des Nationalsozialismus durchaus korrekte, ideologisch gefärbte Ansichten.

Keines der Bücher las ich ein zweites Mal, sondern versteckte sie wieder hinter den anderen Büchern. Als ich *Mein Kampf* nach meiner späten Aufklärung über die Verbrechen der Nazizeit suchte – wir wohnten bereits in der eigenen Wohnung –, waren beide Bücher nicht mehr vorhanden.

FEUERKOGEL, 1952

Zu Pfingsten fahren Irmtraud, Lieselotte, Bärbel und Ilse mit dem Zug nach Ebensee und gehen noch am späten Nachmittag zur Feuerkogel-Seilbahn. Sie wollen auf dem Matratzenlager in der Schutzhütte schlafen, um bereits am nächsten Morgen das Höllengebirge zu überqueren.

– Weiter oben wird noch Schnee liegen. Bleibt am markierten Weg, damit keine von euch in einer Doline verschwindet, warnt uns der Hüttenwirt beim Frühstück und mustert kritisch unsere Kleidung. Die Dirndl scheinen ihm für unser Vorhaben völlig ungeeignet zu sein.

Sind sie auch. Oben zu heiß und unten zu kalt. Die Sonne brennt herunter und die Schneefelder, durch die der Weg führt, scheinen die Hitze noch zu verstärken. Die Markierungen wurden, da sie sich bereits oberhalb der Baumgrenze befinden, auf Felsen oder größeren Steinen angebracht, die aber größtenteils noch unter der Schneedecke liegen. Immer wieder schwärmen die vier Mädchen aus, bis eine von ihnen, die übernächste oder die überübernächste Markierung entdeckt.

Die Dirndl und Blusen sind längst im Rucksack, Turnhose und Unterziehleibchen reichen als Bekleidung. Zudem sind die Mädchen allein auf ihrem Weg. Ihrem Weg? Trotz langem Suchen finden sie plötzlich weder die nächste noch die vorige Markierung.

– Wir hätten einen Kompass mitnehmen sollen, sagt reumütig Irmtraud.

– Zeigt der auch an, wo Dolinen sind? fragen Bärbel und Ilse gleichzeitig.

Lieselotte und Irmtraud treten ein wenig beiseite und besprechen flüsternd die Lage. Bärbel und Ilse protestieren. Außerdem besitzt Ilse, wie sich bereits herausgestellt hat, als Einzige durch die Touren mit ihrer Mutter Bergerfahrung. Deshalb schlägt sie vor, unbedingt ins Tal abzusteigen.

– Über den steilen Schneehang sollen wir absteigen? fragt Lieselotte entsetzt.

– Wir werden im Schnee einsinken, wendet Bärbel ein.

– Wir rutschen am Hinterteil hinunter, schlägt Ilse vor, und Irmtraud stimmt zu.

Vier eingepackte Pelerinen, auf die sie sich setzen, um auf ihnen ins Tal zu rutschen, werden durch die Abfahrt leider unbrauchbar, aber so fröhlich und ausgelassen sind die vier Mädchen schon lange nicht gewesen.

Bei einem Heustadel unterhalb der Baumgrenze wird Halt gemacht. Hier ist der Boden bereits schneefrei. Mit großem Abstand zur Hütte facht Irmtraud unter dem mitgenommenen Kessel Feuer an. Tee wird zubereitet, und der Großteil des noch in Ebensee gekauften Brotes, bestrichen mit der billigen Dosen-Leberpastete, wird verzehrt.

In der Hütte liegt Heu, nicht mehr viel, aber jede von ihnen hat eine Decke und einen Trainingsanzug mit.

– Wenn wir zusammenrücken, werden wir bestimmt nicht frieren, meint Irmtraud.

Bärbel und Ilse bekommen die wärmeren Mittelplätze, da sie eindeutig nicht nur die Jüngsten, sondern auch die Dünnsten sind, wie die zwei Älteren feststellen. Satt und müde schlafen alle vier bald ein.

Der Rückweg nach Ebensee ist lang, zuletzt auf der Straße, selbstverständlich wieder im korrekten warmen Dirndl. Deshalb beschließen sie, zum Abschluss noch im Traunsee zu schwimmen, um danach appetitlich sauber die Heimreise antreten zu können. Der Traunsee ist eiskalt, drei der vier steigen zitternd sofort wieder aus dem Wasser, nur Irmtraud schafft eine längere Ehrenrunde.

Rückfahrt nach Wien. Erst spät in der Nacht kommen sie am Westbahnhof an. Es fährt keine Straßenbahn mehr, sodass sie zu Fuß gehen müssen. Die drei Mädchen aus Klosterneuburg-Kierling werden bei einer Tante von Lieselotte im 15. Bezirk schlafen, Ilse geht allein in den achten Bezirk. So wie nach den Theaterbesuchen dreht sie sich von Zeit zu Zeit um, um zu überprüfen, ob ihr niemand folgt, und fühlt sich erst sicher, als sie das schwere Haustor von innen verschließt.

WIEN, 2022

Meine erste Fahrt, denn so wurden von uns Wandervogeltöchtern der Tradition nach Ausflüge genannt, die länger als einen Tag dauern. Es war die einzige Fahrt mit der warmherzigen Irmtraud, die bald darauf die Gruppe auflöste. Sie durchlebte eine schwere Krise und beschloss ins Kloster zu gehen, was ich allerdings erst später erfuhr.

Ich wurde aber gleich darauf für eine neu gegründete etwas größere Gruppe angeworben, die wöchentlich Heimabende abhielt. Anfangs stellte uns die Tante von einem der Mädchen ihr Fotoatelier zur Verfügung. Dort wurde gesungen und eine zweiwöchige Fahrt für die Ferien geplant. Eine Mischung aus Offenheit für andere Kulturen und ein wenig Deutschtümelei löste die christliche Herzlichkeit der ersten Gruppe ab. So wurden kurz vor unserer ersten Fahrt, in der wir von Tirol über die Hohen Tauern nach Kärnten wandern wollten, für jedes Mädchen altgermanische Namen ausgewählt. Für alle außer für mich. Mein dunkler Teint, meine rabenschwarzen Zöpfe, vielleicht auch mein gelegentlicher Widerspruchsgeist, führten dazu, dass übereinstimmend gemeint wurde, zu mir passe kein nordischer Name. Also nannte man mich zuerst „schwarzer Kater", später nur mehr Kater. Ich wehrte mich nicht, war ich ja schon wieder die Jüngste.

Für den Sommer plante Mutti eine längere Radtour mit mir. Christoph sollte nach seiner überstandenen Krankheit daheimbleiben und sich in den drei Wochen selbst versorgen. Deshalb war ich nicht sicher, ob ich bei der Fahrt der Mädchengruppe teilnehmen würde können.

Allein mit meiner Mutter unterwegs zu sein, davor war mir ein wenig bang. Sie war zu uns Kindern bei den Touren in den Bergen oft recht unerbittlich gewesen, sodass mein Bruder und ich stets eine Allianz gebildet haben, um aufzubegehren. Mich allein gegen meine Mutter durchzusetzen, würde mir das gelingen?

Bis Bludenz ging es mit dem Zug, selbstverständlich in der Nacht, um dann übermüdet nach Frauenfeld zur Tante Sophie zu radeln. Wir schliefen in den beiden Zimmern der erwachsenen Söhne, die nur noch gelegentlich zu Besuch kamen. Das Haus kam mir noch moderner und wesentlich heller vor, als ich es in Erinnerung hatte. Höchstwahrscheinlich weil ich nur die Wintermonate hier verbracht hatte. Tante Sophie wirkte jedoch unverändert, sie ertrug meine Mutter und mich mit wohlerzogener Gelassenheit.

Am nächsten Morgen brachen wir nach Zürich auf, wo uns unsere Verwandten nach einer Jause im Garten in einem Hotel einquartierten. In einem soliden, gutbürgerlichen Hotel. Als uns im Speisesaal zum Abendessen ein Platz zugewiesen wurde, starrten uns die Gäste entsetzt an. Mutti steckte wenigstens in einer Dreiviertelhose. Meine solide Bekleidung bestand aus einem ärmellosen roten Montfort-Leibchen, einem Vorläufer der T-Shirts, und einer sehr kurzen weißen Tennishose. Mutti hatte das Stück von einer Freundin geschenkt bekommen und gefunden, für mich müsse die Hose schon hingehen. Mit meinen braunen, jetzt schon recht langen Beinen sah ich durchaus manierlich aus – am Rad. Aber völlig unpassend in einem seriösen Hotel.

Die Strecke von Zürich über Bern zum Genfersee führte zwar nicht durchs Gebirge, war aber alles andere als flach. Das schwere Zelt, Decken, Benzinkocher, Töpfe, Trainingsanzug, Kleidung zum Wechseln und außerdem für jede von uns eine große Trinkflasche waren in je zwei Packtaschen verstaut und dazu kamen noch die Decken am Gepäckträger des schweren Rades. So war ich recht froh, wenn meine Mutter bei steilen Anstiegen gelegentlich abstieg und das Rad schob.

Nach der Überquerung des Jura fing der Reifen meines Hinterrads an, Luft zu verlieren, sodass ich ihn immer wieder aufpumpen musste. Damit es schneller ging, peilte ich in Frankreich jede Tankstelle an und bat mit einem Lächeln, Luft in meinen Reifen zu füllen. Taten die meist jungen Männer gerne und pfiffen mir anschließend, sobald ich weiterfuhr, anerkennend nach. Während mich das bloß amüsierte, störte es meine Mutter ungemein. Sie fand, ich könne doch ruhig selber aufpumpen. Geht so schneller, entgegnete ich.

Wir ernährten uns untertags von kalter Milch und frischem Baguette, abends von einer Packerlsuppe und einem weiteren Baguette. Das Zelt stellten wir immer erst auf, wenn es dunkel zu werden begann, damit uns niemand bemerkte und verjagte. Campingplätze gab es noch nicht, irgendwo sein Zelt aufzustellen wurde nicht immer gerne gesehen. Wir bekamen aber bloß gelegentlich misstrauische Blicke ab, nie gab es ernsthaften Ärger. Schließlich benahmen wir uns manierlich und verließen unsere Schlafplätze jedes Mal, ohne Müll zu hinterlassen. Nur ein paar geknickte Grashalme mussten sich wieder aufrichten.

Einmal stellten wir das Zelt auf einer vermeintlich einsamen Wiese auf und wurden von einem undefinierbaren Geräusch geweckt. Erschrocken und vorsichtig schauten wir aus dem Zelt. Eine Kuh leckte die Zeltplane mit ihrer breiten Zunge ab, denn statt fernab von Gebäuden hatten wir in der Dunkelheit mitten auf einer Dorfwiese unser Zelt aufgestellt. Rasch brachen wir auf.

Im Rhônetal wurde es heiß und heißer. Irgendwann erbarmte sich ein Tankwagen und nahm uns bis knapp vor Marseille mit. Dann fuhr der Tankwagen weiter Richtung Hafen, wir Richtung französische Riviera. Ich bin mir nicht völlig sicher, aber höchstwahrscheinlich hatte ich dem Tankwagenfahrer gewinkt, damit er stehen blieb. Seit Beginn der Radtour fuhr ich mit ein wenig Abstand brav hinter meiner Mutter, sie hätte mein Winken also nicht bemerkt. Jedenfalls war auch sie erleichtert, dass wir uns zwei schweißtreibende Tagestouren erspart hatten.

FRANKREICH, 1952

Wieder einmal kommt das Meer nicht näher. Auf den Nebenstraßen gibt es selten eine Tankstelle, sodass Ilse immer wieder stehen bleiben muss, um das Hinterrad aufzupumpen. Deshalb beschließt Mutti in einer kleinen Ortschaft, dass sich ein Mechaniker das Hinterrad ansehen soll. Das Gepäck wird abgeladen, das Rad auf den Kopf gestellt, das Hinterrad abmontiert. Nach langem Hin und Her der Befund: Das Ventil sei in Ordnung, aber der Schlauch porös. Mutti feilscht umsonst, der Mann verlangt viel zu viel für einen neuen Schlauch, und so bleibt fast alles so, wie es gewesen ist, denn Mutti verzichtet ab jetzt auf Einwände, wenn sich Ilse bei einer Tankstelle den Reifen aufpumpen lässt.

Das nächste Ziel ist eine kleine Hafenstadt, von wo aus man mit einem Motorboot zur Île du Levant fahren kann, wo Nacktbaden erlaubt ist. Die Räder werden eingestellt und mit den schweren Packtaschen und den zusammengerollten Decken besteigen Mutter und Tochter das Motorboot, um ein paar Tage auf der Insel zu bleiben.

In der Nähe der Anlegestelle betreten sie eine Empfangszone mit einem Geschäft, einem Lokal und einer geraden Wiese, wo man das Zelt aufstellen kann. Dort sind die Menschen nicht völlig nackt: Ein Dreieckstuch mit Schnüren verhüllt die Genitalien.

– Nur hier ist das Vorschrift, erklärt Mutti, kauft Brot und Milch ein und erklärt, sie bleibe auf gar keinen Fall auf der Wiese, auf der ein Zelt neben dem anderen steht.

Oberhalb der Brandung gibt es einen schmalen Weg, auf dem sich Mutter und Tochter in der Mittagshitze langsam fortbewegen und nach einem geeigneten einsamen Zeltplatz Ausschau halten. Die Packtaschen, die Decken und der gekaufte Proviant samt angefüllten Wasserflaschen sind nicht nur schwer, sondern auch unhandlich zu transportieren.

– Hier gibt es keinen einzigen geraden Fleck, um ein Zelt aufzustellen, mault Ilse.

Mutti wischt sich den Schweiß von der Stirne und sagt plötzlich: Schau! Da oben.

– Auf dem Felsen? Wie soll denn da ein Hering halten?

Ein berechtigter Einwand. Der nächste von Mutti ausgesuchte Platz ist nicht viel besser, aber es gibt neben den Steinen ein wenig Erde.

– Probieren wir es halt, ist Ilses Kommentar.

Der Platz ist zwar etwas oberhalb des Weges, aber jeder, der vorbeikommt, wird ihre idyllische Einsamkeit stören. Allerdings ist ihnen bis jetzt niemand begegnet, weil niemand so verrückt wie meine Mutter ist, auf den Felsen ein Zelt aufzustellen, räsoniert Ilse.

– Können wir nicht wenigstens zuerst ins Wasser gehen? fragt sie.

– Gute Idee, findet Mutti, aber unser Gepäck sollten wir im Auge behalten.

Blöde Insel, flucht Ilse bei sich, als sie sich an einem Felsen die Haut an der Wade aufschürft. Als sie endlich im Wasser ist, fängt die Wunde höllisch an zu brennen. Außerdem ist das Meer hier keinesfalls so angenehm warm wie am Sandstrand von Caorle, sondern so kalt wie in Holland, und überhaupt, was sollen sie hier an diesem unwirtlichen Ort tun? Trotzdem hilft sie ohne zu murren Mutti beim Zeltaufstellen. Nach einigen Fehlversuchen steht das Zelt, windschief, aber immerhin. Bevor sie den Boden auflegen, beginnt Ilse Steine auszugraben, schließlich schlafen sie auf dem nur von einer Zeltplane geschützten Boden.

– Wird ja schon, sagt Mutti.

Dann räumen sie ihre Sachen ins Zelt.

– Sturm sollte aber keiner kommen.

Mutti nickt und kriecht ins Zelt, um ein Nickerchen zu machen.

Ilse wühlt in der Packtasche und findet das einzige Buch, das Mutti für sie mitgenommen hat: Bel-Ami von Maupassant. Sie sucht einen Felsen, auf dem es sich halbwegs gemütlich sitzen lässt, und beginnt mit dem Rücken zur Sonne zu lesen. Nach einer halben Stunde ist ihr so heiß, dass sie trotz der Wunde den Abstieg zum Meer in Kauf nimmt, um sich abzukühlen.

Am übernächsten Tag ist das Brot aus und Wasser zum Trinken gibt es auch nicht mehr. Mutti zieht das Unterteil vom Bikini an und schultert den Rucksack mit den leeren Wasserflaschen. Ilse soll das Zelt und vor allem die Pässe hüten, denn hie und da kommt doch jemand vorbei, so wie in dem Augenblick, als Ilse sich wieder in ihr Buch vertieft. Ein junger Mann mit weißem Hemd, dunkler Hose und einem Koffer, der wie ein Japaner ausschaut, rennt, als ob er von Furien gejagt wird. Was ist denn mit dem los? fragt sich Ilse und legt ihr Buch zur Seite. Nur kurz schaut der Mann auf, nimmt Ilse wahr und bleibt dann abrupt stehen.

– Alle nackt? fragt er in einem kaum verständlichen Französisch.

Ilse bestätigt es mit einem Nicken.

Daraufhin fängt er wie ein Huhn in Panik wieder an zu rennen. Da ruft ihm Ilse nach, doch umzukehren und mit dem nächsten Schiff zurück zum Festland zu fahren. Der Mann bleibt erst nach ein paar Schritten wieder stehen, offensichtlich hat sein gestresstes Gehirn Zeit gebraucht, den Vorschlag zu akzeptieren. Er macht kehrt, hebt, ohne nochmals aufzuschauen, die Hand, und Ilse vertieft sich lächelnd in ihr Buch.

Am nächsten Morgen kommt Sturm auf und Regenwolken ziehen heran. Das Zelt wird rasch abgebaut, alles, auch der noch nicht gegessene Proviant, in den Packtaschen verstaut, noch ein Schluck Wasser getrunken, und so schnell es geht hasten sie zur Schiffsanlegestelle.

Das Boot ist noch da. Schaukelt, als sie mühsam einsteigen.

– Das wird eine stürmische Überfahrt! meint Mutti.

Sie hat recht. Bald beugen sich alle Passagiere über die Reling, um ihren Mageninhalt Neptun zu opfern. Nur Mutti und Ilse halten sich tapfer. Sie bleiben im Freien, denn in der Kabine stinkt es, haben es doch einige nicht bis zur Reling geschafft. Nass und kalt ist es hier, weil die sich überschlagenden Wellen ihre Gischt versprühen.

– Stinkt hier wenigstens nicht, sagt Mutti.

Ilse nickt nur, denn sie fühlt, dass ihr Magen Lust hat, es den anderen Mägen gleichzutun. Da wird das Schiff endlich langsamer und legt an.

Geschafft, denkt Ilse. Schon während sie aussteigen, legt sich der Wind und die ersten Sonnenstrahlen dringen durch die Wolken.

Neben der Kirche sind ein paar Marktstände aufgebaut. Zielstrebig geht Mutti zu einem der Stände, kauft schwarze Oliven und bei einem anderen ein großes Baguette. Dann setzen sie sich auf die steinerne Einfassung eines kleinen Parks und essen mit Genuss alles auf.

– Die Oliven sind hier besonders gut, sagt Mutti.

Ilse nickt kauend, denn mit jedem Bissen geht es ihr und ihrem Magen wieder besser. Dann holen sie ihre eingestellten Fahrräder und los geht es, den ganzen langen Bogen der französischen und italienischen Riviera entlang.

WIEN, 2022

Wir radelten bis Genua. Dort gab es eine Rodin-Ausstellung, die Mutti unbedingt sehen wollte, weshalb der Umweg in Kauf genommen wurde, denn eigentlich sollten wir schnellstens zurück in den Norden, Muttis Urlaub war beinahe aufgebraucht. Zudem wurde der Zustand meines porösen Reifens schlechter und schlechter. Deshalb löste Mutti die eiserne Reserve der Reisekasse auf, um für uns und unsere Fahrräder Fahrkarten bis zum Brenner zu kaufen. Vom Brenner nach Innsbruck würden wir wieder radeln, um wenigstens ein paar Schilling einzusparen. In Mailand mussten wir umsteigen und hatten mitten in der Nacht genug Zeit, um einen Bummel bis zum Mailänder Dom zu unternehmen. Lange blieben wir auf dem menschenleeren Platz stehen, um seine unzähligen spitzen Türmchen, die im Mondlicht schimmerten, zu bewundern. Dann schaute Mutti erschrocken auf die Uhr, und wir rannten zurück zum Bahnhof.

WIEN, 2022

Die Sommerferien 1952 waren die letzten, in denen mir meine Mutter keinen Job verschaffte. Von da an sah sie es als selbstverständlich an, dass ich wenigstens die Hälfte der Ferien nützte, um Geld zu verdienen. Damit sie sich eine Weile nicht um mich kümmern musste, weil ich zusehends weniger fügsam geworden war? Oder weil es ihr selbst im gleichen Alter nicht erspart geblieben war, bereits Geld zu verdienen? Das fragte ich mich damals nicht, auch nicht, warum sie meinem Bruder niemals einen Ferienjob verschaffte. Meine Rebellion begann sich erst langsam zu entwickeln. Und machte es mich nicht auch stolz, jede mir zugewiesene Tätigkeit zufriedenstellend bewältigt zu haben?

Nach der Radtour verbrachte ich mit Christoph und Mutti, die sich wie in den vergangenen Jahren erst abends nach der Arbeit zu uns gesellte, ein paar Tage in der Lobau, dann ging es mit der Mädchengruppe nach Tirol. Nicht mit dem Fahrrad, nicht mit dem Zug, sondern per Autostopp. Wir waren sechs Mädchen, je zwei bildeten ein Team. Treffpunkt war ein Bauernhof am Fuß des Wilden Kaisers in Tirol, wo wir für ein paar Tage bleiben durften. Almuth, unsere Gruppenführerin, und ihre Cousine Roswitha hatten dort während der letzten Kriegsjahre mit ihrer Mutter und ihren Geschwistern eine sichere Zuflucht vor den Bombenangriffen auf Wien gefunden. Die uralte Bäuerin freute sich, zwei ihrer liebgewonnenen Mädchen wiederzusehen, und hieß uns alle sechs willkommen.

Uralt und abgerackert, wie man es nannte, war sie – und vielleicht doch jünger, als ich jetzt bin, während ich diese Zeilen schreibe. Als ausgepowert würde man den Zustand heute bezeichnen, ja, der stellt sich jetzt leider gelegentlich ein. Hat sich mein Vorrat an Energie erschöpft? Muss ich bald klein beigeben? Meine Anforderungen zurückschrauben? Beim Schreiben? Bei der Waldarbeit? Nur mehr auf Sparflamme existieren? Die rebellische kleine Ilse in mir verzieht spöttisch ihr Gesicht. Also wie ein Schmetterling höher und höher in den Himmel steigen, den Absturz riskieren? Ja sagen zum Leben und weniger oft in den Spiegel schauen!

Abermals waren wir im obligaten Dirndl unterwegs, aber um einiges besser organisiert als bei der Pfingstfahrt unter Irmtrauds Führung. Schlafen in Heustadeln war die Regel. Um uns mit Gepäck nicht unnötig abzuschleppen, teilten sich je zwei Mädchen einen Schlafsack, eine etwas breitere zusammengenähte Decke.

Dass wir unsere Schlafpartnerin wechselten, sollte eine Cliquenbildung innerhalb der Gruppe verhindern und geschah keinesfalls aus Angst vor einer homoerotischen Annäherung. Das einzige Wissen, das heranwachsenden Mädchen ständig eingetrichtert wurde, lautete: Als anständiges Mädchen dürfe man sich unter gar keinen Umständen vor der Hochzeit mit einem Mann einlassen. Wie ich bald herausfand, hatten alle Mädchen meiner Gruppe diesen Grundsatz verinnerlicht und verachteten Frauen, die wegen ihrer Dummheit heiraten oder, was noch viel schlimmer war, als Sitzengelassene ein uneheliches Kind zur Welt bringen mussten. Wurde in der Gruppe über das Thema gesprochen, hielt ich den Mund, denn ich wollte auf gar keinen Fall ein anständiges Mädchen werden, sondern eine junge Frau, die ihren Liebsten genauso kompromisslos liebt wie Julia ihren Romeo, mit einem Gefühl, das sich durch keinerlei Konventionen einschränken lassen wird. Eine gefährliche Ansicht? Nicht wenn sich zum Glück nur verantwortungsvolle junge Männer für das seltsame Mädchen zu interessieren begannen.

Bei der Überquerung der Hohen Tauern schlug das Wetter um. Es war nebelig und kalt, und ich wurde von so heftigen Hustenanfällen gequält, dass ich nicht mehr daran glaubte, jemals die Passhöhe zu erreichen. Meinetwegen unterbrachen wir den Anstieg, legten eine Zwischenrast in einem Heustadel ein und stiegen erst am nächsten Morgen zum Pass auf.

Am Weißensee in Kärnten mit seinem erfrischend kalten Wasser erholten wir uns. Dort kam eine von uns auf die Idee, aus den hellgrünen Trieben der Fichten einen Tee zu kochen. Der schmeckte scheußlich, und wir brauchten einen Tag, bis wir wieder irgendeine Nahrung zu uns nehmen konnten. Noch etwas wackelig auf den Beinen mussten wir bald darauf aufbrechen, weil die von den Eltern bewilligten zwei Wochen zu Ende gingen.

Bereits während unserer ersten Fahrt begannen wir davon zu träumen, im nächsten Jahr per Autostopp nach Skandinavien aufzubrechen und jenseits des Polarkreises von Kiruna nach Narvik zu wandern. Deshalb stellten die zwei Wochen eine Art Generalprobe dar, ob es bei einer längeren Fahrt möglich sein wird, mit den geringen uns von den Eltern zur Verfügung gestellten Geldmitteln auszukommen.

WIEN, NOVEMBER 1952

Sie könne froh sein, dass sich Frau Professor Mewald Zeit für sie nehme. Und kein Theaterbesuch und kein Heimabend, bis der Fünfer in Latein ausgebessert ist.

Missmutig marschiert Ilse in die Trautsongasse, weil sie Muttis Reaktion übertrieben findet, ist es doch kein Fünfer im Zeugnis, sondern bloß einer auf eine Schularbeit gewesen. Im Mezzanin betätigt sie die Türglocke und wartet. Erst nach einer Weile wird die Tür von einer Frau geöffnet, die eine dunkle Schürze umgebunden hat.

– Frau Professor Mewald? fragt Ilse zögernd, weil die Frau so gar nicht wie eine Professorin aussieht.

– Komm mit, ich führe dich zur Frau Professor.

Ilse folgt der Frau, die sie durch einen dunklen Gang führt. Vor einer Tür bleibt sie stehen, klopft an und wartet, bis auf ihr Klopfen ein lautes Herein folgt.

– Da will ein Mädchen zu Ihnen, Frau Professor.

– Danke, Mitzi. Das ist die Ilse. Die kommt jetzt jeden Mittwoch.

– Sehr wohl, Frau Professor, sagt die Frau und schiebt Ilse ins Zimmer. Noch einen Wunsch, Frau Professor?

– Danke, Mitzi.

Ilse bleibt bei der Tür stehen und versucht etwas in dem dunklen Raum zu erkennen, dessen einzige Beleuchtung von einer Tischlampe auf einem großen massiven Schreibtisch herrührt. Davor sitzt eine ältere, etwas korpulente Frau.

– Komm her, Ilse, und setz dich da neben mich auf den Stuhl. Also nach welchem Lehrbuch wirst du denn unterrichtet? Nach dem Liber Latinus oder der Austria Romana?

– Nach der Austria Romana, Frau Professor.

– Ist ja schön, dass du ein wohlerzogenes Mädchen bist, trotzdem verzichte bitte auf das Frau Professor.

– Ja, Frau … Ja.

– Gut, und jetzt schlag das Kapitel auf, das ihr zuletzt durchgenommen habt, und gib mir dann das Buch.

Nach kurzem Blättern fängt Frau Professor Mewald an, Ilses Kenntnisse zu erforschen. Die sind kläglich.

– Wenn die Deklinationen und Konjugationen nicht sitzen, wirst du später nicht einmal imstande sein, einen simplen Text wie den von Julius Caesar zu übersetzen. Also bis zum nächsten Mittwoch lernst du zuerst alle Deklinationen. Gründlich! Verstanden? Du möchtest doch Matura machen. Und die Vokabeln von der letzten Lektion lernst du ebenfalls. Danach werden wir uns den Konjugationen widmen.

Ein leises Jawohl kommt über Ilses Lippen.

Und dann, bevor Ilse entlassen wird, folgt noch die Anweisung, nur dieses Zimmer und kein anderes zu betreten.

Ilse nickt, murmelt ein Auf Wiedersehen, und während sie in den hellen Tag hinaustritt, fragt sie sich, ob in den Räumen, die sie nicht betreten darf, der Mann von der Frau Professor wohnt, der früher der Dekan der Universität gewesen ist, wie ihr Mutti erklärt hat. Jetzt aber nicht mehr. Sie seien nicht geschieden, vermeiden es jedoch, einander in der gemeinsamen Wohnung zu begegnen, hat Mutti noch hinzugefügt, und dass sie deshalb nicht länger Tisch und Bett, sondern nur noch Küche, Badezimmer, WC, Vorzimmer und Haushälterin miteinander teilen.

Ist er deshalb nicht länger Dekan, weil er ebenfalls ein Nazi gewesen ist? hat sich Ilse gefragt, jedoch nicht getraut, Mutti zu fragen. Jedenfalls ist er kein Netter, davon ist Ilse überzeugt, weil er alle Zimmer außer dem einen, in das überhaupt kein Tageslicht hereindringt, für sich beansprucht.

Während sich Ilse beim zweiten Besuch etwas erfolgreicher abprüfen lässt, stellt sie fest, dass die Frau Professor zwar etwas stattlich, aber doch recht hübsch ist, mit einer klaren Stimme, die es gewohnt ist, zu befehlen.

– Geht ja, sagt die Frau Professor, und Ilse ist erleichtert, dass sie sich nicht noch einmal so blamiert hat wie in der ersten Stunde.

Ist ja vielleicht doch wichtig, Latein zu lernen, wenn man nächstes Jahr nicht wie die Hälfte der Klasse eine Handelsschule oder eine andere berufsbildende Schule besuchen will, sondern ...

– Passt du schon wieder nicht auf! Also jetzt lies den Satz noch einmal und bestimme dann Subjekt, Prädikat und Objekt.

Gar nicht so leicht. Klappt aber nach einigem Zögern doch so halbwegs.

– Siehst du jetzt, wie wichtig es ist, sich mit Deklinationen auszukennen? Du musst sie dir beim Wiederholen laut vorsagen, damit du sie nicht gleich wieder vergisst.

– Jawohl, sagt Ilse und hofft, dass die Stunde bald um ist.

Nach mehreren Besuchen bei der Frau Professor stellt sich allmählich ein anderes Gefühl ein: Mitleid mit der im dunklen Zimmer zurückgebliebenen Frau, die nach Aussage des guten Geistes, der Mitzi, die Wohnung nur mehr höchst selten verlässt.

Nach weiteren Wochen intensiven Lernens findet Ilse schließlich, dass die Frau Professor recht nett ist. Schließlich hat sie den Zweier auf der letzten Lateinschularbeit ihr zu verdanken. Über die Note hat sich sogar ihre Lateinprofessorin gewundert, und ihr das Heft mit einem „Doch angefangen zu lernen" überreicht.

WIEN, 2022

War es bloß ein sentimentaler Impuls oder wurde ich meinem Vater, dem sentimentalen Narren, tatsächlich immer ähnlicher? Bald war ich stolz darauf, auf diese Art abgekanzelt zu werden, und nahm mir vor, niemals so egoistisch und empathielos zu werden wie meine Mutter.

Um meinem Vorsatz Nachdruck zu verleihen, schrieb ich mein erstes Gedicht in ein leeres Heft. In Schönschrift. Dem folgte in den nächsten zwei Jahren kein weiteres. Dann erst begann die Produktion wie von selbst zu sprudeln. Hingeschmiert auf ein Papier, das gerade vorhanden war. Erst nach ein paar Wochen kam jedes Gedicht auf den Prüfstand, wurde verworfen oder auf Vatis Schreibmaschine fein säuberlich abgeschrieben.

Typisch Ilse, hätte sich Mutti wohl gedacht, als ich zwei Tage vor dem Heiligen Abend in der Trautsongasse anläutete. Ich hatte mit Hilfe der Haushälterin in Erfahrung gebracht, zu welcher Zeit die Frau Professor nicht zu Hause sein würde. Deshalb war ich ungestört, als ich den mitgebrachten kleinen Christbaum aufstellte, schmückte, die Kerzen befestigte, einen kleinen Teller mit von mir gebackenen Keksen darunter stellte und frohgemut die Wohnung wieder verließ.

Das Freiwerden der versprochenen Wohnung hatte sich auf den Frühling verschoben, sodass wir noch immer bei der O wohnen mussten. Deshalb beschloss meine Mutter, wir sollten endlich wieder Ski fahren, und so verbrachten wir Weihnachten in der Schutzhütte am Hochwechsel. Als ich maulte, dass wir, seitdem wir in Wien waren, noch nie Weihnachten so wie früher gefeiert hatten, versprach mir Mutti einen großen Christbaum für das erste Weihnachtsfest in der neuen Wohnung. Gemeinsam würden wir dann den am Dachboden verwahrten Weihnachtsschmuck das erste Mal wieder auspacken und auf den Baum hängen.

Da musste ich abermals an den Heiligen Abend im letzten Kriegswinter denken. Christoph und ich warteten in der Küche auf die Bescherung, als jemand ohne anzuklopfen hereinkam, ruhig in seinen Stiefeln dastand und sich in der Küche umblickte, als wäre er noch nie hier gewesen. Erst nachdem mein Bruder den Stiefelknecht herbeigeschleppt und ich ihm die Patschen gebracht hatte, lächelte Vati uns an und sagte leise: Danke. Zusammen gingen wir ins Weihnachtszimmer, und es machte mir nichts aus, dass es nur wenige Geschenke gab, und es machte mir nichts aus, dass am Christbaum keine Kerzen brannten, weil es die wie so vieles nicht mehr zu kaufen gab. Sieben Jahre ist das her, und ich sollte endlich aufhören, an das Wunder von Vatis Rückkehr aus der Kriegsgefangenschaft zu glauben, und wie mein Bruder zur Kenntnis nehmen, dass mein Vater tot war. Deshalb sollte es mir endlich völlig gleichgültig sein, wo und wie zukünftige Heilige Abende gefeiert werden, denn ein Weihnachtsfest so wie früher kann es nie wieder geben.

Abermals schliefen wir in einer Hütte am Gipfel, wo der Sturm uns die Schneekristalle schmerzhaft ins Gesicht blies, sodass wir jeden Morgen bis zur Waldgrenze abfuhren. Dort entdeckten mein Bruder und ich einen Fichtenwald, von dessen Zweigen lange, grüne Flechten herunterhingen. Ein Foto, das Mutti von uns mit prächtigen Flechten-Bärten gemacht hat, gibt davon Zeugnis, wie unbeschwert kindisch wir beide noch immer sein konnten. Selbstverständlich präparierten wir auch diesmal mühsam einen Skihang und steckten mit Zweigen einen Slalom aus. Zum Aufstieg verwendeten wir unsere Felle, weil es weniger anstrengend war, als im Grätsch- oder Treppenschritt zur Hütte zu gelangen.

Wie früher fuhr mein Bruder besser Ski und war schneller beim Aufstieg. Aber er war mein großer Bruder, den ich bewunderte, über den ich mich zwar gelegentlich ärgerte, wenn er mich neckte, aber auf den ich nie eifersüchtig war.

Gleich nach den Weihnachtsferien drückte Mutti mir einen Zettel mit einem Namen und einer Adresse in die Hand.

– Da sucht eine Mutter jemanden, der ihrer Tochter Nachhilfe in Mathematik geben kann. Die beiden wohnen auf der Linzer Straße. Ich habe versprochen, dass du nächste Woche vorbeikommst, um mit dem Mädchen zu lernen. Musst ja nicht sagen, wie alt du bist, riet mir Mutti noch.

Nach einem ordentlichen Wachstumsschub hatte ich mit dreizehn Jahren stolze 1,62 erreicht, und wenn ich jetzt mit meinen 84 Jahren nicht geschrumpft bin, sollte ich noch immer so groß oder so klein sein, denn die gute Ernährung hat seit Jahren viele Frauen wesentlich größer werden lassen. Damals fand ich jedenfalls, dass meine Größe gerade richtig sei, sodass man mir ohne weiteres glauben würde, dass ich bereits sechzehn war.

Zuversichtlich machte ich mich auf den Weg nach Penzing. Eine besorgte Mutter und ein brav aussehendes Mädchen empfingen mich. Ich ließ mir die Hefte zeigen und fragte dann erst nach, welche Aufgaben das Mädchen zu erledigen hatte. Ein flüchtiger Blick auf die erste Angabe genügte, um zu begreifen, dass ich keine Ahnung hatte, wie das Beispiel zu lösen war.

Ich riet dem Mädchen, es zuerst allein zu versuchen und die Rechnung erst später vom Schmierzettel ins Heft zu übertragen.

Das Mädchen war folgsam, und ich zog nochmals das Schulheft zu Rate und schaute mir die letzten Beispiele genau an. Rechtzeitig begriff ich, worum es ging, und gab dann souverän den richtigen Tipp. Die erste Stunde klappte zufriedenstellend, meine Autorität war nicht angekratzt worden und das Mädchen froh, immer wieder gelobt zu werden.

Am Ende der Stunde, als ich meine ersten selbst verdienten zehn Schilling in die Hand gedrückt bekam, erfuhr ich, dass im Haus gegenüber Eltern für ihre Tochter ebenfalls eine Nachhilfelehrerin für Mathematik suchten. Zwei Mal in der Woche ging ich von da an nachmittags zu meinen zwei Schülerinnen zu Fuß, um von dem verdienten Geld nichts für Straßenbahnfahrscheine zu vergeuden. In einem Antiquariat kaufte ich mir systematisch die Bände einer Dostojewski-Gesamtausgabe. Nur gelegentlich zweigte ich Geld für eine kleine Tafel Schokolade ab.

Im nächsten Schuljahr brauchten meine zwei Mädchen mich leider nicht mehr. Sie waren mit meiner Hilfe zu halbwegs guten Mathematikschülerinnen geworden. Aber von da an fand ich immer wieder Schülerinnen, denen ich helfen konnte, im Unterricht mitzukommen.

WIEN, MÄRZ 1953

Endlich können Christoph und Ilse ihre künftige Wohnung besichtigen. Im dritten Stock, gleich vis-à-vis der Haltestelle der Straßenbahnlinie 13.

– Ein Vorteil, dass unsere Fenster in den Hof hinausgehen, so werden wir vom Lärm der Straßenbahn nicht so stark belästigt, meint Mutti, als sie gemeinsam in den dritten Stock hinaufsteigen. Während Mutti die Eingangstür zur Wohnung aufsperrt, fügt sie noch hinzu, dass früher der Eingang zum Klo außerhalb der Wohnung gewesen sei, aber der Vormieter bereits den Eingang ins Innere habe verlegen lassen.

Dann stehen sie zu dritt im ersten Raum. Schaut wie eine Küche aus, also gibt es nicht einmal ein Vorzimmer, stellt Ilse enttäuscht fest.

Als hätte Mutti Ilses Gedanken erraten, erläutert sie ihre Pläne: Damit wir ein Vorzimmer haben, werden wir die Küche mit dem großen Schuhkasten abteilen, und darüber einen Vorhang montieren. Im Vorzimmer ist dann Platz für die Garderobe und eure zwei Spielzeugkisten.

Zuerst wird das Klo mit dem Fenster zum Lichtschacht besichtigt und ein Blick in die Küche geworfen: Fließendes Wasser gibt es und einen zweiflammigen Gasrechaud wie in der Zeltgasse.

– Das Wohnzimmer schaut viel größer aus als das in der Zeltgasse, meint Christoph, als sie weitergehen.

– Sind aber fast gleich groß. Ohne Möbel wirkt jeder Raum größer.– Viel heller ist es hier, stellt Ilse fest, und Mutti nickt.

Der letzte Raum ist ein Kabinett mit nur einem Fenster.

– Das ist dein Zimmer, Christoph, sagt Mutti.

Und was ist mit mir? fragt sich Ilse. Werde ich weiter im Wohnzimmer auf den Sesseln schlafen müssen?

– Du bekommst dein eigenes Bett, erklärt aber gleich darauf Mutti ihrer Tochter. Hinter der Eckbank wirst du eine Schlafnische haben. Ich werde dir dort eine Leselampe montieren lassen, damit du im Bett lesen kannst, solange du möchtest.

– Fein, sagt Ilse bloß, und können wir jetzt wenigstens all unsere Möbel aufstellen?

– Selbstverständlich, sagt Mutti.

– Und wann übersiedeln wir? fragt Christoph.

– Sobald die Holzböden gestrichen und alle Räume frisch ausgemalt sind. Etwa in drei Wochen.

– Und wo können wir die Fahrräder abstellen? erkundigt er sich noch.

– Wir haben ein großes Abteil am Dachboden und einen geräumigen Kohlenkeller.

– Dann müssen wir sowohl die Fahrräder wie die Kohlen vier Stockwerke hinaufschleppen, stöhnt Christoph.

– Das werden wir doch schaffen, sagt Mutti fröhlich.

WIEN, 2022

Nach sieben Jahren bei der O endlich die Rückkehr in ein geordnetes Leben, wie es sich meine Mutter schon als junge Frau gewünscht und in Zwettl für ein paar Jahre verwirklicht hatte.

Dennoch glich ihr Leben in keiner Weise dem in Zwettl. Statt in einer angesehenen Stellung arbeitete sie noch immer in der Wäscherei, und es gab kein Mädchen, das ihr alle unangenehmen Arbeiten im Haushalt abgenommen hätte. Ich war die Einzige, die etwas widerwillig dafür zur Verfügung stand, denn mein Bruder hatte bereits eine dreijährige Lehre begonnen.

Die Übersiedlung ging rasch und problemlos vonstatten. Meine Mutter hatte auch diesmal alles bis ins kleinste Detail geplant. Schon am Vorabend der Übersiedlung waren die Kästen von uns ausgeräumt und der Inhalt in Schachteln und Säcken verpackt worden. Die Möbel der O wurden am Tag der Übersiedlung vom Dachboden geholt und aufgestellt, die wenigen Habseligkeiten der O von Mutti darin verstaut.

Als ich um zwei Uhr von der Schule in mein neues Zuhause kam, standen die meisten Kästen bereits auf ihrem Platz. Ich aß schnell ein Schmalzbrot und begann dann nach ihren Anweisungen mit dem Einräumen der Kästen. Als mein Bruder abends nach Hause kam, war sein Bett im Kabinett genauso wie meines frisch überzogen. Meine Mutter schlief weiter freiwillig auf der Eckbank, ihr Bettzeug wurde untertags in einer großen Holzkiste am Fußende meines Bettes verstaut.

Nicht mehr in einem Provisorium leben zu müssen und vor allem nie mehr bereits während des Frühstücks beschimpft zu werden wäre Grund genug gewesen, mich wohlzufühlen. Aber ich steckte mitten in meiner Pubertät. Sah meine Mutter nicht mehr mit den Augen eines liebevollen kleinen Mädchens, sondern mit den Augen einer kritischen Frühreifen. Nahm es ihr übel, dass mein Bruder trotz seiner schweren Erkrankungen kein Schuljahr hatte versäumen dürfen. Nahm es ihr übel, dass er eine Lehre in einem Beruf absolvieren musste, den er sich nicht selbst hatte aussuchen dürfen. Und ich nahm es ihr vor allem übel, dass sie bei der nationalsozialistischen Partei gewesen war.

Aber da war die Schule, da gab es Besuche im Burgtheater, in der Oper und im Musikverein. Und da waren Männer, die anfingen, mir „nachzusteigen" – wie man es damals nannte –, was mich irritierte, mir aber auch schmeichelte.

Meine Mutter schaute einmal in der Woche bei der O vorbei und lud sie jeden zweiten Samstag zum Mittagessen ein. Da wurde – so wie bei allen gemeinsam verzehrten Mahlzeiten – ein weißes Tischtuch aufgelegt und Stoffservietten in silbernen Serviettenringen benützt. Larifari nannte es die O.

An den neuen Schulweg gewöhnte ich mich rasch, den negativen Status einer undisziplinierten Schülerin verschlechterte ich noch zusätzlich, weil ich mich mit Muttis gefälschter Unterschrift selbst vom Freigegenstand Stenographie abmeldete. Leider kam Mutti dahinter, und es wurde mir als einer der letzten Schülerinnen der Mädchenschule ein Karzer verhängt. Eingeschlossen in einem Zimmer musste ich nachmittags je eine Schularbeit in Mathematik, Deutsch, Latein und Französisch schreiben. Ich erklärte Mutti nicht, dass ich mich zu dieser Dummheit nur deshalb entschlossen hatte, weil ich mit der Unbarmherzigkeit einer Vierzehnjährigen die Lehrkraft in Stenographie hässlich, überheblich, dumm und unglaublich schikanös fand. Der Karzer war halb so schlimm, die Schularbeiten waren nicht allzu schwierig und in Stenographie brauchte ich auch nicht mehr zu gehen.

Kurz darauf wurde die Professorin allerdings meiner Klasse im Fach Handarbeiten zugeteilt. Ebenfalls ein Freigegenstand, den ich besuchen musste, weil Mutti darauf bestanden hatte. Die Lehrkraft hatte mir nicht verziehen, dass ich bei ihr nicht länger Stenographieren lernen wollte, und ließ mich eine Musterferse, also nur die Ferse eines Sockens, die wir stricken mussten, dreimal auftrennen. Mutti hatte zur Wollgewinnung einen alten Kinderpullover aufgetrennt. Die ohnehin schon ramponierte Wolle war der Strapaze des wiederholten Auftrennens nicht gewachsen und ließ sich nur noch mit äußerster Mühe verstricken. Ich war verzweifelt. Da erbarmte sich Mutti meiner und strickte selber das unnütze Stück. Als ich der Professorin stolz Muttis gestrickte Ferse zeigte, bekam ich abermals den Befehl, sie aufzutrennen. Daraufhin marschierte meine Mutter wütend in die Schule, um mich vom Handarbeitsunterricht abzumelden, und ich war von der Professorin ein für alle Mal befreit.

Zur Frau Professor Mewald ging ich noch bis knapp vor den Ferien. Unser Verhältnis zueinander hatte sich verändert. Zwar prüfte sie mich nach wie vor gewissenhaft und streng, aber wir begannen auch ein wenig zu tratschen. Sie erzählte mir viel von ihrer Tochter, die in Deutschland lebte, niemals aber von ihrem Mann. Was hatte er angestellt, fragte ich mich, dass sie den Mann, mit dem sie noch immer verheiratet war, nicht einmal erwähnen konnte?

Zum Anlass des Muttertags kochten wir gemeinsam in der großen Küche einen Pudding. Dabei erwies ich mich im Kochen als die weitaus Routiniertere. Die Frau Professor hatte offensichtlich noch nie in ihrem Leben kochen müssen. Ich schüttete den heißen Pudding in eine kalt ausgewaschene Porzellanform und stürzte ihn nach dem Auskühlen auf einen ovalen Teller. Wir betrachteten beide stolz den wunderschönen Puddingfisch, den ich danach vorsichtig nach Hause trug.

Die Freundschaft endete mit dem Sommer. Die Frau Professor wurde im Herbst unpässlich, wie man das damals nannte, und mir wurde nicht erlaubt, sie noch einmal zu besuchen.

FAHRT NACH SKANDINAVIEN, 1953

Im Laufe des Winters ist die Gruppe auf fünfzehn Mädchen angewachsen, aber außer Ilse bekommen nur drei Mädchen von ihren Eltern die Erlaubnis, für fünf Wochen zur geplanten Nordlandfahrt aufzubrechen. Zu gefährlich und zu kostspielig erscheint den anderen Eltern das Unternehmen, denn vierhundert Schilling muss jedes Mädchen dafür aufbringen.

Erst nach langem Feilschen borgt Mutti Ilse wenigstens 200 Schilling, die sie ihr zurückzahlen muss, sobald sie im August für den Job als Kindermädchen ihren Lohn ausbezahlt bekommen wird. Die anderen drei Mädchen, die Ilses prekäre Verhältnisse kennen, erklären sich damit einverstanden, dass sie nur den halben Betrag in die gemeinsame Fahrtenkasse einzahlt. Almuth, die Gruppenführerin, verwaltet das Geld bis auf den Notgroschen im Wert von zwanzig Schilling, den jedes der drei Mädchen in einem Stoffbeutel unter der Bluse verwahrt.

Ilse ist mit ihren vierzehn Jahren die Jüngste, Roswitha mit achtzehn die Älteste. Ihre Cousine Almuth und deren Freundin Lieselotte, von allen bloß Lo genannt, sind sechzehn. Dass Ilse weder mit einem der drei anderen Mädchen verwandt noch schon länger befreundet ist, verstärkt ihre Sonderstellung als Jüngste.

Gleich nach Schulende startet die Fahrt in den mythischen Norden, von dem im Wandervogel bereits die Mütter und Väter der vier Mädchen geträumt haben. Frühmorgens treffen sie sich bei der Endstation der Stadtbahn in Hütteldorf – selbstverständlich im Dirndl – und gehen gemeinsam zur Bundesstraße 1, um sich dort zu trennen. Ilse und Roswitha sind Team eins, Almuth und Lo Team zwei. Mit großem Abstand winkt je ein Mädchen, um mitgenommen zu werden.

Ilse und Roswitha haben das Pech, dass jedes Auto, das stehen bleibt, bloß bis zum nächsten Ort fährt. Bei Einbruch der Dunkelheit sind sie gerade nur bis Wels gekommen. Da sie sich vorgenommen haben, nicht in der Nacht zu stoppen, übernachten Roswitha und Ilse in einem Heustadel fernab der Häuser. Der erste Treffpunkt liegt in Bayern, in einer kleinen Ortschaft in der Nähe von München, wo Verwandte von Roswitha und Almuth wohnen. Am zweiten Tag sollen beide Teams dort eintreffen.

Auf der Teilstrecke der Autobahn Salzburg–München, die schon während des Zweiten Weltkriegs fertiggestellt worden ist, kommen Ilse und Roswitha endlich schneller voran. Ein hilfsbereiter Fahrer bringt sie zur Autobahn nach Nürnberg und spendiert ihnen zum Abschied noch Kaffee und Kuchen. Vergebens suchen sie in der kleinen Ortschaft das Haus der Verwandten, bis sie erfahren, dass es an der Autobahn München–Stuttgart eine Ortschaft mit dem gleichen Namen gibt. Also zurück nach München, die Stadt durchqueren, nicht zu Fuß, sondern mit der Tram, um rasch zur Autobahn nach Stuttgart zu gelangen, denn die Zeit drängt. Erst am Abend erreichen sie schließlich den Treffpunkt.

Am nächsten Tag geht es nach einem Frühstück mit Marmeladenbroten und Hagebuttentee weiter Richtung Norden. Nächster Treffpunkt ist Hamburg bei Ilses Onkel Guschen, wo sie in spätestens vier Tagen sein wollen.

Als Ilse – diesmal ist sie mit Lo unterwegs – in Hamburg die Adresse vom Onkel sucht, streifen sie durch ein Stadtviertel, das von den Bomben fast völlig zerstört worden ist. Auf den vom Schutt befreiten Flächen wächst meterhohes Unkraut. Gelegentlich steht in einer langen Straße bloß ein einziges Haus, das wie durch ein Wunder heil geblieben ist. Noch viel schlimmer als in Wien müssen die Luftangriffe hier gewesen sein, begreifen Lo und Ilse.

Nach langem Suchen – Tafeln mit Straßennamen fehlen – finden sie das richtige Haus. Inzwischen ist auch das zweite Team eingetroffen und zu viert warten sie im Freien, bis Ilses Onkel von der Arbeit nach Hause kommt.

Die Wohnung ist winzig, nur der Onkel wohnt hier, während seine Frau und die Kinder – Ilses Tante und Cousins – in einem kleinen Haus mit Garten in Haffkrug an der Ostsee leben. Aber es geht sich aus, dass die vier wie Sardinen am Fußboden schlafen können. Am nächsten Tag nimmt sich der Onkel frei, um ihnen Hamburg zu zeigen. Zuletzt spendiert er ihnen noch eine Bootsrundfahrt durch die Alster und den Hafen.

Nach Haffkrug gibt es nur mehr einen Stützpunkt: im dänischen Middelfart, wo sie in einem winzigen Reihenhaus bei Freunden von Almuth und Roswitha aufgenommen werden. Die Tochter ihrer Gastgeber lernt Ballett. Als sie ein paar Tanzschritte im Wohnzimmer vorführt, kracht sie bei einem kleinen Sprung mit dem Kopf gegen den Plafond, weil der Raum so niedrig ist. Einen Tag lang helfen die Mädchen der Familie beim Brombeerpflücken, dann geht es weiter Richtung Kopenhagen.

Bevor die Mädchen dazu kommen, sich wie gewohnt zu trennen, bleibt ein großer Pkw mit einem älteren Ehepaar stehen. Die Rucksäcke werden im Gepäckraum und alle vier im Fond verstaut. Bei einer Rast werden ihnen Kaffee und reichlich Kuchen aufgetischt und danach werden sie mit der Frage überrascht, ob sie nicht ein paar Tage in Kopenhagen bleiben wollen. Zwar wird das Paar noch am selben Tag in sein Haus am Meer fahren, aber sie können in ihrer Wohnung bleiben, solange sie möchten.

Es ist eine Luxuswohnung, die ihnen samt einem Schlüsselbund anvertraut wird. Zum Abschied werden die Mädchen lediglich gebeten, bei ihrem Aufbruch den Bund unter die Türmatte zu legen. Je eine Hand wird zum Abschiedsgruß gehoben, gleich darauf inspizieren die Zurückgelassenen die Wohnung.

– Das gibt es doch nicht, meint Lo. Haben die keine Angst, dass wir ihnen die Wohnung ausräumen?

– Wir sind hier nicht in Wien, wendet Almuth ein.

– Stimmt, sagt Ilse und erzählt, was ihnen alles vom Dachboden gestohlen worden ist.

– Wir halten uns nur im Wohnzimmer und in der Küche auf. Schlafen nicht wie angeboten in ihren Betten, sondern wie gewohnt am Boden.

Die vernünftige Almuth hat wie immer recht, und keine widerspricht.

– Glaubt ihr, dass die großen Vasen, die da überall herumstehen, kostbar sind? fragt Lo.

– Könnten chinesisch und wertvoll sein, meint Roswitha, die im Herbst auf der Uni in Wien anfangen wird, Kunstgeschichte zu studieren.

– Dann müssen wir auch noch auf die Vasen aufpassen, seufzt Lo, worauf die anderen drei in Gelächter ausbrechen.

WIEN, 2022

Waren wir deshalb im Dirndl unterwegs, um als Österreicherinnen erkannt zu werden? Damit uns als ersten Opfern von Hitlers Aggressionspolitik keine Erbschuld am Zweiten Weltkrieg und an den begangenen Verbrechen angelastet wird?

Wahrscheinlich hat keine von uns vier solche Überlegungen angestellt, denn über den Nationalsozialismus sprachen wir nie, fragten nicht, wie weit die Eltern und deren Freunde darin verstrickt gewesen waren. Offensichtlich hatten auch Roswitha, Almuth und Lo keine Ahnung, dass Trachten und Volksmusik während des Nationalsozialismus für Propaganda missbraucht worden waren.

Sauber und adrett sahen wir in unseren Dirndln jedenfalls aus. Da wir auch unser amerikanisches Zelt ohne Boden und zwei zusammengenähte Wolldecken als Schlafsäcke mitschleppten, war im Rucksack gerade nur Platz für eine zweite weiße Bluse, eine Wollweste, einen leider nicht regenfesten Anorak, drei Unterhosen und einen Trainingsanzug. Wie sich während der Fahrt herausstellte, war das Zelt ein unnützer Ballast, denn weder beim Autostoppen, bei dem jedes Team nur ein halbes Zelt mitführte, noch in Skandinavien, wo es fast immer zu nass war, konnten wir es aufstellen. So diente es uns bloß, wenn wir irgendwo am Boden schliefen, als Unterlage.

Stets versuchten wir so korrekt wie möglich auszusehen. Die Bluse und die Unterhosen wurden immer wieder gewaschen, wir selbst wuschen uns, sooft es eben ging, was nicht immer der Fall war. In den Heustadeln, in denen wir oft schliefen, gab es eben kein fließendes Wasser. Gelegentlich fanden wir jedoch einen Bach oder einen frei zugänglichen Brunnen. Die Kleidung war nicht praktisch, aber ein Dirndl besaß jede von uns. Zudem wurden Jeans und T-Shirt erst in den 70er Jahren in den Geschäften angeboten.

Selbst nach Jahren wunderten wir uns noch darüber, wie vertrauensselig das dänische Ehepaar gewesen war. Hatte unser gutes Benehmen, unsere korrekte Ausdrucksweise das Ehepaar von unserer Harmlosigkeit überzeugt?

Vertrauensselig zu sein war im Nachkriegswien fast lebensgefährlich gewesen. Du nimmst von keinem Menschen Süßigkeiten an, schärfte Mutti mir immer wieder ein. Sie könnten vergiftet sein. Und wenn dich jemand anspricht, antwortest du nicht, sondern läufst davon. Verstanden?

Ängstlich, wie ich war, fiel es mir nicht schwer, misstrauisch zu sein. Einen peinlichen Vorfall vergaß ich nie. Mehrere Kriegsversehrte saßen bei schönem Wetter am breiten Gehsteig neben dem Parlament. Einer der Männer – er hatte im Krieg ein Bein verloren – herrschte mich an, ich solle die Tschick, die verstreut am Gehsteig lagen, aufheben und ihm geben. Ich sammelte hastig die Zigarettenstummel auf, wagte aber nicht, sie dem Mann zu reichen, sondern warf sie ihm bloß hin und lief davon.

SCHWEDEN, 1953

– Achtung, ein Zug kommt, schreit Almuth.

Sofort springen die vier Mädchen von den Gleisen und sind gerade dabei, den aufgeschütteten Bahndamm zu verlassen, da bemerken sie ihren Irrtum: Kein Zug nähert sich, sondern zwei Draisinen, die stehen bleiben.

Im melodischen Schwedisch und einigen erklärenden Gesten werden sie aufgefordert mitzufahren. Je zwei Mädchen setzen sich auf die kleine Ladefläche einer Draisine. Leider dauert die Fahrt nicht lange. Die Männer müssen am Gleiskörper Reparaturen ausführen und lenken nach wenigen Kilometern die Draisinen auf ein Abstellgleis.

Sie sollen gut aufpassen, wird ihnen zum Abschied von den Männern eingeschärft, es komme bald ein Zug, der Erz nach Narvik bringt.

Als der Zug vorbeifährt, haben die vier Mädchen schon vor einer Weile den Bahndamm verlassen und sind dabei, ihren Hunger mit Heidelbeeren zu stillen, die hier im Überfluss wachsen.

– Sie schmecken ja gut, aber satt wie von einem Stück Brot wird man davon nicht, beklagt sich Lo, als sie zurück auf den Bahndamm klettern.

Sie hat recht, Heidelbeeren verstärken bloß das Hungergefühl, stimmt Ilse Lo in Gedanken zu. Auch die anderen zwei kommentieren Los Jammern nicht. Schweigend setzen sie das mühsame Gehen auf den Schwellen fort. Hie und da durchbricht das Piepsen eines Vogels die Stille, der vielleicht gerade dabei ist, Futter für seine Jungvögel zu suchen.

– Die Vögel brauchen hier nur den Schnabel aufzureißen und langsam zu fliegen, dann haben sie den Schnabel voll Gelsen, kommentiert Almuth nach einer Weile das Gezwitscher.

Dazu nicken Roswitha, Lo und Ilse bloß, was Almuth nicht sehen kann, weil auch sie den Blick nicht vom Boden hebt, um keine der Schwellen beim Gehen zu verfehlen. Obwohl es nicht kalt ist, sind die Mädchen in ihre Anoraks geschlüpft, um nicht auch noch in die Arme gestochen zu werden. Mit einem abgerissenen Zweig von einem der niedrigen Wacholdersträucher sind sie damit beschäftigt, die Gelsen vom Gesicht und den nackten Beinen fernzuhalten.

– Ein Dirndl ist hier wirklich nicht die optimale Kleidung, unterbricht nach einer Weile diesmal Lo das Schweigen.

– Und was schlägst du stattdessen vor? fragt Almuth.

– Hosen aus festem Stoff, in dem sich die Gelsen ihren Stachel abbrechen und ... Also das gibt es nicht! Mit dem blitzblauen, rot verzierten Anzug schaut der Kerl ja haargenau so aus wie auf den Postkarten, die wir in Kiruna bewundert haben!

– Lo, sagt Almuth drohend. Halt den Mund und hör vor allem sofort auf zu lachen!

Der junge Same steht noch immer auf derselben Stelle und scheint über das Aussehen der Mädchen genauso verwundert zu sein wie die Mädchen über seines. Erst nach einer Weile beendet Almuth das gegenseitige Anstarren mit einer kurzen Erklärung: – Kiruna, Narvik.

Sie zeigt zuerst in die Richtung, aus der sie gekommen sind, und dann in die Richtung, in die sie unterwegs sind.

– Kiruna, Narvik? fragt der junge Same.

Jetzt nicken alle vier gleichzeitig. Eine kleine Pause entsteht, dann scheint der junge Mann einen Entschluss gefasst zu haben und winkt den Mädchen ihm zu folgen.

Ein kurzer Blickkontakt zwischen Almuth und Roswitha, und schon marschieren sie hinter ihm im Gänsemarsch durch niedriges Weidengebüsch auf einem schmalen Weg, den sie selber nie entdeckt hätten. Vor einem Gewässer kommt die Kolonne zum Stillstand.

– Und was sollen wir jetzt tun? fragt Ilse, als der Jüngling auf einmal verschwunden ist.

– Zurück zum Bahndamm gehen, was sonst? sagt Lo lakonisch.

Unschlüssig bleiben sie stehen, da legt der junge Same mit einem kleinen Boot vor ihnen am Ufer an. Er hebt Daumen und Zeigefinger hoch, die Mädchen nicken, Roswitha und Ilse steigen zuerst ins Boot und werden ans andere Ufer gebracht, bevor der Same zurückfährt, um Lo und Almuth zu holen. Das Wasser scheint nicht tief zu sein, denn der Jüngling bewegt das Boot mit einer Stange, die er immer wieder in den Boden rammt.

Nach dem umständlichen Übersetzen, das sich noch zweimal wiederholt, marschieren die vier wieder hinter ihrem Lappenjüngling, wie sie ihn, damals politisch noch absolut korrekt, nennen.

Der Geruch von Rauch zeigt ihnen, dass sie sich einer Siedlung nähern. Wenig später hören sie Stimmen und dann tauchen mehrere große Zelte auf, die alle ein Loch in der Mitte haben.

– Da regnet es ja hinein, empört sich Lo.

– Das sind ja, wie heißen die bloß? fragt sich Almuth laut.

– Das sind Kohten oder Goathi, die von den Samen immer schon verwendet wurden, wird sie von Roswitha belehrt.

Gleich darauf sind die Mädchen von Frauen, Männern und Kindern, die zuvor rund um ein offenes Feuer gesessen sind, umringt. Der junge Same zeigt mit einer längeren Erklärung stolz auf die Beute, die er in seine Siedlung gebracht hat. Von den Erklärungen verstehen die Mädchen allerdings nur Kiruna und Narvik, was von einigen der Anwesenden staunend wiederholt wird.

Dann zeigt eine ältere Frau den Mädchen ein leeres Zelt und erklärt ihnen mit Gesten, bloß ihre Rucksäcke dort zu deponieren und sich zu ihnen ans Feuer zu setzen, wo ihnen mit Fladenbrot, getrocknetem Fleisch und Kaffee aufgewartet wird. Das Brot schmeckt gut, das Fleisch auch, aber es ist zäh und man muss es ewig kauen.

– Was ist das für ein Fleisch? fragt Lo.

– Keine Ahnung, antwortet Almuth.

Eine der Frauen scheint verstanden zu haben, worum es geht, denn sie zeigt mit ihrer Hand nach hinten.

Da erst bemerken sie die Rentiere, die friedlich hinter den Zelten weiden. Der Kaffee hat die Müdigkeit vertrieben, mit allerhand Gesten wird versucht, eine Unterhaltung zu führen, dabei wird viel gelacht. Bald stellt sich heraus, dass eine der Frauen ein wenig Englisch spricht. Sie erzählt, dass sie Lehrerin ist und nur im Sommer bei ihrer Familie sein kann. Ihre Familie? staunen die Mädchen, denn da sitzen mindestens 30 Erwachsene und mehr als ein Dutzend Kinder rund ums Feuer.

– Ja, lacht die Frau, das ist meine Familie.

Das Feuer ist fast heruntergebrannt, es raucht nur noch, die Augen brennen, und immer mehr von ihren Gastgebern verschwinden in ihren Zelten, um zu schlafen.

– Vielleicht hätten wir das Fleisch doch nicht essen sollen, fragt nachdenklich Roswitha, als sie den Schlafplatz in ihrem Zelt herrichten.

– Schauen hier aber alle gesund aus, kommentiert Lo Roswithas Bedenken. Da lächelt Almuth, und Ilse versteht immer besser, warum die zwei so grundverschiedenen Mädchen so gute Freundinnen geworden sind.

– Mit einem Feuer in der Mitte würde uns in der Nacht keine einzige Gelse stechen, meint Lo.

– So geselcht, wie wir vom Rauch sind, wird das ohnehin keine tun, tröstet Almuth ihre Freundin.

Das hört Ilse noch, dann ist sie eingeschlafen.

WIEN, 2022

Zwei Tage begleitete uns der junge Same. Dann kehrte er zu seiner Familie zurück und wir marschierten auf uns allein gestellt abermals auf den Schwellen der Bahn. Und dann begann es zu regnen. Dirndl und Anorak wurden getränkt von der Nässe immer schwerer, während uns immer kälter wurde. Stunde um Stunde, den Blick auf die Schwellen gerichtet, um nicht auszurutschen, marschierten wir weiter. Unsere Stimmung war am absoluten Tiefpunkt, als zwei Baracken auftauchten, die wir, ohne ein Wort zu verlieren, ansteuerten.

Wieder einmal wurden wir wie selbstverständlich willkommen geheißen. Wir begriffen nie völlig, wozu die Männer hier waren. Um Vermessungen oder geologische Untersuchungen durchzuführen? Es war uns egal, wir waren nur froh, im Trockenen zu sein.

Zuerst hängten wir unsere Trainingsanzüge und die Schlafsäcke zum Trocknen auf den Schnüren neben dem großen Ofen auf, weil sie in den Rucksäcken ebenfalls völlig nass geworden waren. Als wir danach neben dem heißen Ofen noch immer vor Kälte zitterten, bemerkte einer der Männer unser Dilemma: Wir besaßen keine trockenen Sachen, um uns umziehen zu können. Nach wenigen Minuten kam er mit einer Handvoll Hemden, Pullovern und Hosen daher. Dann wurden wir zum Umziehen allein gelassen. Die Männersachen waren uns viel zu groß, aber sie waren wunderbar trocken und warm.

Weil es nach 24 Stunden noch immer regnete, wurde uns von den Männern eine Gratis-Zugfahrt organisiert. Beim Aussteigen belehrte uns der Zugbegleiter, dass wir die Grenze passiert hätten und bereits in Norwegen seien.

Als wir auf den Bahnschwellen Richtung Narvik stapften, hörte es bald auf zu regnen, die Sonne kam hervor und wir staunten über die veränderte Landschaft, denn statt sumpfigem und leicht hügeligem Gelände durchquerte die Bahnlinie jetzt eine felsige Gebirgslandschaft. Nach Stunden entdeckten wir tief unter uns eine Wasserfläche. Bloß ein See oder bereits ein Fjord? fragten wir uns.

Auf der Strecke mussten wir zahlreiche unbeleuchtete Tunnel durchqueren. Da es in den engen Tunneln keine Ausbuchtungen gab, zu denen wir beim Herannahen eines Zuges hätten flüchten können, kniete jedes Mal eine von uns vier nieder und legte ein Ohr auf die Schiene. Erst wenn kein Geräusch zu hören war, rannten wir los.

Bei einem einzeln stehenden Haus baten wir mit Gesten einen Mann um Wasser. Der Mann verschwand kurz im Haus, kam mit einem Gewehr zurück und jagte uns davon.

Sooft ich später an den Vorfall dachte, schämte ich mich. Was hatten wir uns nur dabei gedacht, im Dirndl in Norwegen aufzutauchen? Wenn wir auch weder in der Schule noch von unseren Familien etwas von den Verbrechen der Nationalsozialisten erfahren hatten, vom Krieg wussten wir, und dass im Gegensatz zum neutralen Schweden Norwegen von den Deutschen besetzt gewesen war. Warum haben wir uns nicht vorstellen können, welche Verbrechen während der Besatzung und des Rückzugs der Deutschen Wehrmacht in Norwegen begangen worden sind?

NARVIK, SOMMER 1953

– Da blühen ja Rosen. Sind wir plötzlich im Süden? wundert sich Lo.

– Ist bloß der Golfstrom, erklärt Roswitha.

Dann schweigen die vier Mädchen wieder. Sie sind hundemüde und würden gerne irgendwo schlafen. Aber zuerst müssen sie sich um den Einreisestempel in ihren Pässen kümmern, um später ohne Schwierigkeiten aus Norwegen ausreisen zu können.

Narvik ist nicht sehr groß, und die schmale Straße, die von Südnorwegen bis zur russischen Grenze führt, ist, wie sie bei einer ersten Inspektion feststellen, nicht einmal asphaltiert.

Als sie so unschlüssig herumstehen, werden sie von einer Frau angesprochen.

– Aus Wien?

– Ja, aus Wien, bestätigt Almuth.

Die Frau lächelt. Und die Mädchen begreifen, dass es ab nun besser sein wird, „aus Wien" zu sagen statt „aus Österreich".

Die Frau führt sie zu einem Gebäude, das sich Polizei und Hafenbehörde teilen. Dort bekommen sie nicht nur den notwendigen Stempel in ihre Pässe, sondern auch die Möglichkeit, in den Räumen der Hafenbehörde zu schlafen.

Almuth erkundigt sich, ob sie irgendwo schwedisches Geld wechseln können, um Brot zu kaufen, denn sie sind nach der Heidelbeerkost und den wenigen Löffeln Haferflocken schrecklich hungrig. Beides werde erst morgen Vormittag möglich sein, erklärt man ihr.

Doch gleich darauf werden die Mädchen im Funkraum der Hafenbehörde mit Kaffee und Unmengen mit Pudding gefüllten Laibchen mit dem lustigen Namen skolebuller verwöhnt. Dazu wird ihnen Walzermusik geboten, die ein österreichischer Radiosender gerade in den

Äther schickt. Sie hätten gerne mit ein wenig Wehmut länger zugehört, aber die Darbietung muss unterbrochen werden, die Funkanlage wird gebraucht, ein Schiff nähert sich dem Hafen, und den Mädchen wird ihr Schlafquartier zugewiesen. – Glaubst du, dass das mit dem Autostoppen morgen klappt? hört Ilse Almuth ihre Freundin fragen.

– Bestimmt, hört Ilse Los zuversichtliche Stimme, bevor sie einschläft.

An das Gespräch erinnert sich Ilse, als das erste Auto auf der Straße nach vier Stunden auftaucht. Ein kleines vollgestopftes italienisches Auto, das absolut niemanden mitnehmen hätte können und außerdem Richtung Norden unterwegs ist. Nach weiteren zwei Stunden nähert sich ein in Richtung Süden fahrendes Auto, in dem nur der Fahrer sitzt. Das Auto bleibt stehen und der Fahrer erklärt ihnen mit Gesten, dass er leider nur zu seinem außerhalb der Stadt liegenden Haus fährt.

Als die Mädchen nach weiteren Stunden vergeblichen Wartens zurück in die Stadt gehen, treffen sie abermals die Frau, die ihnen am Vortag geholfen hat, und Almuth schildert ihr die schwierige Situation, in der sie sich befinden.

– Dann müsst ihr eben per Schiff reisen, meint die Frau und geht mit den verblüfften Mädchen zum Hafen, wo das Frachtschiff, das gestern angekommen ist, vor Anker liegt. Nach einigem Hin und Her erscheint ein griesgrämig dreinschauender Kapitän an der Reling, der mit seinem Schiff gleich ablegen wird, um mit einigen Zwischenstationen Richtung Süden zu fahren.

Die vier Mädchen wagen nicht in die norwegisch geführte Verhandlung einzugreifen, sehen nur, wie die Frau dem Kapitän ihre Situation schildert, der Kapitän aber stets bloß den Kopf schüttelt. Der Stand der Verhandlung ist nur an den Mienen und am Tonfall der Stimmen abzulesen, aber je eindringlicher die Stimme der Frau wird, desto ablehnender wird der Gesichtsausdruck des Kapitäns.

Und dann, als die Mädchen bereits jegliche Hoffnung aufgegeben haben, eine resignative Handbewegung des Kapitäns. Unter der Bedingung, den zugewiesenen Frachtraum unter Deck während der Fahrt nicht zu verlassen, wird ihnen gestattet mitzufahren.

Kaum sind alle vier an Bord, legt das Schiff ab und sie klettern wie versprochen mit ihren Rucksäcken sofort auf einer langen Leiter hinunter in den Frachtraum. Dunkel ist es dort, denn durch die kleine Einstiegsluke dringt kaum Licht.

– Die Taschenlampe wird nur im Notfall eingeschaltet, denn wir haben keine Ersatzbatterie mehr, befiehlt Almuth.

– Was haben die nur transportiert, dass es hier so stinkt? fragt Lo.

– Sei froh, dass es kein Fischkutter ist, sagt Roswitha, und Ilse denkt an das Problem, über das die anderen drei offensichtlich bis jetzt nicht nachgedacht haben: Im Frachtraum gibt es kein Klo.

Sie sind gerade dabei, etwas abseits, damit man es von der Luke aus nicht sehen kann, ihr Nachtlager herzurichten, da bringt Ilse das Problem zur Sprache.

– Ich werde nachher hinaufklettern, um das zu regeln, seufzt Almuth.

– Und um Wasser zu organisieren, sagt Roswitha.

– Ja, aber einstweilen bleiben wir hier, seufzt Almuth nochmals.

– Wenigstens ist es hier warm, wenn auch der Lärm von den Schiffsmotoren etwas unangenehm ist, analysiert Roswitha wenig später die Lage.

– Ja, etwas unangenehm, äfft Lo sie nach. Aber wir werden uns selbstverständlich daran gewöhnen.

Dann sind alle vier ruhig und denken vermutlich daran, dass sie mindestens drei Tage bis Bodö unterwegs sein werden und vom Norden Norwegens nichts, aber schon gar nichts sehen werden. Auch nicht von den Lofoten. Auch nicht ...

Da bemerken die Mädchen, dass es im Laderaum noch dunkler wird. Ein Mann beugt sich über die Luke und winkt. Möchte er, dass sie hinaufklettern? Aber sie dürfen doch unter gar keinen Umständen den Laderaum verlassen, sonst riskieren sie, bei der nächsten Anlegestelle von Bord gehen zu müssen.

Das Winken wird stärker.

Haben sie etwas angestellt?

Dann fällt das Wort Käpt'n, und Lo reagiert als Erste: Also los, wenn es der Käpt'n befiehlt.

In der geräumigen Kajüte, in die sie geführt werden, sitzen der bärbeißige Käpt'n und ein paar Männer seiner Mannschaft vor leeren Tellern, und da gibt es auch noch vier Plätze mit vier Gedecken. Es wird ihnen bedeutet, Platz zu nehmen.

– Warum? wagt Almuth nach dem wunderbaren Essen den Käpt'n zu fragen.

– Jetzt seid ihr auf dem Schiff und meine Gäste, aber schlafen ... und er deutet mit bedauernder Miene mit den Daumen hinunter. Es gebe eben keine freie Kajüte.

WIEN, 2022

Als der Kapitän sich davon überzeugt hatte, dass wir wirklich nur vier harmlose wohlerzogene Mädchen waren und keine Gefahr für seine Mannschaft darstellten, durften wir uns an Bord frei bewegen. Besonders schätzten wir den französischen Koch, nicht nur wegen seiner Kochkünste, sondern weil er uns immer wieder zum Lachen brachte. Das Schiff hieß Greta H, von der Mannschaft als Greta Ho ausgesprochen, für den Franzosen hieß das Schiff jedoch Greta Asch.

Beim Abschied in Bodö, welches wir am vierten Tag erreichten – es musste immer wieder auf einer der Inseln oder am Festland angelegt werden, Ware aus- und eingeladen werden –, wetteten wir mit dem Kapitän und der Mannschaft, früher als das Schiff in Oslo zu sein.

Wenn man die Karte von Norwegen betrachtet, erkennt man, dass das Schiff eine wesentlich längere Strecke zurücklegen musste als wir auf der Straße. Trotzdem schafften wir es mit knapper Not und standen in Oslo am richtigen Kai, als die Greta H auftauchte. Es gab ein riesiges Hallo von der Mannschaft und zum Abschied ein Essen mit dem Kapitän in einem Restaurant. Ausnahmsweise schliefen wir in Oslo ganz seriös in einer Jugendherberge auf einer weichen Matratze. Was für ein Luxus!

Nach fünf Wochen waren wir, wie vereinbart, wieder in Wien.

Was brachten wir mit? Keine Fotos – für einen Fotoapparat und Filme reichte unser Geld nicht – aber unzählige Erinnerungsbilder im Kopf, von der Wanderung Kiruna–Narvik, von den Lofoten, die im Nebel vor uns auftauchten, von Kopenhagen, der lebendigsten, fröhlichsten Stadt Skandinaviens, und für mich das erste Kennen- und Liebenlernen von Norwegen. Welch glückliche Fügung, dass ich das Land später so oft mit meinem Mann besuchen durfte, weil seine Schwester einen Norweger geheiratet hatte.

Im August beaufsichtigte ich drei Buben im Alter von drei, fünf und sieben Jahren in einer Villa auf der Hohen Warte. Mein vierwöchiger Einsatz ermöglichte dem Kindermädchen, endlich einen längeren Urlaub anzutreten. Die Kinder waren lieb, es gab keinerlei Probleme. Als mich die Mutter der Kinder aber auch noch zum Servieren der Mahlzeiten einsetzen wollte, erwies ich mich für diese Aufgabe wieder einmal als zu patschert, sodass die Köchin diesen Dienst murrend versehen musste. Es gab in den vier Wochen keine Freizeit, ich schlief im Kinderzimmer, konnte aber abends lesen, denn die Kinder waren daran gewöhnt, dass die Leselampe ihres Kindermädchens in der Nacht nicht abgedreht wurde. Der Lohn war bescheiden, aber es war mir möglich, Mutti die 200 Schilling zurückzugeben und mir zwei neue antiquarische Bücher zu kaufen.

In der fünften Klasse besuchte ich nur mehr sporadisch die Heimabende der Mädchengruppe. Ich hatte außer Theater und Konzerten auch noch die Liebe zum Volkstanzen entdeckt. Das verschaffte mir den kostenlosen Zutritt zu Bällen, bei denen Tracht vorgeschrieben war, wenn ich innerhalb einer kleinen Gruppe von Tänzerinnen und Tänzern zur Eröffnung ein paar Volkstänze vorführte.

In der Schule hatte sich viel geändert. Statt vier Parallelklassen gab es nur mehr eine einzige auf 20 Schülerinnen zusammengeschrumpfte Klasse. Die meisten Mädchen waren in eine Handelsschule oder Handelsakademie abgewandert, um später in einem Büro zu arbeiten. Einige besuchten die von den Mädchen verächtlich als Knödelakademie bezeichnete Oberstufe, in der unter anderem Kochen und Haushaltsführung gelehrt wurde, denn die Aufwertung des Berufs der Hausfrau wurde im konservativen Nachkriegsösterreich noch immer fleißig vorangetrieben. Einige Mädchen begannen eine Lehre. Ich war weiterhin eine mittelmäßige Schülerin. Um wenigstens mein Französisch zu verbessern, hatte Mutti vor, mich während der nächsten Sommerferien als Hausmädchen in die französische Schweiz zu schicken.

WINTER 1953/54

Ilse geht mit Mutti erst am Vormittag des Heiligen Abends von einem Verkaufsplatz für Christbäume zum nächsten, in der Hoffnung, bei einem Kauf in letzter Minute günstiger den versprochenen großen Christbaum zu erstehen.

Schließlich entscheiden sie sich für eine gerade gewachsene Tanne. Schon während die beiden den schweren Baum nach Hause schleppen, wird ihnen klar, dass der Baum viel zu groß für das Wohnzimmer sein wird.

– Ihr spinnt's ja, ist Christophs Kommentar, als sie mit einer alten stumpfen Säge versuchen, den Baum um einen halben Meter zu kürzen. Trotzdem beteiligt er sich bei der mühsamen Arbeit.

– Und was machen wir mit den abgeschnittenen Ästen? Wegwerfen? fragt er.

– Sie riechen doch so gut, wendet Ilse ein. Können wir nicht Zweige hinter die Bilder stecken so wie früher?

– Gut, sagt Mutti.

Trotzdem muss Christoph einen Teil der Äste zum Kolonialkübel im Hof schleppen, denn das Holz ist zum Verbrennen noch zu frisch.

Dann steht der riesige Baum endlich, der Weihnachtsschmuck aus den zwei Schachteln wird aufgehängt, die Kerzen befestigt.

– Also vom Schmuck sieht man nicht viel, stellt Christoph kritisch fest.

Er hat recht, für den großen Baum reichen die Glaskugeln einfach nicht. Deshalb wickelt Ilse noch schnell Karamellen in Seidenpapier ein und hängt sie auf.

Unser allerschönster Christbaum, darin sind sich Mutter und Tochter einig. Die Kerzen werden angezündet, Weihnachtslieder gesungen.

Sogar Christoph begleitet sie brummend, denn er steckt mitten im Stimmbruch.

Schon am Tag nach Stephani bricht Ilse zum Winterlager in den Wölzer Tauern auf. Die Selbstversorgerhütte wird der Kosten wegen mit der Bubengruppe geteilt. Christoph ist nicht dabei, er muss nach den Feiertagen ja wieder arbeiten.

Gemeinsam wird gekocht, gesungen, diskutiert und ein wenig Ski gefahren. Diesmal ernähren sie sich nicht nur von Brot und Haferflocken, stattdessen werden Erdäpfel gekocht und gelegentlich ein Kaiserschmarrn zubereitet.

Im Herbst ist auch in der Mädchengruppe mit Volkstanzen begonnen worden, deshalb sind die weiblichen und männlichen Jugendlichen einander bereits recht vertraut. Es galt dabei so wie bei den anderen von Ilse besuchten Tanzgruppen die Regel, nach jedem Tanz den Partner zu wechseln und respektvoll miteinander umzugehen. Heimlich mit einem Burschen zu schmusen war für die wohlerzogenen Mädchen undenkbar.

Als Ilse zurückkommt, finden Christoph und Mutti, dass es schon sehr umständlich ist, dauernd um den großen Baum herumzugehen. Also fängt Ilse an, den Weihnachtsschmuck abzunehmen, jede der Glaskugeln vorsichtig einzupacken und die von ihrem Vater so liebevoll beklebten Schachteln auf den Dachboden zu schleppen. Können Erinnerungen genauso vergilben wie die Bildchen auf der Schachtel? überlegt Ilse, denn eigentlich wüsste sie nicht mehr, wie Vati aussieht, stünde da nicht das Bild von ihm noch immer auf einem Regal des Bücherkastens.

So wie in den vorhergehenden Wintermonaten kommt die O jetzt wieder regelmäßig am Samstag zum Mittagessen. Warum Ilse von der

O auf einmal nicht mehr beschimpft wird, begreift sie nicht recht. Schon gar nicht, warum sich die O sogar gelegentlich an sie wendet. Ob sie nicht bemerkt habe, dass in der Nebenwohnung ein Rechtsanwalt wohne. Der wäre doch eine gute Partie.

Ist das Rotzmensch in ihren Augen zu einer Person gereift, die imstande ist, eine gute Partie zu machen, um später die Finanzen der Familie aufzubessern?

Vom Sehen kennt Ilse die für sie vorgesehene „gute Partie". Ein unattraktiver kleiner älterer Mann, der noch immer mit seiner Mutter in einer allerdings größeren und feudaleren Wohnung im gleichen Stock wohnt. Fenster nicht zum Hof, sondern zur Straße, was den Wert der Wohnung und das Ansehen der Bewohner damals erheblich vergrößert hat.

Bis jetzt haben der Rechtsanwalt und Ilse einander noch nicht einmal gegrüßt, weil es sich Ilse zur unhöflichen Gewohnheit gemacht hat, unsympathische Menschen nicht zu grüßen, während der Rechtsanwalt in ihr bestenfalls einen schlecht erzogenen Fratz gesehen hat.

WIEN, 2022

Wenn ich an meinen Aufenthalt im Sommer 1955 am Genfersee denke und die Augen schließe, sehe ich tief unten, hinter den Dächern und Kirchspitzen von Lausanne, den Genfersee, in dem sich der blaue Spätsommerhimmel spiegelt, und in der Ferne die Berge, die vom schneeweißen Gipfel des Mont Blanc überragt werden. Und da kommt Jean-Pierre herein, größer, mit breiteren Schultern als während der alltäglichen Begegnungen, und vielleicht entsteht der Eindruck bloß deshalb, weil ich flach am Rücken liege. In der Hand hält er einen riesigen Strauß von Gladiolen in allen Farbschattierungen, die er vermutlich im großen Garten seiner Mutter abgeschnitten hat. Fast schüchtern steht er neben meinem Spitalsbett. Eine ungewohnte Rolle für den sonst so selbstsicheren Mann, der sich in das Haustöchterli – wie man es in der Deutschschweiz nannte, eine Rolle, die ich einen Sommer lang verkörpert habe – verliebt hat.

Eishockeyspielen war seine große Leidenschaft, und von langen Reisen in ferne Länder mit mir, davon fing er wohl bereits an zu träumen. Als einziger Sohn würde er die Leitung der riesigen Landwirtschaft von seinem Vater übernehmen, heiraten hätte er deshalb längst sollen, statt sich in ein 15-jähriges Mädchen aus Wien zu verlieben. Unpassend im Alter. Unpassend für sein vorgezeichnetes Leben. Begriff das damals keiner von uns beiden?

Ich schweife ab von dem Mädchen, das da in seinem Spitalsbett liegt und sich so wenig wie möglich bewegt, um die Schmerzen nach der komplizierten Darmverschlussoperation nicht zu vergrößern.

Mädchen oder doch schon eine junge Frau? Dem Raupenstadium entwachsen und bereits ein Schmetterling? Éric-Emmanuel Schmitt hat in seinem Buch „Plus tard, je serais un enfant“ gemeint, dass er seine

Kindheit niemals endgültig hinter sich gelassen habe, sondern sich in seinem Erwachsenenleben noch immer gelegentlich als ein Kind fühle. War ich also damals bereits beides: Kind und junge Frau?

Noch mehr Fragen drängen sich auf. Hätte Jean-Pierre ohne die Gefährdung meines Lebens erkannt, wie sehr er mich liebt? Und hätte er je so eine große Bedeutung für mich bekommen, hätte ich mich in meinem Spitalsbett nicht so schrecklich allein gefühlt?

Damals sprach ich recht flüssig Französisch. Als ich jedoch aus dem Nebel einer langen Narkose aufwachte und mich eine Krankenschwester fast schon in Panik auf Französisch anschrie, endlich zu atmen, brauchte ich eine Weile, um zu verstehen, was sie von mir wollte.

All das geschah aber erst, als der Sommer zu Ende ging und ich mich bereits zur Rückreise nach Wien rüstete. Krampfartige Schmerzen im Bauch wurden so heftig, dass man mich auf Anraten eines Arztes ins Spital brachte und nach einer Röntgenuntersuchung sofort operierte. Verwachsungen von der Blinddarmoperation vor einem Jahr? Vermutlich. Eine Diagnose, warum ich operiert wurde, landete trotz vieler Aufforderungen niemals in Wien.

Zurück zum Beginn des Sommers, in dem ich vor meiner Arbeitsverpflichtung meine Verwandten im Schwarzwald besuchen wollte. Noch am Tag der Zeugnisverteilung mit abermals mittelmäßigen Noten stellte ich mich mit meinem Rucksack und einem neuen Jugendherbergsausweis in Hütteldorf auf die Bundesstraße 1, um allein per Autostopp mein Ziel Triberg im Schwarzwald zu erreichen. Meines Vaters Schwester, Tante Nore, ihre drei Buben, meine Cousins, und meine ostpreußische Großmutter wurden nach dem Zweiten Weltkrieg dort angesiedelt. Nach dem Tod meiner Cousine Gisela war ich die einzige Enkelin meiner Großmutter, die einzige

Cousine meiner Cousins und wurde vielleicht auch darum besonders liebevoll aufgenommen.

Nach ein paar fröhlichen Tagen ging es per Autostopp weiter nach Basel. Meiner angeschlagenen Lunge wegen erhielt ich erst Tage später und nach unzähligen Untersuchungen in einem Spital die Arbeitserlaubnis und fuhr mit dem im Rucksack verwahrten Dokument sittsam, wie es sich für ein zukünftiges Haustöchterli gehört, mit dem Zug nach Zürich zu meinen Verwandten. Wegen der Verzögerung in Basel ging es bereits am nächsten Morgen unter dem Schutz eines Mannes, dessen Aufgabe es war, für das Wohlergehen der Mädchen zu sorgen, die als arbeitende Töchter in Familien aufgenommen wurden, mit der Bahn nach Chanivaz am Genfersee.

Das war meine neue „Familie“: die Eltern im besten Alter, würde man heute sagen, die Tochter groß, stark, tüchtig und bereits verlobt, Jean-Pierre, der ruhige, selbstsichere Sohn, und ein etwa siebzehnjähriger Neffe, der in den Schulferien bei der Arbeit mithalf. Nicht zur Familie gehörten fünf italienische Landarbeiter, die immerhin, wenn auch schweigend, mit der Familie die Mahlzeiten einnehmen durften. Als ich einmal nicht nur die Zimmer von Jean-Pierre und dem Neffen, sondern auch die der Italiener saubermachte und dabei das dreckige Bettzeug wechselte, wurde ich für die als unnütz empfundene Arbeit gerügt. Eine weitere Bestätigung, dass es damals eine Rangordnung in der Schweiz gab: Oberschicht Deutschschweizer, Mittelschicht Französischschweizer, Unterschicht Italienischschweizer und um einige Grade noch weniger angesehen: die italienischen Gastarbeiter.

Am dritten Tag meines Aufenthalts, ich querte gerade den großen Hof, überraschten mich zwanzig Kühe, die zur Tränke strebten und für die ich ein Hindernis darstellte, das sie wegdrängten. Mich vor Kühen zu fürchten belustigte meine Familie, genauso wie meine Angst vor schweren Gewittern. Die Versicherung, dass Blitze nie ins Haus, sondern in einen der großen Bäume rund ums Haus oder in den sehr nahen Genfersee einschlagen, beruhigte mich nicht. Blitz und Donner kamen häufig gleichzeitig und erschreckten mich jedes Mal.

Sonst aber war es die pure Idylle. Auf meine Freizeit, die ich mit Schwimmen im Genfersee verbrachte, wurde geachtet. Abends spürte meine Schwester in dem sündteuren Radioempfänger stets einen Sender auf, der von irgendwo in Europa ein klassisches Konzert oder eine Oper übertrug, und wir saßen andächtig zuhörend im Wohnzimmer. Es gab am Wochenende oft Besuch von der großen Verwandtschaft, wenn nicht, machten die Eltern mit mir Ausflüge, um mir die französische Schweiz zu zeigen.

Und Jean-Pierre? Als ich wieder einmal zum See ging, saßen auf meinem gewohnten Platz der Neffe und er. Also ging ich am Strand ein wenig weiter, um mich in sicherer Entfernung niederzulassen. Ich hörte ihre Unterhaltung und ihr Lachen, wurde aber nicht belästigt.

Wann wurde im Lauf des Sommers der Abstand der Badeplätze geringer, wann wechselten wir die ersten Worte, wann schwammen wir, wenn auch im absolut sittsamen Abstand, gleichzeitig im See?

So naiv, dass ich sein Interesse nicht bemerkte, war ich nicht. Dass er weder aufdringlich noch lästig war, gefiel mir. Mehr war da nicht. Oder doch? Warum denke ich immer wieder an den ersten Mann zurück, der mich unbedingt heiraten wollte? Weil ich mich seit langem um meinen Wald, meine Streuobstwiese, meinen Gemüse- und meinen Blumengarten kümmere? Weil es mir guttut, mich um meinen im Vergleich zu Chanivaz kleinen Besitz zu sorgen? Weil aus uns beiden ebenfalls eine großartige Sache hätte werden können? Warum hat man nicht mehr als ein Leben zur Verfügung, um alles, was gut hätte werden können, zu verwirklichen?

Nach zehn Tagen wurde ich vor allem der hohen Kosten eines feudalen Schweizer Spitals wegen, die noch dazu meine Schweizer Verwandten aufbringen mussten, frühzeitig entlassen und von meiner „Familie" verhätschelt, sodass ich nach weiteren zwei Wochen kräftig genug war, mit Jean-Pierre in seinem kleinen Fiat Topolino nach Zürich zu fahren. Am harten Rücksitz, denn neben ihm saß seine Mutter als Anstandsdame. So endete der erste Teil der Liebesgeschichte bloß mit dem körperlichen Kontakt eines einzigen Händedrucks.

Nach einer weiteren Pause von zehn Tagen im obersten Stock des Familienhauses meiner Verwandten in Zürich, ich logierte bei der etwa 50-jährigen unverheirateten Schwester meines älteren Onkels Eugen, traute man mir zu, die Bahnfahrt nach Wien unbeschadet zu überstehen. Mittlerweile war es Mitte Oktober geworden und die Schule hatte vor mehr als einem Monat begonnen.

Was für ein chaotisches Schuljahr, denn kaum begann ich, etwas vom Versäumten nachzuholen, ging es mit der Rettung in die Chirurgie des Allgemeinen Krankenhauses. Hohes Fieber, krampfartige Schmerzen, wiederholte Einläufe mit Rindergalle (die schrecklich weh taten), um einen neuerlichen Darmverschluss zu verhindern. Entlassung und nach ein paar Wochen erneut zurück ins Spital. Besorgte, freundliche Ärzte und eine geistliche Oberschwester, die mich umso mehr hasste, je öfter ich eingeliefert wurde. Schließlich fing sie an, statt beispielsweise 39,8 – ich hatte, misstrauisch geworden, angefangen das Fieberthermometer, bevor sie an mein Bett trat, selbst abzulesen – einen Wert von 37,2 in mein Krankenblatt einzutragen. Gelegentlich berührte bei der Visite ein Arzt meine Stirn, schaute auf das Krankenblatt, das am Fußende angebracht war, schüttelte verwirrt den Kopf und ging zur nächsten Patientin. Ich spürte den Blick der Oberschwester, die bei den Visiten die Ärzte begleitete, und verriet sie nicht. Nicht aus Feigheit, sondern aus berechtigter Furcht, schließlich oblag ihr die Medikamentenausgabe und sie verabreichte die Infusionen. Zudem war ich sicher, dass man mir nicht glauben würde. Eine angesehene Ordensschwester und eine 15-jährige, die sie beschuldigt, fahrlässig, wenn nicht gar verbrecherisch zu handeln, da hätten sie mich vermutlich in die Psychiatrie überwiesen. Nach einer Bauchoperation dreißig Jahre später rügte man mich, weil ich bei der Aufzählung der Vorerkrankungen die Bauchfellentzündung nicht erwähnt hatte. Da musste ich an die Oberschwester denken und daran, dass ich hätte sterben können. Lag es an mir, dass mich abermals eine Frau so inständig hasste?

Männer haben mir nie geschadet, mir oft geholfen, mich oft gefördert. Ich habe nie Übergriffe oder Gewalt von einem Mann erlebt. Hatte mich naives Geschöpf mein Misstrauen geschützt, oder hatte ich tatsächlich ein Gespür dafür, ob mir ein Mensch schaden könnte? Unterstützung von Frauen erfuhr ich erst sehr viel später. Weil ich endlich das Glück hatte, meinesgleichen zu finden?

Seit damals suche ich Gründe für das Verhalten der sonst so gewissenhaften Oberschwester. War ich als hübsches junges Mädchen ihr ein Dorn im Auge, oder lehnte sie mich nur deshalb ab, weil ich nicht katholisch, also eine Ketzerin war? Vielleicht ertrug sie es auch nicht, dass sich die Ärzte besonders intensiv um mich bemühten, während sie bei krebskranken Frauen, die bereits „austherapiert“ waren, nur kurz verweilten? Dann wäre ihr Verhalten die Folge einer ausgeprägten Solidarität gegenüber unheilbar kranken Frauen gewesen und das „Getue“ der Ärzte um mich für sie unerträglich, da ich in ihren Augen eine Simulantin war.

Ich war im Winter 1954/55 so oft im Spital, dass es meiner Mutter lästig wurde, mich noch dort zu besuchen. Irgendwann, vermutlich unter dem Einfluss der Oberschwester, kam dann plötzlich tatsächlich der

Verdacht auf, ich würde meine Schmerzen simulieren, sodass eine Untersuchung in der Psychiatrie, der Klinik Hoff, anberaumt wurde. Ein Oberarzt rettete mich, denn ich hörte nicht auf zu weinen, war ich doch überzeugt, dass die Behandlungsmethoden dort noch genauso schrecklich waren wie während des Aufenthalts meines Bruders. Röntgenaufnahmen mit einem Kontrastmittel und anschließende Darmwäsche wurden anberaumt, die schweren Verwachsungen sichtbar gemacht und ein Operationstermin festgelegt.

Professor Schönbauer – ein weltberühmter Arzt in jenen Jahren – war damals der Leiter der Chirurgischen Abteilung. Bei seinen Chefvisiten gab es in dem großen Krankensaal mit über zwanzig Betten nie genug Platz für alle Ärzte, die anwesend sein mussten. Einen Tag vor meiner Operation blieb Professor Schönbauer wieder einmal bei meinem Bett stehen, studierte alle Befunde, tastete meinen Bauch mit der langen Narbe lange ab und untersagte die Operation, zu der ich bereits vorbereitet wurde. Meine Verzweiflung war grenzenlos. Erst Jahre später begriff ich, wie dankbar ich ihm sein musste. Eine weitere Operation hätte nur für kurze Zeit eine Verbesserung gebracht, neue und vielleicht noch schlimmere Verwachsungen hätten sich abermals gebildet, sodass ich mit ziemlicher Sicherheit niemals ein lebensfähiges Kind hätte gebären können, und meine wunderbaren Kinder, Enkel und Urenkel wären alle nicht am Leben.

Mit Ende des Winters wurden die Spitalsaufenthalte seltener. Möglicherweise half die von einem Internisten verordnete Hungerdiät. Allerdings unterlief ich sie gelegentlich und begann heimlich zu essen. Im Nu setzte ich Babyspeck an, wie man das damals nannte.

Schrieb ich in diesem Winter die vielen liebevollen Briefe an Jean-Pierre nur wegen einer dringend benötigten Zuwendung? Denn ich bekam postwendend ebenso liebevolle Briefe zurück. Liebte ich ihn oder genoss ich es nur, von ihm geliebt zu werden? Kurz bevor ich ihn wiedersah, war ich immerhin gerade erst sechzehn geworden. Frühreif oder doch noch schrecklich dumm und verantwortungslos?

Es war jedoch meine Mutter, die ihn nach Wien einlud. Aus Dankbarkeit, weil sich seine Familie so brav um mich gekümmert hatte. War sie so naiv, dass sie nicht erkannt hatte, Jean-Pierre damit ein Zeichen zu geben, dass er als Schwiegersohn willkommen sei, oder hatte sie wie immer keine Ahnung von den Gefühlen ihrer Tochter? Ein beinahe abwegiger Gedanke drängt sich mir auf: Wäre sie froh gewesen, mich ein für alle Mal loszuwerden so wie meinen Vater? Ich hatte ihr jahrelang bei der O, ihrer Mutter, Scherereien verursacht und bereitete ihr durch mein Kranksein schon wieder welche.

Der Besuch wurde für die Osterwoche angesetzt. Als Jean-Pierre nach Wien kam, hatte er zuvor meine Zukunft geregelt: Die Bedingung, um das Einverständnis seiner Eltern zu erhalten, war: der Abschluss einer zweijährigen landwirtschaftlichen Schule in der französischen Schweiz vor der Heirat. Das erfuhr ich, nachdem ich als Lotsin in Purkersdorf in seinen Topolino eingestiegen war und im gleichen Augenblick begriff, dass ich den Mann nicht liebte. Mein Wissen, dass Jean-Pierre mich wirklich aufrichtig gernhatte, half nicht. Auch nicht, dass er mir in der Woche, in dem ich ihm Wien und Umgebung zeigte, versprach, alles für mich zu tun, was ich mir nur wünschte.

Vielleicht hätten wir uns erst richtig kennenlernen, einmal berühren, einmal küssen müssen? Aber dazu hätte ich den großen, starken, zartbesaiteten Mann auffordern müssen und vielleicht für ihn dadurch alles noch schlimmer gemacht? Das wenigstens brauche ich mir nicht vorzuwerfen.

Kurz nach Pfingsten befand meine Mutter, ich bräuchte keine Matura, da ich wegen meiner Darmerkrankung für eine sitzende Beschäftigung in meinem späteren Berufsleben ungeeignet sei. Also meldete sie mich im Gymnasium ab und für die zweijährige Hotelfachschule für Maturanten an. Dort wurden allerdings Englischkenntnisse auf Maturaniveau verlangt. Es galt also bis zur Prüfung meine erst ab der fünften Klasse im Freifach erworbenen Grundkenntnisse schleunigst zu verbessern. Deshalb lernte ich in den nächsten Monaten, sofern ich weder im Spital war noch heimlich Gedichte schrieb, im Schnellverfahren Englisch. Oft war meine Mutter im Sommer nicht da, und wie in unserer Volksschulzeit führten mein Bruder und ich wieder einträchtig den Haushalt.

Ende des Sommers fand die Aufnahmeprüfung in der Hotelfachschule mit mindestens hundert jugendlichen Bewerbern statt, alle deutlich älter als ich. Vormittags schriftliche Prüfungen, nachmittags Eignungstests. Da ich mir keine Chance ausrechnete, aufgenommen zu werden, war ich nicht im mindesten nervös. Das Wiedererkennen von Personen in verschiedenster Kostümierung wurde in einem der Tests gefordert. Sich merken, was ein Gast alles haben will, in einem weiteren. Zuletzt musste eine Geschicklichkeitsübung absolviert werden: drei große, runde Erdäpfel auf einem Tablett mit einer Hand balancieren. Bei fast jedem der Prüflinge rollten und rollten die Erdäpfel, bis mindestens einer den Rand vom Tablett erreichte und zu Boden fiel. Patschert, wie ich bin, schaff ich das nie! Mit einem Gefühl der Wurstigkeit machte ich mich an die Aufgabe. Warum die Erdäpfel bei mir nicht hinunterpurzelten, verstand ich nicht, genauso wenig, warum ich als einzige 16-Jährige in eine Maturaklasse von zwanzig 18-jährigen Burschen und Mädchen aufgenommen wurde.

Über welche schreckliche Ereignisse und das einzig positive Ereignis im Jahr 1955 will ich partout nicht berichten und mich lieber lang und breit über die Begegnung mit Jean-Pierre auslassen? Zuerst war da der Tod der O, dann meine erste Aufklärung über die Verbrechen der Nationalsozialisten durch den Film Die Todesmühlen, den die Amerikaner während der Befreiung der Konzentrationslager gedreht hatten.

Ein Grund zu jubeln war für mich wie für jeden Österreicher nach zehn langen Jahren der Besatzung durch die Alliierten die Unterzeichnung des Staatsvertrags am 15. Mai 1955. Bereits im Herbst würde der letzte russische Soldat Österreich verlassen.

Noch immer fürchtete ich mich vor den russischen Alliierten. Grundlos? Aber entführten sie nicht noch immer unliebsame Personen und ließen sie in Gefängnissen hinter dem Eisernen Vorhang verschwinden? Und was man von der geringen Chance erfuhr, ihre Gefängnisse und Straflager lebend zu verlassen, klang auch nicht beruhigend. Im Gegensatz zu den westlichen Alliierten waren sie in ihrer Besatzungszone noch immer omnipräsent und wollten es offensichtlich auch für alle Zeiten bleiben, legten sie es doch sogar vertraglich fest, dass ihre Siegesdenkmäler niemals entfernt werden dürfen.

Welche kindlichen Erfahrungen verunstalten da noch immer meine Denkweise? Russische Dichter wie Dostojewski, Tolstoi und Puschkin haben mich doch fasziniert und meine Denkweise genauso geprägt wie deutsche, österreichische, amerikanische, englische und französische Autoren. Ihre Texte begeistern mich doch noch immer, genauso wie die Musik russischer Komponisten. Und waren nicht die bei uns in Zwettl einquartierten Russen rücksichtsvolle Menschen, die uns sogar zu Weihnachten mit Zucker beschenkten? Und hat mir je einer ein Haar gekrümmt?

Ja, aber ... Was ich erst später in seiner Tragweite begriff: Die russischen Alliierten hatten in ihrer Zone sämtliche Industrieanlagen als deutsches Eigentum deklariert und beschlagnahmt. Zu Recht, zu Unrecht? Nach langen Verhandlungen waren sie damit einverstanden, dass die österreichische Regierung sie zurückkaufen durfte. Mit geborgtem amerikanischem Geld, wodurch sich Österreich für lange Zeit noch tiefer verschuldete. Und war da nicht die Nähe zum Eisernen Vorhang und die berechtigte Furcht, dass Teile von Österreich, statt davor, dahinter zu liegen kommen?

Bereits Wochen vor der Unterzeichnung des Staatsvertrages, am 16. April – ich hatte mit meiner Mutter die Sauna besucht und es war spät geworden – traten wir mit anderen Besuchern auf die Straße, als ein Mann stehen blieb und behauptete, dass die Verhandlungen in Moskau endlich zu einem positiven Ergebnis gekommen waren. – Haben s' die Russen endlich niederg'soffen! sagte ein Mann, der ebenfalls stehen geblieben war. Alle lachten, aber keiner wollte recht glauben, was sie da hörten. Zu oft waren die Verhandlungen am Veto der Russen gescheitert.

Erst als einer von uns ein Exemplar der aus einem Blatt bestehenden Sonderausgabe eroberte – denn wie selbstverständlich blieb der kleine Trupp, der aus der Sauna gekommen war, beisammen –, brach unglaublicher Jubel aus. Und so lautete die Überschrift:

Österreich wird frei!
Wir bekommen unseren Heimatboden zur Gänze zurück
Die Kriegsgefangenen und Inhaftierten werden die Heimat wiedersehen

Wenige Wochen vor meinem sechzehnten Geburtstag die Hoffnung, endlich – und zwar das erste Mal in meinem Leben – in einem freien, nicht von fremden Mächten besetzten Land leben zu dürfen. Beschwingt ging ich mit Mutti nach Hause. Froh auch darüber, dass die letzten Österreicher, die noch immer in russischen Gefangenenlagern oder Gefängnissen eingesperrt waren, endlich heimkehren dürfen. Auch mein Vater? Flammte noch einmal eine winzige Hoffnung in mir auf? Nein! Wenn ich allein war, holte ich das schwere silberne Zigarettenetui meines Vaters heraus, das in einer Lade der sogenannten Psyche aufbewahrt war, und tröstete mich damit, dass ihm die jahrelangen Leiden in russischer Gefangenschaft erspart geblieben waren.

Jetzt liegt das Etui in einer Schatulle neben meinem Bett. Nie habe ich es in der Zeit, als ich noch rauchte, dazu benützt, meine Zigaretten darin aufzubewahren.

Es war Anfang Februar, als ich an einem Samstag spätabends vom Volkstanzen heimkam, denn auch das gab es zwischen meinen Aufenthalten im Spital: Schulbesuch und Tanzen. Empfangen wurde ich von meiner Mutter und meinem Bruder mit vorwurfsvoller Miene. Da die O mittags nicht zum Essen erschienen war, hatten die beiden Nachschau in ihrer Wohnung gehalten, die O bewusstlos aufgefunden und mit der Rettung ins Spital bringen lassen, während ich vergnügungssüchtiges Geschöpf …

Die O hatte einen Gehirnschlag erlitten, wie Mutter später erfuhr, und verstarb kurz nach der Einlieferung im Spital. Sie war mittellos, denn nach dem Krieg hatte sie immer seltener die Möglichkeit gehabt zu unterrichten und von einer winzigen Fürsorgerente gelebt. Da meine Mutter ebenfalls kein Geld für ein Begräbnis aufbringen konnte, bekam sie eine Armenbestattung. Die gibt es angeblich noch immer, wenn niemand da ist, um das Begräbnis zu bezahlen.

Beim Grab der O vergoss ich – so wie meine Mutter und mein Bruder – keine Träne. Zu dritt standen wir stumm um eine Grube, die unsere Großmutter mit anderen Mittellosen teilen musste. Ein kurzes Gebet des reformierten Pfarrers, danach fuhren wir frierend mit der Straßenbahn heim.

Während der nüchternen Verabschiedung, es gab keinen Kranz, nicht einmal einen Blumenstrauß, wurde mir klar, was für ein armseliges und karges Leben die O geführt hatte. Hat sie es nie verwunden, dass mein französischer Großvater sie nicht geheiratet hatte? Damals fing ich an, darüber nachzudenken, warum sie eine derart verbitterte, böse Frau geworden war.

Vor wenigen Wochen starb Christoph, mein großer Bruder, bald schon wird das Begräbnis sein. Ich bin verstört, verzweifelt, fühle mich als Letzte meiner Familie allein zurückgelassen. Wiederum wird es keinen Blumenschmuck geben, weil meine Schwägerin gebeten hat, darauf zu verzichten, und ich erinnere mich daran, wie oft mein Bruder in meiner Kindheit gemeint hat, wir sollen doch die Primeln, die Schlüsselblumen, Leberblümchen, Traubenhyazinthen und Schneeglöckchen stehen lassen, als meine Mutter und ich voll Begeisterung die ersten Frühlingsblumen ausrupften, um damit unsere Wohnung zu schmücken. Nur die seltenen Kuhschellen verschonten wir. Die standen unter Naturschutz. Sie waren uns aber auch wegen ihrer Schönheit heilig.

Es war vermutlich kurz bevor ich von der Schule abgemeldet wurde – meine Erinnerung ist nicht fähig, den genauen Zeitpunkt zu fixieren – als eine Professorin uns nach dem Ende ihrer Unterrichtsstunde empfahl, uns unbedingt einen Dokumentarfilm über die Verbrechen im Dritten Reich anzusehen. Nicht allein! Am besten in Begleitung der Eltern. Mehr sagte sie nicht. Durfte sie nicht mehr sagen? War schon die Empfehlung eine Überschreitung des Erlaubten?

Isoliert, wie ich in der Klasse war – das einzige Mädchen, mit dem mich eine lose Freundschaft verbunden hatte, war dabei, eine Lehre zu absolvieren – wagte ich keine Mitschülerin zu fragen, ob sie mit mir den Film anschauen mochte. Eine Scheu, die bis jetzt verhindert hatte, meine Mutter über die Naziverbrechen zu befragen, machte es mir unmöglich, sie darum zu bitten, mich zu begleiten. Zu der Zeit arbeitete sie noch immer in der Wäscherei und hatte an den Wochenenden stets etwas vor. Gemeinsame Aktivitäten hatten mit dem Beginn von Christophs Lehre aufgehört. Den Kontakt mit den Mädchen unserer Gruppe hatte ich abgebrochen und Irmtraud, die Einzige, mit der ich gewagt hatte, über die Verbrechen des Nationalsozialismus zu sprechen, war als Novizin in ein Kloster in der Schweiz eingetreten.

Ich war jedoch fest entschlossen, mir den Film anzusehen, allein, oder vielmehr alleingelassen, denn noch immer hatte ich die Bilder aus den holländischen Zeitungen und Illustrierten vor Augen.

WIEN, 1955

Nach der Schule geht Ilse nach Hause, um sich ihr vorgeschriebenes Diätmittagessen zuzubereiten. Vier kleine Erdäpfel und ein paar Salatblätter.

Der Internist, bei dem sie ein paarmal in der Ordination gewesen ist, hat ihr die Diät verschrieben. Seitdem Christoph nach seinem Darmverschluss ebenfalls von ihm erfolgreich betreut worden ist, genießt er Muttis vollstes Vertrauen, bedauert Ilse, wenn sie nach jeder Mahlzeit hungrig aufsteht. Diesmal verzichtet sie jedoch darauf, so wie sonst noch etwas Unerlaubtes zu verschlingen, wie Butterbrösel oder – was noch rascher geht – rohe Haferflocken mit Zucker, denn der Bauch tut ihr trotz der mageren Mahlzeit weh, sie würde sich gerne eine Weile hinlegen, aber sie hat zu lange gezaudert, nur noch in dieser Woche wird der Film gezeigt, und sie macht sich zu Fuß auf den Weg in den ersten Bezirk, löst eine Kinokarte und betritt den Kinosaal, der sich rasch mit Zuschauern füllt, obwohl es eine sonst meist schlecht besuchte Nachmittagsvorstellung ist. Kalt ist es im Saal. Sie hätte den grauen Dufflecoat anziehen sollen und nicht bloß die Wollweste.

Dann wird es endlich finster. Die Wochenschau wird gezeigt, und dann gleich noch eine und zuletzt auch noch die Vorschau für den nächsten und übernächsten Film. Weil der Hauptfilm so kurz ist, hört Ilse jemanden seinem Nachbarn zuflüstern.

Und dann … Dann ist der Film viel zu lang, und Ilse möchte die Augen schließen und der Stimme nicht zuhören, die Zahlen nennt. Unvorstellbar große Zahlen. Aber eben nur Zahlen, überlegt Ilse, als ausgemergelte Menschen gezeigt werden, die bei der Befreiung der KZ vorgefunden worden sind. Sind die wenigen nachher wenigstens gesund gepflegt worden? fragt sie sich. Und hat man sie für das, was sie erlitten haben, entschädigt? Aber geht das überhaupt?

Wie viele Konzentrationslager es damals gegeben hat? In endlos langen Lastzügen sind Juden, Roma und Sinti, Homosexuelle und politisch Andersdenkende in die Konzentrationslager gebracht worden, nach tagelanger Fahrt ohne Verpflegung, ohne Wasser, ohne Toiletten. Bei der Ankunft wurden sie in zwei Gruppen geteilt: in arbeitsfähige Menschen und Menschen, die zu alt oder zu schwach waren. Diese hat man in den Vernichtungslagern sofort in die Gaskammern geführt und dort ermordet. Die Anlagen werden gezeigt und ausgehobene tiefe Gräben voll toter Körper. Bevor man sie dort hineingeworfen hat, so wird berichtet, hat man ihnen alles Verwertbare abgenommen. Brillen, Berge von Brillen. Jede diente einer Frau, einem Mann, einem Kind, um damit zu lesen, um die Schönheit der Welt zu betrachten. Und Berge von kleinen Koffern und Taschen, in denen Menschen ihr wichtigstes Hab und Gut verwahrt hatten. Gesammelt zur Verwertung, genauso wie das aus toten Mündern gewaltsam herausgebrochene Zahngold. Was war das für eine entsetzliche Ideologie, die eine solch irrsinnige Perfektion des Tötens entwickelt hat? Wie konnte so etwas geschehen?

Die letzte der Fragen kreist ununterbrochen in Ilses Verstand, denn das Entsetzen lässt nicht mehr zu als ihre stupide Wiederholung.

Erst als sie das Kino verlassen hat, fragt sie sich: Wie konnte der, an den sie bis jetzt geglaubt hat, der jedes Menschen Weg behütet, wie konnte ihr gütiger Gott es zulassen, dass Menschen zu herzlosen Monstern verkommen, die unschuldige Menschen ermorden? Ist alles, woran sie bis jetzt geglaubt hat, nichtig? Und was ist das für eine Welt, in der ein solches Ausmaß an Verbrechen möglich ist? Ist da überhaupt noch ein Platz für sie selbst, um weiterzuleben? Und will sie in einer Welt, in der so etwas Grauenhaftes geschehen hat können und vielleicht wieder irgendwann geschehen wird, überhaupt leben?

Schon längst geht sie durch die vertrauten Gassen des ersten Bezirks, möchte nicht nach Hause gehen, aber wohin sonst? Dreimal macht sie kehrt, um irgendwann, längst ist es Nacht geworden, dann doch die Treppen in den dritten Stock hinaufzusteigen.

Mutti ist noch wach, und räumt in der Küche das trockene Geschirr weg.

– Wo warst du denn so lange?

– Im Kino.

– Dazu hast du Zeit. Schau lieber, dass du deine Aufgaben erledigst.

– Die Frau Professor Fessl hat gesagt, dass wir uns den Film über die KZ unbedingt anschauen sollen.

– Die Todesmühlen? Eine sehr einseitige Darstellung.

Halt den Mund! hätte Ilse am liebsten geschrien, stattdessen sagt sie nur, und versucht dabei das Zittern in ihrer Stimme zu unterdrücken: Wie konntet ihr das nur zulassen?

– Wir haben davon nichts gewusst.

– Du lügst, sagt Ilse, nimmt ihr Abendessen, ein Joghurt, mit ins Wohnzimmer, lässt es, ohne den Becher zu öffnen, irgendwo stehen, verkriecht sich ohne Zähneputzen, ohne sich zu waschen, im Bett. Die Bilder bleiben in ihrem Kopf, auch wenn sie die Augen schließt, auch wenn sie die Decke über den Kopf zieht.

WIEN, 2022

Das Mädchen damals, die alte Frau, die ich jetzt bin. Hat sich da irgendetwas von dem Entsetzen darüber, zu welchen Verbrechen Menschen fähig sind, gelegt? Nicht nur einzelne Menschen, sondern viele Menschen haben es ermöglicht, dass die systematisch organisierte Ermordung von Unschuldigen hat stattfinden können. Keine abnormen, krankhaft veranlagten Menschen, sondern Menschen aller Schichten, so als ob (wie es mir damals schien und jetzt noch immer scheint) jeder Mensch dazu verführt werden kann, sein Menschentum für eine Weile abzulegen.

Was ist der Mensch? fragte ich mich und frage ich mich noch immer. Ein Monster, dessen Grausamkeit und Sadismus bloß von einer dünnen Kulturschicht überdeckt wird? Oder steckt das Monster in jedem von uns und wird bloß von der Gesellschaft und ihren Gesetzen und Verordnungen niedergehalten? Einer Gesellschaft, die festlegt, welche Handlungen gebilligt werden und welche nicht?

Wird die moralische Hemmschwelle außer Kraft gesetzt, sobald von politischen Strömungen wie dem Nationalsozialismus oder abermals aufstrebenden Rechtsradikalen Unmenschlichkeit nicht nur erlaubt, sondern sogar gefordert wird? Verlieren Menschen dann alle Skrupel? Sind die Menschen tatsächlich so leicht zu manipulieren, dass sie sogar daran glauben, es sei für das Wohl eines Volkes notwendig, andere Menschen zu ermorden, die einer willkürlich festgelegten Norm nicht entsprechen?

Die Antwort meiner Mutter, nichts von den Verbrechen gewusst zu haben, vergrößerte den Konflikt mit ihr, denn ich war überzeugt, dass sie log, erinnerte ich mich doch an das von Hitler geschriebene Buch

Mein Kampf, das sie im Bücherkasten versteckt hatte, ein Buch voll obskurer Rassentheorien, voll gehässigem Antisemitismus. Wie konnte meine intelligente Mutter diese Ideen akzeptieren? Ihre Behauptung, von nichts gewusst zu haben, musste, davon war ich überzeugt, eine Lüge sein.

Eine unüberbrückbare Kluft zwischen ihr und mir war entstanden. Und schlimmer noch, ich begann allen Menschen, allen Freundinnen und Freunden meiner Mutter aus der Wandervogelzeit zu misstrauen, genauso wie den Mädchen in meiner Gruppe. Ich fühlte mich bald schlimmer allein als damals, als ich in Schwarzenau am Bahnsteig auf meiner Schachtel saß. Da half nicht, dass ich mir sagte, ich bin kein Opfer der Nationalsozialisten, sondern bloß das Kind von hoffentlich bloßen Sympathisanten des Regimes. Ich darf mir nicht leidtun, wiederholte ich mir ständig, denn damit würde ich die tatsächlichen Opfer und ihre Nachkommen beleidigen.

Nichts änderte sich an meiner Verzweiflung während der Zeit, in der ich für die Aufnahmeprüfung lernte, nichts gab es in dem neuen Schuljahr in der Hotelfachschule, das mir half, meinen Lebensmut wiederzufinden. Der Unterricht langweilte mich. Sprachunterricht, Schriftverkehr oder Buchhaltung, alles diente bloß dem Zweck, dass ein Hotel oder ein Gastronomiebetrieb reibungslos funktioniert. Die wiederkehrenden Wochen für das Praktikum in der Küche oder im Restaurant waren noch schwerer zu ertragen. Der Chefkoch hatte ein Gespür dafür, wer in der Gastronomie am richtigen Platz ist. Dass ich dort nicht hingehörte, begriff er sofort. Nicht einmal das Füllen eines Geschirrspülers traute er mir zu, bloß das unangenehme händische Abwaschen der riesigen Pfannen und Töpfe. Mehrmals bewarb ich mich im Winter darum, bei einem Ball zu servieren, hauptsächlich um Geld für Zigaretten zu haben, denn ich hatte zum Entsetzen meiner Mutter mit dem Rauchen begonnen. Es gelang mir zwar, für einen Gast eine Weinflasche zu öffnen oder einen Drink zu servieren, ohne ihn auszuschütten, aber kein einziges Mal, eine Sektflasche zu öffnen. Meist erledigte das mit mehr Geschick ein gutmütiger Gast für mich.

Bis Weihnachten sollten wir eine Zusage für eine vier Monate dauernde Praxisstelle haben. Ich bewarb mich für eine Stelle im Restaurant eines Hotels in Kandersteg, im Schweizer Berner Oberland, und bekam den Posten.

Im Jänner und Februar wurde ich abermals zweimal mit Krämpfen und hohem Fieber ins Spital eingeliefert. Ein Arzt, der sich besonders um mich bemühte, riet mir, nie schwanger zu werden, es könne mich das Leben kosten. Ein weiterer Grund, mich noch elender zu fühlen.

Ab dem Frühjahr fing ich an, den Unterricht in der Hotelfachschule zu schwänzen, verbrachte die Tage lesend oder Gedichte schreibend im Park. Als meine Mutter dahinterkam, warf sie mich aus der Wohnung. Ich packte ein wenig Wäsche zum Wechseln in eine Tasche, mein Waschzeug, eine Wollweste und eine saubere Bluse. Zuflucht fand ich bei der Familie unseres Gruppenführers, jenes Dr. Kümmel, der den Kontakt zu meiner ersten Mädchengruppe hergestellt hatte. Wie viele Männer, die lange Jahre ihres Lebens durch Kriegsdienst und Gefangenschaft verloren hatten, hatte er spät geheiratet, und ihr erstes Kind war erst ein paar Monate alt. Das liebevolle Ehepaar spürte meine Verzweiflung und versuchte mir zu helfen. Nach zwei Wochen schickte mir meine Mutter einen Brief, ich solle doch wieder nach Hause kommen. Ich nahm mir vor, mit ihr keine zwecklosen Diskussionen mehr zu führen, begann wieder zu schreiben und ertrug schweigend ihren Spott.

Damals war es mir nicht möglich, die Frage zu stellen, was Menschen dazu bringt, an rechtsradikale Ideen zu glauben. Sind es von den Eltern oder der Gesellschaft erworbene Vorurteile? Ist es das Gefühl, benachteiligt zu sein gegenüber Menschen, denen es besser geht? Oder spielt die menschliche Neigung eine Rolle, Mitglied einer Meute zu sein und einem Rudelführer zu folgen?

Im Lauf der Geschichte schob man Menschen mit anderen Religionen und Sitten oder einer anderen Hautfarbe immer wieder die Schuld an auftauchenden Problemen zu. Ein uraltes Muster. Herrschende haben sich wiederholt der Sündenbock-Strategie bedient, manche Parteien tun es noch immer und im Netz feiert es eine grauenhafte Renaissance.

Brunnenvergifter, Krankheitsüberträger, Schmarotzer, was hat man Menschen nicht immer wieder an Üblem angedichtet. Bis man in ihnen nur noch Schädlinge und keine menschlichen Wesen gesehen hat.

Manchmal frage ich mich, was mich, die ich in einem Umfeld von alten „Nazi“ aufgewachsen bin, davor bewahrt hat, irgendeine ihrer Ideen als richtig zu empfinden. Mein kindlicher Glaube? Die Menschenrechte, die mir bereits in der ersten Klasse im Gymnasium vermittelt wurden? Die Literatur, das Theater, die bildende Kunst? Ja sogar die O hat wahrscheinlich dazu ihren Beitrag geleistet. Ihre Verachtung mir gegenüber hat es mir leicht gemacht, ihren Antisemitismus zu verachten.

Bereits im Juni 1956 fing mein Praktikum in der Schweiz an. Die Arbeitszeit war lang, der Lohn gering und das Trinkgeld, das ich mit dem zweiten Mädchen im Service verdiente, musste abgeliefert werden und wurde nach einem Schlüssel aufgeteilt. Der Ober, der nur freundlich war, wenn er mich bat, ihm seine Fehler für die französische Speisekarte auszubessern, bekam dreimal so viel zugeteilt wie wir Mädchen. Dafür beaufsichtigte er uns von morgens bis spät nach Mitternacht, denn zweimal gab es nach dem normalen Abendessen für die Hotelgäste Tanz, zweimal Kino und zweimal Käsefondue. Gäste von anderen Hotels, die zahlreich erschienen, mussten für die Veranstaltungen Eintritt bezahlen. Einmal in der Woche durften wir immerhin länger als sechs Stunden schlafen.

Ich nahm das alles mit ziemlichem Gleichmut hin, hatte jedoch Mitleid mit einem vierzehnjährigen Buben aus der italienischen Schweiz, der von allen schikaniert wurde, und half ihm, wenn ich gerade Zeit hatte, die schweren Kisten mit Getränken zu schleppen. Ich beschloss, sparsam mit meinem verdienten Geld umzugehen, im Herbst wieder Nachhilfestunden zu geben und meine Matura nachzuholen.

Irgendwie hatte ich das Gefühl, langsam Oberwasser zu bekommen. Die Plackerei im Praktikum im Berner Oberland hatte ich ohne krank zu werden überstanden und vielleicht hatte es mir sogar gutgetan, bis zum Umfallen arbeiten zu müssen, denn die Bilder aus den Todesmühlen hörten auf mich zu quälen, weil ich vor Erschöpfung sofort einschlief, sobald ich mich niederlegte.

Im Herbst wurde mein erstes Gedicht im Jahrbuch der evangelischen Jugend abgedruckt. Da gab es Menschen, die an mich glaubten, für mehrere abgedruckte Kurzgeschichten bekam ich sogar Geld.

Geheilt war ich nicht, ein tiefes Misstrauen gegenüber allen Menschen hielt mich nieder. Ich arbeitete, ging im Herbst in die Maturaschule, war wieder einmal überzeugt, geliebt zu werden und selbst zu lieben. War es nur mein kaputtgegangenes Vertrauen, oder hatte der junge Mann mich wirklich angelogen und betrogen? Die unglückliche Beziehung warf mich endgültig aus der Bahn.

Mein Selbstmordversuch war dilettantisch. Die Narben an den Handgelenken sind längst verblasst.

WIEN, 1956

Noch immer ist Ilse ärgerlich, dass die Frau Professor Ziegelmaier sie aufgerufen hat, das mathematische Beispiel an der Tafel zu lösen. Das auch noch. Sie achtet darauf, dass der Pullover nicht verrutscht, damit niemand die Verbände sieht, und fetzt stumm die Lösung des Beispiels an die Tafel, was die Professorin folgendermaßen kommentiert: Kann alles, spricht aber nicht mit uns. Als Ilse sich wieder auf ihren Platz setzt, lachen einige der Mitschüler.

Zum Glück ist gleich darauf Pause und die Raucher treffen sich wie üblich in einem winzigen Kämmerchen. Bevor sich Ilse ihre Zigarette selber anzünden kann, halten ihr gleich zwei Burschen das Feuerzeug hin. Er natürlich nicht. Aber er lächelt sie an und fragt dann, ob sie wieder zu ihrer Schülerin muss.

Ilse nickt, dämpft die Zigarette aus und steckt sich die nächste in den Mund. Diesmal ist er schneller. Mit einem Streichholz. Er wirkt nicht mehr so bedrückt. Wahrscheinlich war die Geschichte mit seiner Freundin, die vorige Woche einen anderen geheiratet hat, eh schon längst vorbei. Warum er ihr überhaupt davon erzählt hat?

Nach der Englischstunde ist der Unterricht vorbei und Ilse besteigt sein Motorrad samt ihrer Schultasche. Dadurch kann sie sich nur mit einer Hand anhalten und zittert jedes Mal bei der Kurve hinter der Staatsoper, in der das Motorrad samt Fahrer und Beifahrerin sich extrem in die Kurve legt.

– He, wieso hältst du hier? Als er nicht wie üblich vor seiner Firma stehen bleibt, sondern am Graben vor einem kleinen Lokal.

– Wir müssen reden, sagt er, packt sie unsanft beim Oberarm und sie betreten das kleine Lokal.

– Kleinen Braunen? fragt er und Ilse nickt.

Als die Kaffeetassen und Wassergläser vor ihnen stehen, bricht er das Schweigen.

– Wenn du das noch einmal versuchst, bringe ich dich zur nächsten Polizeistube, damit sie dich in Steinhof einsperren.

Das klingt brutal und gar nicht gut, hatte Ilse doch davon gehört, dass man tatsächlich schon nach einem einzigen Selbstmordversuch auf der Psychiatrie landen kann.

– Das tust du nicht!

– Doch!

– Aber warum?

Da greift er nach ihrer Hand, vorsichtig. Sagt nichts. Schaut sie nur an.

Braune Augen und ein Lächeln, ein Bubenlächeln, das Ilse plötzlich an einen kleinen Buben erinnert, aber der hatte doch blonde Haare, keine dunklen, und das ist doch eine Ewigkeit her. Wenn ich groß bin, werde ich dich heiraten, hat er ihr versprochen. Und gern hat er sie gehabt. Und gebraucht hat er sie.

Seine Hand hält noch immer ihre. Es ist eine warme Hand, die ihre kalten Finger erwärmen. Und noch immer lächelt er sie an. Glaubt er denn wirklich, dass man damit alles, was es an Schrecklichem gibt, wegwischen kann? ärgert sie sich.

– Du tust es nie wieder.

Erst nach einer Weile legt Ilse ihre Hand auf seine, bemüht, sein Lächeln zu erwidern.

– Ist ja schon gut, sagt er.